葉輝 鄭政恆 主編

香港文學大系一九五〇—一九六九

新詩卷二

商務印書館

《香港文學大系一九五〇——一九六九》編輯委員會已盡力徵求文章及相片刊載權。如有遺漏之處，敬請版權持有人與本編輯委員會聯絡。

香港文學大系一九五〇——一九六九・新詩卷二

主　　編：葉　輝　鄭政恒
特約編輯：陳　芳
責任編輯：張宇程
封面題字：王汎森
封面設計：涂　慧
出　　版：商務印書館（香港）有限公司
香港筲箕灣耀興道三號東滙廣場八樓
http://www.commercialpress.com.hk
發　　行：香港聯合書刊物流有限公司
香港新界大埔汀麗路三十六號中華商務印刷大廈三字樓
印　　刷：美雅印刷製本有限公司
九龍觀塘榮業街六號海濱工業大廈四樓A室
版　　次：二〇二〇年六月第一版第一次印刷

ISBN 978 962 07 4589 8
Printed in Hong Kong

《香港文學大系一九五〇—一九六九》
人員名單

編輯委員會

總主編　陳國球
副總主編　陳智德
編輯委員　危令敦　陳國球　陳智德　黃子平
黃仲鳴　黃淑嫻　樊善標（按姓氏筆畫序）

顧問

王德威　李歐梵　周蕾　許子東　陳平原
陳萬雄（按姓氏筆畫序）

各卷主編

一　新詩卷一　陳智德
二　新詩卷二　葉輝　鄭政恆
三　散文卷一　樊善標
四　散文卷二　危令敦
五　小說卷一　馮偉才
六　小說卷二　黃淑嫻
七　話劇卷　盧偉力
八　粵劇卷　梁寶華
九　歌詞卷　黃志華　朱耀偉
十　舊體文學卷　吳月華　盧惠嫻
十一　通俗文學卷一　程中山
十二　通俗文學卷二　黃仲鳴
十三　兒童文學卷　陳惠英
十四　評論卷一　黃慶雲　周蜜蜜
十五　評論卷二　陳國球
十六　文學史料卷　羅貴祥
馬輝洪

目錄

馬覺

蔡炎培

盧因

西西

馬朗

溫乃堅

溫健騮

金炳興

總序

陳國球

《香港文學大系》之編制體式，源自一九三五年到一九三六年出版的十冊《中國新文學大系》。兩者的關連，實在依違之間；前者第一輯的〈總序〉已有交代。[1] 其中最要重要的一個相同立意，是向歷史負責、為文學的歷史作證。《中國新文學大系》由趙家璧（一九〇八—一九九七）主編，目的是為由一九一七年開始的「新文學運動」作歷史定位，因為他發現「新文學」到了三十年代中期，面對的社會環境已經不同，他深恐「新文學運動」光輝不再；[2] 因此他設計的《新文學大系》由整體結構到每一冊的體式，綜之就是一種歷史書寫；這也是《香港文學大系》以之為模範的主

1 陳國球〈香港？香港文學？——《香港文學大系一九一九—一九四九》總序〉，載陳國球、陳智德等著《香港文學大系一九一九—一九四九．導言集》（香港：商務印書館（香港）有限公司，二〇一六），頁一—三九。

2 趙家璧後來在回憶文章指出當時幾個環境因素：一、一九三四年國民黨軍隊作第五次「圍剿」，又查禁書刊，成立「圖書雜誌審查會」；二、同年有推行舊傳統道德的「新生活運動」；三、湖南廣東等省實行尊孔讀經；三、「大眾語運動」批判五四以後的白話文為變「之乎者也」為「的那呢嗎」的「變相八股」；四、林語堂的《人間世》半月刊，「惡白話文而喜文言之白，故提倡語錄體」；五、上海圖書出版界大量翻印古書，社會上瀰漫復古之風。見趙家璧〈話説《中國新文學大系》〉，《新文學史料》，一九八四年第一期（一月），頁一六三—一六四。

因。正如我們以「大系」的形體去抗拒香港文學之被遺棄，《中國新文學大系》的目標也明顯是對「遺忘」的戒懼，盼求「記憶」的保存。[3]這意向的實踐又有多方向的指涉：保存「記憶」意味着對「過去」發生的情事之意義作出估量，而估量過程中也必然與「當下」的意識作協商，其作用就是開發「未來」的各種可能；這就是傳統智慧所講的「鑑往知來」。因此，以「大系」的體式向「歷史」負責，同時也是向「當下」、向「未來」負責。

3　趙家璧在《中國新文學大系》初編時說：「這十年間寶貴的材料，現在已散失得和百年前的古籍一樣；假如不趁早替它整理選輯，後世研究初期新文學運動史的人，也許會無從捉摸的。」見趙家璧〈編輯《中國新文學大系》緣起〉，原刊《中國新文學大系》宣傳用樣本（上海：良友圖書公司，一九三五），收入趙家璧《書比人長壽：編輯憶舊集外集》（北京：中華書局，二〇〇八），頁一〇六。他後來追憶《大系》的出版時，曾舉出兩個事例，一是劉半農編集《初期白話詩稿》時，女詩人陳衡哲的感慨：「那已是三代以上的事（了），我們都是三代以上的人了」；另一是阿英編《中國新文學運動史資料》時不過離「新文學運動」只短短二十年，但回想起來已有「渺茫」、「寥遠」之感，而且要搜集當時的文獻「真是大非易事」。見劉半農編《初期白話詩稿》（北平：星雲堂書店，一九三三；新北市：花木蘭文化出版社，二〇一六年影印），頁七—八；張若英（阿英）編《中國新文學運動史資料》（上海：光明書局，一九三四），頁一—二；趙家璧〈話說《中國新文學大系》〉，頁一六六—一六七。

一、《大系》的傳承與香港

從製作層面看，《中國新文學大系》可說成功達標，不少研究者都認同它在文學史建構的功績。[4] 然而，當我們換一個角度去審視這一抵抗「遺忘」的製作之「生命史」，卻也見到其間別有一番掙扎浮沉。[5] 於此我們不作詳細論述，只依據趙家璧的不同時期記憶，配合相關資料，以簡述《中國新文學大系》的「記憶」與「遺忘」的歷史，當中香港的影子也夾纏其中，頗堪玩味：

一、一九五七年三月，趙家璧在《人民日報》發表〈編輯憶舊〉連載文章，提到當年《新文學大系》「先後經過兩年時間〔案：即一九三五年到一九三六年〕，衝破了國民黨審查會的鬼門關才算全部出版。」[6]

4 參考溫儒敏〈論《中國新文學大系》的學科史價值〉，《文學評論》，二〇〇一年第三期（五月），頁五四—六一；羅崗〈解釋歷史的力量：現代文學的確立與《中國新文學大系一九一七—一九二七》的出版〉，《開放月刊》，二〇〇一年第五期（五月），頁六六—七六；黃子平〈「新文學大系」與文學史〉，《上海文化》，二〇一〇年第二期（三月），頁四—一二。

5 這是捷克結構主義者伏迪契卡（Felix Vodička）的文學史觀念之借用。伏迪契卡認為文學的過程並非終結於文學作品創製完工的時候；文學的「生命史」在於以後不同世代的閱讀；參考陳國球《文學史書寫形態與文化政治》（北京：北京大學出版社，二〇〇四），頁三三六—三四六。

6 趙家璧〈編輯憶舊．關於中國新文學大系〉，原刊《人民日報》，一九五七年三月十九日；重刊於《新文學史料》，一九七八年第三期（三月），頁一七三。

二、趙家璧在後來追記，《大系》出版後，原出版公司「良友」的編輯部，因應蔡元培和茅盾的鼓勵，曾考慮續編「新文學」的第二個、第三個十年。[7]不久抗戰爆發，此議遂停。

三、一九四五年春日本戰敗的跡象已明顯，他再想起續編的計劃，和全國文協負責人討論先編第三輯「抗戰八年文學大系」，因為抗戰時的材料，「都是土紙印的，很難長久保存；而兵荒馬亂，散失更多」，要先啟動。可惜戰後良友公司停業，計劃流產。[8]

四、趙家璧在一九五七年的連載文章說：「解放後，很多人建議把《中國新文學大系》重印。我認為原版重印，似無必要。」文中的解說是可以另行編輯他早年的構想——《五四以來文學名著百種》。[9]然而，他後來的文章說這是「違心之論」。[10]

---

7 蔡元培在《中國新文學大系．總序》結尾時說：「對於第一個十年先作一總審查，使吾人有以鑑既往而策將來，希望第二個十年與第三個十年時，有中國的拉飛爾與中國的莎士比亞等應運而生呵！」載胡適編《中國新文學大系：建設理論集》（上海：良友圖書公司，一九三五），頁九。茅盾為《中國新文學大系》的宣傳樣本寫〈編選感想〉也說：「現在良友公司印行《中國新文學大系》第一輯」；趙家璧認為他意指以後應有「第二輯」、「第三輯」。見趙家璧〈話說《中國新文學大系》〉，頁一七一。

8 參考趙家璧〈編輯憶舊．關於中國新文學大系〉，原刊《人民日報》，一九五七年三月廿一日，重刊於《新文學史料》，一九七八年第一期（一月），頁六一；趙家璧〈話說《中國新文學大系》〉，頁一八六—一八八。

9 趙家璧〈編輯憶舊．關於中國新文學大系〉，頁六一。

10 趙家璧〈話說《中國新文學大系》〉，頁一六二—一六三。

五、趙家璧在八十年代的追記文章又說：「一九六二年，香港一家出版社已擅自翻印過一版。」[11]這家出版社是「香港文學研究社」，出版時有李輝英撰寫的〈重印緣起〉，文中引用了蔡元培〈總序〉「十年總審查」以後，還有接着的「第二個十年第三個十年」；李輝英又說：「第一個十年總結過了，留下來豐富的十集《大系》」，然而，「這豐碑式的《大系》，現在海外竟然變成了孤本和古董」，於是出版社「決定本諸傳播文化的宗旨，……重印《大系》，……使豐碑免於湮滅」。[12]這裏有幾個關鍵詞：「擅自」、「海外」、「湮滅」。

六、趙家璧同時又指出「翻印《大系》的那家香港出版社，於一九六八年又搞了一套《中國新文學大系．續編一九二八—一九三八》」，其〈總序〉「居然把上述蔡元培為一九三五年良友版《大系．總序》裏所表示的重要期望，接了過去，自稱為是蔡序《大系》的繼承者，在海外漢學界造成了混亂。……國內學者更不會輕易承認這種自命的繼承。」[13]事實上，香港文學研究社出版《大系．續編》的計劃，早在翻印十集《大系》不久就開始，到一九六八年全套出版；其卷前的〈出版前言〉提到《續編》（一九二八—一九三八）和《三編》（一九三八—一九四八）的構想；完成的話，「中國『新文學運動』的歷史大致完整了」。這個出版計劃不無商業的考慮，〈出版前言〉謂各集編

11 趙家璧〈話說《中國新文學大系》〉，頁一六三。

12 〈重印緣起〉，載胡適編《中國新文學大系：建設理論集》（香港：香港文學研究社，一九六二），卷前，頁一—二。

13 趙家璧〈話說《中國新文學大系》〉，頁一八一—一八二。

者「都是國內外知名人物」，分處東京、新加坡、香港三地，編成後在香港排印。[14]然而，由後來的相關追述可知，其實編輯工作主要由北京的常君實承擔，再由香港的譚秀牧補漏；二人並無直接溝通協調，加上兩地各有不同的客觀限制，製作過程困難重重。[15]無論如何，在所謂「正」與「續」之間，不難見到「斷裂」與「繼承」的複雜性。

七、與香港文學研究社編纂《中國新文學大系．續編一九二八—一九三八》差不多同時，李棪與李輝英也在構思一個「一九二七—一九三七年」的續編，並已列為「香港中文大學研究計劃」之一；其中小說、散文、戲劇部分已有四冊接近編成。主編者認為「新文學第二個十年」的編選，「實為必要的也是刻不容緩的工作」。值得注意的是，他們「搜求資料的主要對象」是英國、日本、美國各大圖書館，而不是中國內地。他們也知悉香港文學研究社的出版計劃，視之為「同道者」的「姊妹編」。[16]可惜，這個計劃所留下的只是一份編選計劃書。

14 〈出版前言〉載《中國新文學大系．續編》（香港：香港文學研究社，一九六八），卷前，無頁碼。

15 參考譚秀牧：〈我與《中國新文學大系．續編》〉，《譚秀牧散文小說選集》（香港：天地圖書公司，一九九〇），頁二六二—二七五。譚秀牧在二〇一一年十二月到二〇一二年五月的個人網誌中，再交代《續編》的出版過程，以及回應常君實對《續編》編務的責難。見 http://tamsaumokgblog.blogspot.hk/2012/02/blog-post.html（檢索日期：二〇一九年六月二十一日）。

16 參考李棪、李輝英〈《中國新文學大系．續編》的編選計劃〉，《純文學》（香港），第十三期（一九六八年四月），頁一〇四—一一六；徐復觀〈略評《中國新文學大系續編》編選計劃〉，《華僑日報》，一九六八年三月三十一日。

八、一九七八年，《新文學史料》創刊，編輯約請趙家璧撰稿；趙家璧婉拒不成，只好提交一九五七年刊發於《人民日報》的文章，文章開首就宣明沒有必要重印《中國新文學大系》。[17]同年末，他知悉上海文藝出版社打算重印《大系》，卻表示「完全擁護」，並撰寫〈重印《中國新文學大系》有感〉。[18]至一九八二年《大系》十卷影印本出齊。

九、一九八三年十月，他寫成長篇追憶文章〈話說《中國新文學大系》〉，次年刊載於《新文學史料》一九八四年第一期。這是後來大部分《中國新文學大系》的研究論述之依據。

十、一九八四至一九八九年，上海文藝出版社由社長兼總編輯丁景唐主編，趙家璧作顧問，陸續出版《中國新文學大系一九二七—一九三七》共二十冊；一九九〇年再有孫顒、江曾培等主編《中國新文學大系一九三七—一九四九》二十冊；一九九七年馮牧、王蒙等主編《中國新文學大系一九四九—一九七六》二十冊；二〇〇九年王蒙、王元化總主編《中國新文學大系一九七六—二〇〇〇》三十冊。

---

17 趙家璧在《人民日報》發表的連載文章，原題作〈編輯憶舊〉，其中有關《中國新文學大系》的部分，刊於《人民日報》，一九五七年三月十九日及廿一日；後來重刊於《新文學史料》，一九七八年第一期（一月），頁六一—六二；及第三期（三月），頁一七二—一七三。

18 文章正式發表有所延後，見趙家璧〈重印《中國新文學大系》有感〉，《文匯報》，一九八一年三月廿三日。參考趙家璧〈話說《中國新文學大系》〉，頁一六三；趙修慧編〈趙家璧著譯年表〉，載趙家璧《書比人長壽：編輯憶舊集外集》，頁二六五。

以上的簡單撮述，目的不在於表現巧黠的「後見之明」，以月旦是非；而是借檢視「歷史承載體」的歷史，重新思考「歷史」的所謂傳承，以至「歷史」的存在與否，大抵是「記憶」與「反記憶」、「遺忘」與「反遺忘」的心與力的爭持。我們都明白，一九四九年之後，無論中國內地還是港英統治下的香港，政治與社會都有一個非常大規模的變易與轉移。以趙家璧的一人之身，歷經世變卻又似斷難斷，在大斷裂之後試圖由「記憶」出發以作歷史（文學史）連接，並且非常着意連接的合法性，而疏略其形神之異。他的舉措很能揭示「記憶」的黏合能力，同時也見到其偏狹的一面。[19] 如果論者想把這五輯《中國新文學大系》看成一個連續體，必須面對其間存在一個極大裂縫的問題：第一輯完成於一九三六年，第二輯開始出版於半個世紀之後的一九八四年；更不要說中間經歷天翻地覆的戰爭與政治社會的大變異，第一輯與後來四輯的編輯思想、製作方式與實際環境的千差萬別。考慮到種種因素，香港在上述過程中的參與角色，又透露了哪種意義？《香港文學大系》要作「續編」，又會遇上甚麼問題？都有待我們省思。

19　有關《中國新文學大系》第一輯與後來各輯的差異與區隔，可參考陳國球〈香港？香港文學？——《香港文學大系一九一九—一九四九》總序〉，頁十—十三。

二、「記憶之連續體」在香港

一九四九年以後，香港與中國之間有各種迴斡，其中文學與文化是兩邊關係的深層次展現。在五、六十年代期間，有一些文學現象可供思考。五十年代初從內地南下的馬朗（一九三三？—），在香港創辦《文藝新潮》，推動現代主義創作，引進西方文藝思潮，影響了香港一個世代的文學發展。《文藝新潮》的馬朗，在大崩裂的時刻意識到「遺忘」帶來歷史的流失。他在雜誌創刊不久的第二期就預告要編一個〈三十年來中國最佳短篇小說選〉的特輯。他的想法是：

> 中國新文學運動至今已卅餘年，其間不少演變，然而不論是貧乏還是豐饒，出版不下數萬種的小說倒底〔案：原文如此〕給三十年來的讀者群廣汎的影響，然而這些作品今日都在歷史的洪流裏湮沒了。目前海外人仕〔士〕即使想找一篇值得回味的小說，亦無可能。……〔我們〕借這個特輯來作一次回顧，讓大家看看中國有過甚麼出色的短篇小說，在文化淪亡無書可讀的今日，對於華僑青年，其意義又豈只是保存國粹而已。[20]

一九五六年五月《文藝新潮》第三期特輯正式刊出，收入沈從文〈蕭蕭〉、端木蕻良〈遙遠的風砂〉、

---

20 《文藝新潮》，第一卷第二期（一九五六年四月），封底〈預告〉。

師陀〈期待〉、鄭定文〈大姊〉、張天翼〈二十一個〉五篇。馬朗在〈選輯的話〉交代編選過程中遇到的困難：

> 中國新文學書籍湮沒的程度實在超乎意料，令人吃驚。譬如，曾經哄動一時的新感覺派奇才穆時英的〈Craven A〉、〈一個本埠新聞欄廢稿的故事〉、〈白金的女體塑像〉、〈公墓〉等等之中，似乎可以選擇一篇的，因為他首先迎接了時代尖端的潮流；還有直追梅里美擅寫心理的施蟄存，他的《將軍的頭》和《梅雨之夕》兩本書；以致〔至〕偽滿時代的「中國紀德」爵青，他的《歐陽家的人們》；再有蕭紅的〈手〉和〈牛車上〉，羅烽描寫瀋陽事變的〈第七個坑〉、萬迪鶴的〈劈刺〉、荒煤的《長江上》、戰後的路翎和豐村……。前者已永遠在中國書肆中消失了，後者卻在香港找不到。[21]

四十年代在上海主編《文潮》的馬朗，來到香港以後對現代小說的記憶，自然與他昔日的閱讀經驗有關。馬朗在《文潮》有個〈每月小說評介〉的欄目，當中就曾評論《文藝新潮》特輯的〈期待〉及

21 〈選輯的話〉，《文藝新潮》，第三期（一九五六年五月），頁六九。

〈大姊〉兩篇；也旁及荒煤的《長江上》和爵青《歐陽家的人們》。[22]由此可見「香港」連結「中國」的軌跡之一，是「文學記憶」在空間（中國內地—香港），以及時間（四十年代—五十年代）上的傳承接駁。這個具體的例子說明，我們看到的不是「中華文化廣被四夷」；[23]而是一種「記憶」的遷徙、搬動。因為這些文學風潮與作品，在原生地已經難得流通了。[24]

此外，六十年代又有一次更大型的「文學記憶」的連結工程。一九六四年七月廿四日《中國學生周報》創刊十二周年紀念，推出《五四．抗戰中國文藝新檢閱》專輯，前有編者的〈寫在專輯前面〉，羅列了一批當時香港讀者會感陌生的作家名字，如卞之琳、端木蕻良、駱賓基、穆時英、施蟄存、錢鍾書、無名氏、王辛笛、馮乃超、孫毓棠、艾青、馮至、王獨清等，指出「他們的聲名給『正統作家』們蓋過了，他們的作品被戰亂的烽火燒燬了。但是，他們對當代中國文藝的影響是永遠潛在的，他們的功績是不可磨滅的」；這個專輯的目標是：

22 蘆焚（師陀）〈期待〉的評論見馬博良（馬朗）〈每月小說評介〉，《文潮》，創刊號（一九四四年一月），頁七五。鄭定文〈大姊〉的評論見馬博良〈每月小說評介〉，《文潮》，第一卷第五期（一九四四年八月），頁九八—九九；當中提到爵青《歐陽家的人們》。再者，評論曉芒〈荒原〉時，曾以荒煤《長江上》作比較，見馬博良〈每月小說評介〉，《文潮》，第一卷第六期（一九四四年十月），頁九七—九八。

23 我們也留意到馬朗提到香港的年輕世代時，稱他們做「華僑青年」。

24 例如三十年代的「新感覺派」，在大斷裂之後，要到八十年代北京大學嚴家炎重新提出，並編成《新感覺派小說選》（北京：人民文學出版社，一九八五），內地的讀者才有機會與之重逢。相對之下，這份「記憶」卻搬移到香港，由五十年代開始一直在文藝界傳承。

分別從小說、散文、詩歌、戲劇、翻譯、批評方面，介紹文壇前衛作家們的成就。……希望能夠提醒今日的讀者們：不要忘記從五四到抗戰到現在這一份血緣！[25]

這個專輯與「現代文學美術協會」的幾位骨幹人物如崑南（一九三五—）、李英豪（一九四一—）、盧因（一九三五—）等關涉最多。例如盧因就以「陳寧實」和「朱喜樓」的筆名，分別討論端木蕻良的小說，和周作人以來的雜文和散文；崑南則談無名氏，同時翻譯辛笛的詩作為英文。至於詩論大將李英豪則以「余橫山」的筆名討論劉西渭和五四以來的文藝批評，更重要的一篇論述是以本名發表的〈從五四到現在〉：

時至今日，一些真有才華和創建性的作者，反而湮沒無聞；作品隨着戰火而被埋葬；……我們只以為，「五四」及抗戰時，中國只有寫實小說，或自然主義品，卻漠視了如以新感覺手法表現的穆時英，捕捉內在朦朧感覺的穆木天，打破沿襲語言辭格的駱賓基，追尋純美的何其芳，寫〈水仙辭〉的梁宗岱，和運用小說「對位法」與「同時性」的爵青。茅盾、巴金、丁玲等都受政治宣傳利用，論才華和穩實，都比不上駱賓基、端木

25 編者〈寫在專輯前面〉，《中國學生周報》，第六二七期（一九六四年七月廿四日）。文中所列舉作家（除了穆木天、艾青、馮至）大部分是當時內地的現代文學史罕有論及的。

蕻良和李劼人；論狂放，更望塵不及無名氏。[26]

如果馬朗是搬動內陸的「文學記憶」到這個島與半島的文化人，李英豪卻是土生土長的本地「番書仔」，他的文化觸覺明顯與馬朗所傳遞的訊息有密切的關聯。但這並不表示李英豪一輩只是被動地接收單向的訊息。從文中可知他一樣看到由郭沫若到王瑤等傳揚的另一種文學史記述。換言之，李英豪等一輩人接收到內容有差異的訊息。顯然他們選擇相信文學的「過去」原本很豐富，但經歷滄桑歲月，「記憶」斷裂；精彩的作家和作品被「遺忘」。

由於對「遺忘」的戒懼，馬朗試圖將被隱蔽的「記憶」恢復。當他的私有「記憶」在易地以後成為一種論述，他高呼「人類靈魂的工程師，到我們的旗下來！」[27]當然是為了招集同道，發揮傳播的力量。至於論述的承受方，如崑南、盧因、李英豪一輩在本地成長的年輕人，緣此擴充了香港教育體制以外視野；[28]另一方面，在地的位置——作為面向世界的殖民地城市——也促使他們以更多元、多層次的思考，面對這些非他們固有的「文學記憶」；他們採取主動積極的態度，試

26 李英豪〈從五四到現在〉，《中國學生周報》，一九六四年七月廿四日。

27 新潮社〈發刊詞：人類靈魂的工程師，到我們的旗下來！〉，《文藝新潮》，第一卷第一期（一九五六年二月），頁二。

28 香港的文學教育並沒有提供這部分的知識，參考陳國球〈文學教育與經典的傳遞：中國現代文學在香港初中課程的承納初析〉，《現代中文文學學報》，第四期（二〇〇五年六月），頁九五—一一七。

圖建構可以上下連貫的文學史意識時，也在衡量當下自身的位置。所以文中說：

> 我們並不願意墨守他們的世界，亦不願盲從他們的步伐。中國現代文學應落眼於開創的一面——不斷的開創。我們不一定要有隻手闢天的本領，但我們必得肩負數千年來沈重的中國文化，高瞻遠矚的看看世界，默默的在個人追尋中求建立，自覺覺他。

文章的結尾，李英豪又說：

> 「現代」是「現代」，是不容逃避與否認的，而那必得是個人的、中國的「現代」。[29]

他們心中的「我們」，顯然是由當下的年輕一代的眾多「個人」組成；這一群「我們」為甚麼要「肩負」一個沉重的責任？如果用趙家璧的話來對照，他們「居然」、「擅自」、「自稱」是此一文學與文化記憶的「繼承者」，可謂不自量力地「情迷中國」（Obsession with China）。由馬朗到李英豪，「情

29 李英豪〈從五四到現在〉，《中國學生周報》，一九六四年七月廿四日。

迷中國」的基礎並不相同，但在五、六十年代香港共同構建了奇異卻璀爛的華語文化論述。[30]正如香港出版的《民主評論》，在一九五八年元旦刊載了牟宗三、徐復觀、張君勱、唐君毅等四位流離於中國之外的儒學中人合撰的〈中國文化與世界——我們對中國學術研究及中國文化與世界文化前途之共同認識〉；[31]這些「新儒家們」的「文化記憶」在中國大地養成，他們的親身體驗，是支撐他們信念的依據。然而香港一個年輕人聚合的文藝團體，也在翌年（一九五九年）元旦發表他們的「文化宣言」。這個團體的主要成員是崑南（二十四歲）、王無邪（一九三六—，二十三歲）和葉維廉（一九三七—，二十二歲），組織名稱是「現代文學美術協會」；他們高呼：

> 為了我們處於一個多難的時代，為了我們中華民族目前整體的流離，更為了我國半世紀以來文化思想的肢解，於是，在這決定的時刻中，我們都面臨着一個重大的問題；這個重大而不可抗拒的問題，迫使我們需要聯結每一個可能的力量，從面裏〔裏面〕發揮每一個人的勇敢，每一個人的信念，每一個人的抱負，共同堅忍地正視這個時代，共同表現中華民族應有的磅礡氣魄，共同創造我國文化思想的新生。……讓所有人，有共

30 參考陳國球〈情迷中國：香港五、六十年代現代主義文學的運動面向〉，《香港的抒情史》（香港：香港中文大學出版社，二〇一六），頁二六一—三一〇。

31 牟宗三、徐復觀、張君勱、唐君毅〈中國文化與世界——我們對中國學術研究及中國文化與世界文化前途之共同認識〉，《民主評論》，第九卷第一期（一九五八年一月），頁十二—二〇。

同善良的願望的年青人緊密地站在一起，站在一起肩負一個偉大而莊嚴的使命。[32]

由語言措辭以至思想方向看來，他們的想像其實源於南來知識分子的「文化記憶」，是這種「記憶」的承納與發揮。他們建構（虛擬）了一個超過本土的文化連續體，由是他們既能立意開新，又有歷史（上一輩的記憶）的厚重。千斤重擔兩肩挑。香港文學史的這一段，可說是最能大開大闔，最有歷史承擔的一段。[33] 更重要的是：他們的確開拓了華語文學的新路，展示了內地環境所未及容納的文學之可能。當然，他們大概不能逆料其勇於承擔有可能遭逢「合法性」的質疑，而這正正是「歷史」之弔詭，與悲涼。

---

32 〈現代文學美術協會宣言〉，載崑南《打開文論的視窗》（香港：文星圖書公司，二〇〇三），頁一六三—一六四。

33 這是評斷香港文學文化為「淺薄」的外來學者所未及注意的一面。例如陳麗芬曾引用呂大樂指「香港意識」為「淺薄」的說法，普遍化為香港人就是「淺薄」；見陳麗芬〈普及文化與歷史記憶——李碧華的聯想〉，載陳國球編《文學香港與李碧華》（台北：麥田出版，二〇〇〇），頁一二三—一三〇。其實呂大樂之說是專指香港戰後嬰兒組成的「第二代人」自我發明的「香港意識」，是七十年期間快速發展起來的（自欺欺人的）神話，是無力的、排他的、淺薄的；其指涉有具體的範圍，與陳麗芬的想像有根本的差異。參考呂大樂《唔該埋單！——一個社會學家的香港筆記》（香港：閒人行有限公司，一九九七），頁一—三；二〇—三一。

三、歷史的崩裂與文學主體的更替

《香港文學大系》第一輯以一九四九年為編選內容的時期下限，現在第二輯在時間線上作承接，以一九五〇年到一九六九年為選輯範圍。然而，時間上雖然相互啣接，其間的「歷史」進程卻很難說是無縫的連續體。從現存資料看到，一九四五年二戰結束，港英政府從戰敗的日本收回香港，當時的人口約六十餘萬；一九四六年增至一百六十餘萬人；一九四九年一百八十六萬，一九五一年二百三十萬。[34] 由一九四九年到一九五一年兩三年間的人口增長約四十四萬，再計算雙向移動替代的實際情況和趨勢，這個歷史轉折時期香港人口變化極大，政治社會、經濟民生等面貌大有不同；尤其在文化理念或文學風尚，更是裂痕處處，前後不相連屬。

按照最通行的解說，自抗日戰爭結束，國共內戰展開，香港成為左翼文人的避風港，不少人更在此地主理重要報刊的編務，由是這個文化空間也轉變成左翼文化的宣傳基地。到一九四九年國民黨敗退台灣，大批內戰時期留港的文化人北上迎接新中國；而對社會主義政權心存抗拒的各式人等，又紛紛移居香港，或以之為中轉站，再謀定居之地。其中不少文化人在居停期間，書寫

34　參考湯建勛《一九五〇年香港指南》（香港：民華出版社，一九五〇；香港：心一堂，二〇一八年重印），頁八—九；華僑日報編《香港年鑑·第四回》（香港：華僑日報公司，一九五一），頁二；華僑日報編《香港年鑑·第五回》（香港：華僑日報公司，一九五二），頁二。

去國的鄉愁。一九五〇年韓戰爆發，緊接全球冷戰，美國大量資金流入香港，支持反共的宣傳；文藝界受益於「美援」，在應命的文字以外，也謀得一定的文學發揮空間。[35]若暫且依從極度簡約化的「左右對壘」觀念，我們可以說：在一九四九年以前，香港文學由左派思潮主導；一九五〇年以後，右派的影響大增。[36]準此而言，以連續發展為觀察對象的「文學史」，根本無從談起。

再細意的考察，可以《香港文學大系一九一九—一九四九》所載，時代較能相接的重要作家為論。《香港文學大系》第一輯所見表現精彩的詩人易椿年（一九一五—一九三七）、編輯兼作者

35 相關論述最有代表性的是鄭樹森幾篇「港事港情」文章：〈遺忘的歷史·歷史的遺忘——五、六〇年代的香港文學〉（一九九六）、〈一九九七前香港在海峽兩岸間的文化中介〉（一九九七）、〈五、六〇年代的香港新詩〉（一九九八）、〈談四十年來香港文學的生存狀況——殖民主義、冷戰年代與邊緣空間〉（一九九四），均收入《縱目傳聲：鄭樹森自選集》（香港：天地圖書公司，二〇〇四），頁二一六—二二六；頁二二七—二五四；頁二五五—二六八；頁二六九—二七八。下文再會論及其中最重要的〈遺忘的歷史·歷史的遺忘〉一文。又參考王梅香《隱蔽權力：美援文藝體制下台港文學（一九五〇—一九六二）》（新竹：清華大學博士論文，二〇一五）；Chi-Kwan Mark, *Hong Kong and the Cold War: Anglo-American Relations, 1949-1957* (Oxford: Oxford UP, 2004); Priscilla Roberts and John M. Carroll, ed., *Hong Kong in the Cold War* (Hong Kong: Hong Kong University Press, 2016)。

36 部分親歷這個轉折期的文化人例如慕容羽軍、羅琅等，也各自有其憶述，他們的說法又與此宏觀圖像並不能完全吻合；大概當中添加了許多更複雜的人事轇轕的追憶，以及個別的遭際感懷。但究竟這些微觀經驗，是否比遠距離的觀察更可信？實在不易判定。參考慕容羽軍《為文學作證：親歷的香港文學史》（香港：普文社，二〇〇五）；羅琅《香港文化記憶》（香港：天地圖書公司，二〇一七）。

梁之盤（一九一五－一九四一）、文藝理論家李南桌（一九一三－一九三八），均英年早逝；而曾在此地推動「詩與木刻」的戴隱郎又回到馬來亞參加戰鬥，無法在文藝活動上延續影響。至於在文壇非常活躍的「香港文藝協會」成員如李育中、劉火子、杜格靈，又如寫過「香港照像冊」系列的前衛詩人鷗外鷗，《中國詩壇》骨幹陳殘雲、黃寧嬰、黃雨，小說和散文作家黃谷柳、吳華胥、杜埃等，都相繼在一九五〇年後北上，在香港再沒有蕩漾餘波；更不要說奉命來港「工作」的文化人如茅盾、郭沫若、聶紺弩、樓適夷、邵荃麟、楊剛等，他們返國以後，再也不回頭。這些三、四十年代在香港有頻繁文學活動的作家選擇離開，各有其原因，不應究責；後來不少人更身陷困厄。值得注意的是：他們的作品從此幾乎在香港絕跡，不再流傳；換句話說，當初備受讚譽的作品，其「生命」卻未能在此地延續。

回到《大系》續編的問題。《香港文學大系一九一九－一九四九》及《香港文學大系一九五〇－一九六九》兩輯，年代相接；選入的作家理應有所重疊。但比對之下，結果令人驚訝。例如第一輯《新詩卷》收錄詩人五十六家，第二輯共兩卷收詩人七十一家。第一輯詩人在第二輯再次出現的僅有柳木下、何達、侶倫三人。侶倫擅寫的文類還有小說和散文，何達的詩歌創作生涯比較長；至於柳木下，到六十年代詩思開始枯竭。三人以外當然還有一些留港作家，如舒巷城、葉靈鳳、陳君葆等，仍然有在報刊撰文，以不同的文體見載《香港文學大系》第二輯；但相對於五十年代新近南移到香港的文人，以及在本土成長的新一代來說，這些香港前代作家的整體創作量和影響力遠遠不及。再者，新一代冒起的年輕文人如崑南、王無邪、西西、李英豪等，與三、四十年代香港作家的關係也不密切。[37]

這種前後不相連屬的崩裂情況，提醒文學史研究者重新審視歷史的「延續」問題；這又關乎「歷史」與「記憶」主體誰屬的問題。

四、「記憶」與「遺忘」的韻律

《香港文學大系一九五〇—一九六九》的選錄範圍是五、六十年代，正進行中的編纂過程有許多不容易解決的問題；不過，在這個時間範圍採集資料，我們得助於前人的工作甚多。在上世紀八十年代已見到從文學史眼光整理的五、六十年代資料出版，例如鄭慧明、鄧志成、馮偉才合編的《香港短篇小説選——五十年代至六十年代》。[38] 到九十年代香港另一個歷史轉折期前後，也有劉以鬯和也斯的五、六十年代短篇小説選；[39] 以及黃繼持、盧瑋鑾、鄭樹森三人更大規模的

37 在這個轉折時期，有更強韌力可以跨越時代，持續發展的是香港的通俗文學寫作人，如傑克、望雲、周白蘋、我是山人、高雄（三蘇）等；然而他們要應對的環境和寫作策略與前述者不同；在此暫不細論。

38 鄭慧明、鄧志成、馮偉才合編《香港短篇小説選——五十年代至六十年代》（香港：集力出版社，一九八五）。書中〈前言〉特別提到當時搜集資料工作之艱巨繁複。

39 劉以鬯《香港短篇小説選：五十年代》（香港：天地圖書公司，一九九七）；也斯《香港短篇小説選：六十年代》（香港：天地圖書公司，一九九八）。

合作計劃。黃、盧、鄭三位從一九九四年開始合力整理香港文學的資料，最先面世的成果如《香港文學大事年表》、《香港小説選》、《香港散文選》、《香港新詩選》等，其年限都設定在一九四八年到一九六九年。[40]三位學者還有其他時段的資料陸續整理出版，決定先推出五、六十年代的部分，應該有深義在其中。[41]鄭樹森在一九九六年發表〈遺忘的歷史．歷史的遺忘——五、六十年

40 黃繼持、盧瑋鑾、鄭樹森合編《香港文學大事年表：一九四八—一九六九》（香港：香港中文大學人文學科研究所，一九九七）；《香港小説選：一九四八—一九六九》（香港：香港中文大學人文學科研究所，一九九七）；《香港散文選：一九四八—一九六九》（香港：香港中文大學人文學科研究所，一九九七）；《香港新詩選：一九四八—一九六九》（香港：香港中文大學人文學科研究所，一九九八）。

41 三人合編的其他香港文學資料還有：《早期香港新文學作品選：一九二七—一九四一》（香港：天地圖書公司，一九九八），《早期香港新文學資料選：一九二七—一九四一》（香港：天地圖書公司，一九九八），《國共內戰時期香港本地與南來文人作品選：一九四五—一九四九》（香港：天地圖書公司，一九九九），《國共內戰時期香港本地與南來文人資料選：一九四五—一九四九》（香港：天地圖書公司，一九九九），《香港新文學年表（一九五〇—一九六九年）》（香港：天地圖書公司，二〇〇〇）。

代的香港文學〉，可說是為其理念及這個階段的工作，作出綜合說明。[42]從題目可以見到「遺忘」也是三位前輩非常關心的問題。鄭樹森在文章結尾說：

五、六十年代的香港文學，雖是當時最不受干預的華文文學，但也是物質基礎最薄弱、生存條件最貧困的。而當時政府圖書館的不聞不問，完全可以理解，但對今日的文學研究者，史料的湮沒，不免造成歷史面貌的日益模糊。任何選集、資料冊和文學大事年表的整理工作，都不得不面對歷史被遺忘後的窘厄，但也不得不去努力重構。而在這過程中，過濾篩選，刪芟蕪雜，又在所難免。換言之，重新構築出來的圖表面貌，不論是有意或無意，不免是另一種歷史的遺忘。[43]

42 〈遺忘的歷史．歷史的遺忘——五、六十年代的香港文學〉一文先在《幼獅文藝》及《素葉文學》發表，也收入《香港文學大事年表》作為書〈序〉；後來三人合著的《追跡香港文學》，也以這一篇文章放在卷首，可見這篇文章的重要性。分見《幼獅文藝》，第八十三卷第七期（一九九六年七月），頁五八—六三；《素葉文學》，第六一期（一九九六年九月），頁三〇——三三；《香港文學大事年表：一九四八——一九六九》（香港：香港中文大學人文學科研究所香港文化研究計劃，一九九六），頁一——八；《追跡香港文學》（香港：牛津大學出版社，一九九八），頁一——九。

43 〈遺忘的歷史．歷史的遺忘——五、六十年代的香港文學〉，《素葉文學》，第六一期（一九九六年九月），頁三三。

鄭樹森提到兩種「遺忘」：一是「集體記憶」的遺落，政府無意保存，民間社會也沒有「記憶」的需求；另一是史家技藝的限制，無法呈現「完全」的「記憶」。後者其實是前者的逆反：因為不滿「記憶」的遺失，所以要填補這缺失；卻因為要勉力拯救所失，求全之心生出警覺之心，甚或憂心。我們循此方向再作深思，或者可以從「記憶」的本質出發。「記憶」本是存於私我的內心，私我要尋求「生命歷程」的意義時，「記憶」是重要的憑藉。「記憶」從來不會顯現完整的「過去」，因為「過去」的每一刻都是無限大、無窮盡的；「記憶」本就是零散經驗的提取，如果要將所經驗的「過去」轉化成有意義的記憶（**making sense of the past**），則編碼（**encoding**）過程不可缺少；於是「現在」與「過去」、「私我」和「公眾」就構成對話關係，過程中既內省、再玩味、更參酌比照，當中自然有選擇、有放下；「遺忘」與「記憶」就構成辯證的關係。[44] 鄭樹森念茲在茲，是「集體記憶」的

44 有關「集體記憶」、「歷史」與「遺忘」，可參考 Maurice Halbwachs, *On Collective Memory*, ed. and trans. by Lewis A. Coser (Chicago: The University of Chicago Press, 1992); Peter Burke, "History as Social Memory," in *Memory*, ed. by T. Butler (Oxford: Blackwell, 1989), pp. 97-113; Patrick H. Hutton, *History as an Art of Memory* (Hanover, New Hampshire: University Press of New England, 1993); Jeffrey Andrew Barash, *Collective Memory and the Historical Past* (Chicago and London: University of Chicago Press, 2016); Guy Beiner, *Forgetful Remembrance: Social Forgetting and Vernacular Historiography of a Rebellion in Ulster* (Oxford: Oxford University Press, 2018)。在參閱這些論述時，我們也要注意歷史學的關懷與文學史學不完全相同，因為「文學」的本質就與美感經驗相關。

公共意義，「歷史」不應被（政治力量或經濟力量）刻意「遺忘」；謹之慎之，是為重構「歷史」過程的成敗負上責任。這種態度是值得我們尊敬的。

然而，當我們要整合思考《香港文學大系》第一、二輯的關係時，要面對的「記憶」與「遺忘」卻埋藏在更複雜的歷史斷層之間。尤其「文化記憶」在兩輯之間的失傳，是否宣明「文學」無力抗衡「現實」？只要政治社會有大變動，文學所能承載的「記憶」是否就必然失效，就此湮滅無聞？

可是，當我們還未在「歷史現實」面前屈膝之前，就發現香港的五、六十年代文人，其實在奮力抗拒「遺忘」，正如前面提到馬朗為三十年代的文學亡靈招魂；李英豪等更大規模的重整文學記憶。這樣的超越時空界限的香港文學事件不一而足，例如：曹聚仁寫《文壇五十年》正續編（一九五四、一九五五）；[45] 趙聰寫《大陸文壇風景畫》（一九五八）、《五四文壇點滴》（一九六四）；[46] 李輝英寫《中國新文學二十年》（一九五七）；構思《中國新文學大系．續編》

45 曹聚仁《文壇五十年》（香港：新文化出版社，一九五四）；《文壇五十年續集》（香港：世界出版社，一九五五）。

46 趙聰《大陸文壇風景畫》（香港：友聯出版社，一九五八年）、《五四文壇點滴》（香港：友聯出版社，一九六四）。

（一九六八）；[47]力匡以新月派風格寫《燕語》的離散心聲（一九五二）；[48]侶倫調整他的浪漫風格，以《窮巷》繼續「五四」以來的現實主義（一九五二）；[49]宋淇借梁文星重現四十年代的詩學觀念（一九五五）；[50]葉維廉用心融會李金髮、戴望舒、卞之琳等的風格（一九五九）；[51]崑南盡意追慕無名氏的小說（一九六四）。[52]應該注意的是，他們刻意重尋的「記憶」，其典範並非源自本土；但這也不是簡單的「情迷」心結，而是將更悠長深遠的「記憶」與當下的生活體驗以至生命感懷作出斡旋與協商；其中文字在文化脈搏中生發的美感經驗，或許更是關鍵樞紐，由是生發出在地的、新鮮的「文學記憶」。至於發生在《大系》兩輯時限之間的斷裂，前後輩作家之不相聞問，的確是我們所關懷且惋惜的現象。不過，我們或許要再放寬視野，只要有能力在崎嶇不平、滿佈坑洞的「歷史」長廊走遠，就會發覺已遺落的「文學記憶」，會乘隙流注，在意想不到的時刻直奔眼前。例如八十年代中段，久失踪影的鷗外鷗翩然重臨，向隔代的本地同道傳遞添加了滄桑

47 林莽（李輝英）《中國新文學二十年》（香港：世界出版社，一九五七）；李棪、李輝英〈《中國新文學大系・續編》的編選計劃〉。
48 力匡《燕語》（香港：人人出版社，一九五二）。
49 侶倫《窮巷》（香港：文苑書店，一九五二）。
50 林以亮〈詩的創作與道路〉，《祖國周刊》，第十二卷第五期（一九五五年五月），頁二五—三〇。
51 葉維廉〈論現階段中國現代詩〉，《新思潮》，第二期（一九五九年十二月），頁五—八。
52 崑南〈淺談無名氏初稿三卷〉，《中國學生周報》，第六二七期，《五四・抗戰中國文藝新檢閱》專輯，一九六四年七月二十四日。

苦澀的「記憶」；以舊作新篇為年輕世代的文學治煉助燃。[53]「歷史（文學史）」不僅形塑「過去」，它還會搖撼「未來」。

風物長宜放眼量。文學「記憶」與「遺忘」的往來遞謝，或者好比一種即興式的「時間韻律」（rhythmic temporality），時而共鳴交感，時而沉靜寂寞。[54]我們未必能按軌跡預計「記憶」何時重訪我們的意識世界，因為現世中有種種有形與無形的屏障或壓抑。然而文學——依仗文字與文化生發的美感經驗——就有種「反遺忘」的力量，在意識的海洋上下浮潛而汩汩不息，或者衣缽相傳，也可能隔世相逢。年來我們努力梳理五、六十年代香港文學的作品和相關資料，每每驚嘆初遇其實就是舊識；因為，彼此都存活在這塊土地上。

五、同構「記憶」的大眾文化

以上的論述主要從「遺忘」戒懼出發，也牽涉到主體的問題，究竟誰在「記憶」？誰要「遺忘」？簡約式的回應是：南下文人滿懷「山河有異」的感覺，以「文學風景」作為寄寓。至於本地

53 參考陳國球〈左翼詩學與感官世界：重讀「失踪詩人」鷗外鷗的三、四十年代詩作〉，《政大中文學報》，第二十六期（二〇一六年十二月），頁一四一——一八一。

54 這是英國學者 Ermarth 討論歷史時間的觀念之借用；見 Elizabeth Deeds Ermarth, *Sequel to History: Postmodernism and the Crisis of Representational Time* (London: Routledge, 2012)。

的年輕「番書仔」，卻以文化源頭的「想像」承接文壇長輩的「記憶」，來抗衡殖民統治下的種種壓抑，以及在「現代性」的苦悶狀態下尋找精神出路。「反遺忘」的對象，就是大環境的政治與社會氣候。這些「抗衡政治」的論述，比較能說明精英文化層面的心靈活動。然而，各種力量的交鋒在更寬廣的民間社會可能有不同的表現，其中顛覆的意義更不能忽略。《香港文學大系》以文字文本的「藝術表現、社會感應，與歷史意義」作為觀察對象，但編輯範圍並不會囿限在新詩、小說、散文、戲劇、文學評論等自「新文學運動」以來的「正統」文學類型。第一輯十二卷在上述文體以外，還包括通俗文學、舊體文學、兒童文學等；編輯團隊認為在香港的文化環境中，這些文學類型能夠提供「額外的」審視角度。相關的編輯理念已在《香港文學大系一九一九—一九四九》的〈總序〉作出解說。在這個基礎上，《香港文學大系一九五〇—一九六九》保持第一輯的各種文體類型，再添加粵語、國語歌詞，以及粵劇兩個部分。歌詞和粵劇的相關藝術形式是音樂和舞台的表演，但其中的文字文本仍然佔了一個相當重要的位置。當然更全面以文字表達的大眾文化體類可以舉出盛極一時的武俠小說與愛情流行小說，以及別具形態的「三毫子小說」。本輯《香港文學大系》兩卷《通俗文學》會適切地反映這個現象。在《香港文學大系一九五〇—一九六九》的架構中，新增的《粵劇卷》和《歌詞卷》有助我們從更全面了解不同類型的文字文本如何融會成大家認識的香港文化。

粵劇本是廣東珠江三角洲一帶開展出來的地方戲曲，其原始功能是作為民間酬神的一種儀式，娛神的作用不少於娛人。隨着二、三十年代省（省城，即廣州）港（香港）澳（澳門）的城市化發展，粵劇演出的空間與時間也相與呼應，重心漸漸從臨時戲棚轉到戲院舞台，並由季候性的農閒祭祀活動變成市民日常生活的文娛康樂；演出所本也由固定劇目、排場之程式化與即興混合，進展到文人參與編訂提綱以至劇本。由是，文字的作用愈加重要，文學性質經歷一個由隱至顯的歷程。於今回顧，可知粵劇的文學階段之成熟期正正發生在大崩裂時代的香港；而粵劇的整體藝術表現，也在五、六十年代進入最輝煌的時期。是時，粵劇是這個城市的重要文娛活動，與社會大眾同一呼吸；相對同時其他嶺南地區，香港更有可以迴轉的精神空間，在市廛喧鬧間讓文字的感應和創發力量得以發揮。市民社會本來就複雜多元，在現實困厄中謀存活，難免有保守功利的一面；然而大眾意識中也不乏向上提升、或者挑戰威權的想望。這時期香港粵劇界出現最有駕馭能力的編劇家，在娛樂消閒與藝術錘煉之間游走；部分更蘊藏種種越界之思，乘間衝擊諸如生死、倫常、國族、階級等界限，暗中顛覆舊有的價值體系。[55] 當中文字與現實的博弈，透過不同媒介如電台廣播、唱片，或電影改編等廣泛傳播，植入不同階層的民眾意識之中，成為香港的重要「文化記憶」，在往後世代滋潤了許多文學以至藝術創作。[56]

55 例如《牡丹亭驚夢》（唐滌生，一九五六）及《再世紅梅記》（唐滌生，一九五九）的跨越道德與生死界、《碧海狂僧》（陳冠卿，一九五一）以「老妻少夫」的情節質詢愛情之「常態」、《鳳閣恩仇未了情》（徐子郎，一九六二）以「胡漢戀」撼動國族的界限、《紫釵記》（唐滌生，一九五七）中郡主與歌妓的階級身份置換等等。

56 參考陳國球〈粵劇《帝女花》與香港文化政治想像〉，未刊稿。

由粵劇的劇曲衍生出「粵語小曲」，再而出現受「國語時代曲」感染的「粵語時代曲」，發展到更「現代化」的「粵語流行曲」（Cantopop），是香港文化的其中一條重要發展脈絡。五、六十年代流行文化中的粵語歌未算鼎盛；要到七十年代開始，「粵語流行曲」才成為香港最重要的「軟實力」之一，影響不止遍及華語世界，在整個東亞地區都有其耀眼的位置。《香港文學大系》第二輯開闢「歌詞」一體，其中一個考慮點是為以後各輯的《歌詞卷》先作鋪墊。此外，作為這個時期的文字力量之一，粵語歌詞還有不少可以細味的地方；尤其與當時的「國語時代曲」對照並觀，更能見出在地的語言風俗與各方交涉周旋的意義。「國語時代曲」的原生地應該在上海。一九四九年以後，「樂人南奔」，一大批上海歌手、作曲家、填詞人移居香港；重要的唱片製作人、大型唱片公司也由上海南下，帶來上海先進的歌曲製作技術，資金又充裕，一時間「滬上餘音」瀰漫香江。[57]

香港的語言環境原本以粵語為主，書面語基本上與其他華語地區相通；但歌曲唱詞發聲，以聽覺主導，「國語時代曲」（與「國語電影」）在五、六十年代香港居然可以引領風騷，比粵語歌曲（及「粵語電影」）有更高的社會位置；這是值得玩味的現象。在一定程度上，可以見到香港文化

57 參考黃奇智《時代曲的流光歲月：一九三〇—一九七〇》（香港：三聯書店（香港）有限公司，二〇〇〇）；沈冬〈《好地方》的滬上餘音——姚敏與戰後香港歌舞片音樂〉上、下，《音樂藝術（上海音樂學院學報）》，二〇一八年第一期（三月），頁一二七—一四二；二〇一八年第三期（九月），頁七八—九一。

有一種在殖民統治影響下的寬鬆彈性：有時是逆來順受，有時是兼容並包。若有所抗衡，會選擇比較迂迴或含蓄的方式。粵語歌曲同時經歷「國語時代曲」與「歐西流行曲」的衝擊，再由在地意識浸潤洗練，七十年代以後就能奮起搶佔鰲頭。另一方面，國語歌曲在當時香港的寬廣空間也得以茁壯成長，進入這一種歌唱體裁的黃金時期；這時「國語時代曲」的創作人不止於追詠〈南屏晚鐘〉（陳蝶衣，一九五八），也會欣賞地道的〈叉燒包〉（李雋青，一九五七），漸漸體會身處的〈好地方〉（易文，一九六二）。可見「國語時代曲」也能接地氣，成為五、六十年代本地文化的一環。

粵語、國語的歌詞合觀，可見其中還是以情歌最為大宗。談情說愛在現代社會幾乎是人生的必經歷程，普羅大眾最容易感應；這方面的書寫，在語言鍛煉（或者堆疊）上，可以上承《香奩》、《花間》，往返於風雲月露、鴛鴦蝴蝶，不難造就一種「文雅」的面相。反而其他內容的創作表達與市民接收，更值得注意。流行文化本質上要隨波逐流，寫大眾喜見樂聞，或者憂戚同感的情事。這時期的國粵語歌展示了社會的眾多面相，例如：對富貴或者美好生活的嚮往；[58] 又有為低下階層的勞動生活打氣；[59] 反映大眾的社會觀感、居住環境的差劣；[60] 以至世代轉變帶來的家

---

58 如〈月下定情〉（張金，一九五一）；〈馬票夢〉（韓棟，一九五五）；〈我要飛上青天〉（易文，一九五九）；〈財神到〉（梅天柱，一九六七）。

59 如〈擦鞋歌〉（司徒明，一九五六）；〈工廠妹萬歲〉（羅寶生，一九六九）。

60 如〈飛哥跌落坑渠〉（胡文森，一九五八）；〈扮靚仔〉，（胡文森，一九六一）；〈一家八口一張牀〉（陳蝶衣，一九五六）；〈蜜蜂箱〉（李雋青，一九五七）。

庭代溝、青春之鼓舞與躁動；[61] 甚至女性主體意識的釋放。[62]

《香港文學大系》這一輯統合香港國粵語歌曲的歌詞為一卷，更有助我們對照兩個語言表述傳統的異同，觀察二者在同一文化場域中如何周旋與互動，如何同構這個時段的「文化記憶」。再者，從整個《香港文學大系一九五〇——一九六九》的體系來看，我們也可以留心新增的《粵劇卷》和《歌詞卷》如何補足我們對香港文學文化的理解。

六、有關《香港文學大系一九五〇——一九六九》

《香港文學大系一九五〇——一九六九》共計有十六卷；《新詩》兩卷，卷一由陳智德主編，卷二葉輝、鄭政恆合編；《散文》兩卷，卷一樊善標主編，卷二危令敦主編；《小說》兩卷，卷一馮偉才主編，卷二黃淑嫻主編；《話劇卷》盧偉力主編；《粵劇卷》梁寶華主編；《歌詞卷》分兩部分，粵語歌詞黃志華、朱耀偉合編，國語歌詞吳月華、盧惠嫻合編；《舊體文學卷》程中山主編；《通俗文學》兩卷，卷一黃仲鳴主編，卷二陳惠英主編；《兒童文學卷》黃慶雲、周蜜蜜

61 如〈老古董〉（易文，一九五七）；〈青春樂〉（吳一嘯，一九五九）；〈莫負青春〉（蘇翁／羅寶生，一九六六）；〈我是個爵士鼓手〉（簫篁，一九六七）。

62 如〈哥仔靚〉（梁漁舫，一九五九），〈卡門〉（李雋青，一九六〇）。

合編；《評論》兩卷，卷一陳國球主編，卷二羅貴祥主編；《文學史料卷》馬輝洪主編。

編輯委員會成員有：黃子平、黃仲鳴、黃淑嫻、樊善標、危令敦、陳智德、陳國球。我們還邀請了李歐梵、王德威、陳平原、陳萬雄、許子東、周蕾擔任本輯《香港文學大系》的顧問。《香港文學大系一九五〇——一九六九》編纂計劃很榮幸得到公私各方的襄助。其中李律仁先生再度捐贈啟動資金，香港藝術發展局先後撥出款項作為計劃的主要運作經費。在計劃醞釀期間，也得到香港藝術發展局文學藝術組全力支持，並提供寶貴的意見。出版方面，續得香港商務印書館高水平的專業支援，解決了不少編輯過程中的難題。中研院王汎森院士盛情鼓勵，為《大系》題籤。香港教育大學中國文學文化研究中心作為《大系》編輯的基地，各位同事和研究生們以最高熱忱協同編務。至於境內外文化界同道的熱心關懷，督促提點，在此不及一一。以上種種，我們都銘記在心，並以之為更大的推動力，盡所能以完成《大系》的工作。

在此還應該記下我對《大系》編輯團隊的無限感激。眾所周知，當下的學術環境並不鼓勵《香港文學大系》一類的工作，團隊同仁犧牲大量時間與精神參與編務，只說明我們認識的這個城市、這個地方，值得大家交付心與力。至於其中的意義，就看往後世間怎麼記載。

凡例

一、《香港文學大系一九五〇—一九六九》共十六卷，收錄一九五〇年（一月一日起）至一九六九年（十二月三十一日止）之香港文學作品，編纂方式沿用《中國新文學大系》的體裁分類，同時考慮香港文學不同類型文學之特色，定為新詩卷一、新詩卷二、散文卷一、散文卷二、小說卷一、小說卷二、話劇卷、粵劇卷、歌詞卷、舊體文學卷、通俗文學卷一、通俗文學卷二、兒童文學卷、評論卷一、評論卷二和文學史料卷。

二、作品排列是以作者或主題為單位，以作者為單位者，以入選作品發表日期先後為序，同一作者入選多於一篇者，以發表日期最早者為據。

三、入選作者均附作者簡介，每篇作品於篇末註明出處。如作品發表時所署筆名與作者通用之名不同，亦於篇末註出。

四、本書所收作品根據原始文獻資料，保留原文用字，避免不必要改動，如果原始文獻中有×或□，亦予保留。

五、個別明顯誤校、字粒倒錯，或因書寫習慣而出現之簡體字，均由編者逕改；個別異體字如無法顯示則以通用字替代，不另作註。

六、原件字跡模糊，須由編者推測者，在文字或標點外加上方括號作表示，如「不以為〔然〕」；

原件字跡太模糊，實無法辨認者，以圓括號代之，如「前赴（　）國」，每一組圓括號代表一個字。

七、本書經反覆校對，力求準確，部分文句用字異於今時者，是當時習慣寫法，或原件如此。

八、因篇幅所限或避免各卷內容重複，個別篇章以「存目」方式處理，只列題目而不收內文，各存目篇章之出處將清楚列明。

九、《香港文學大系一九五〇—一九六九》之編選原則詳見〈總序〉，各卷之編訂均經由編輯委員會審議，唯各卷主編對文獻之取捨仍具一定自主，詳見各卷〈導言〉。

十、本〈凡例〉通用於各卷，唯個別編者因應個別文體特定用字或格式所需，在〈導言〉內另作補充說明，或在〈導言〉後另以〈本卷編例〉加以補充說明。

導言一

葉輝

《六十年代詩選》兩位編選者瘂弦與張默在〈緒言〉交代何謂「六十年代」之時乃有此說法：「所謂『六十年代』，並非完全意味着一種紀年式的時間觀念，而是表示一種新的、革命的、超傳統的現代意義」；[1]此一詩選在時間跨度超前，象徵反傳統的前衛精神，以及顛覆一切既有的模式，故此入選作品重視語言技巧，力求新奇而多變，表現現代意義，為戰後現代詩帶來新的形式風格；但也往往由於過度強調形式之表現，因而易於引致詩意的晦澀難解。

查實《六十年代詩選》出版後回響熱烈，格式包括詩人畫像，評介速寫，乃至選句等等幾乎為必備條件；詩選〈緒言〉毋寧有如宣言，贊同與反對的聲音此起彼落而不絕於耳；方思、白萩、余光中、林泠、林亨泰、季紅、秀陶、吳望堯、紀弦、馬朗、洛夫、夏菁、崑南、商禽、黃用、黃荷生、葉珊、葉維廉、覃子豪、張默、瘂弦、敻虹、碧果、鄭愁予、錦連、薛柏谷等二十六位入選詩人的繪像線條明快，表情生動，詩人評介精準扼要；自始至終兩位編者深感責任重大；每位詩人的詩作，無論輯入多少，俱自成單元，前有簡短評介，由畫家馮鍾睿描繪畫像，那就猶如二十六本小詩集匯合而成一冊；詩作入選較多的計有林亨泰、吳望堯、馬朗、商禽與鄭愁予；較

1 《六十年代詩選》，高雄：大業書局出版，一九六一；〈緒言〉，頁I-VI。

有名氣的詩人如覃子豪、紀弦與洛夫等，反而選得不多；最特別的為本港詩人崑南，以長詩〈喪鐘〉入選。

瘂弦、張默在〈緒言〉有此說法，「現代藝術之出現，往往使人們在一面破裂的鏡子中窺見扭曲和蒼白的自我而猛然驚駭起來。當發現鏡中只是幻象，他們因而又悲忿地摔破這面鏡子，企圖在另一面中發現較完整較真實的自我，在這種悲劇性的循環中，於是便形成了現代藝術創造實驗的過程。由意象主義、立體主義、達達主義、超現實主義、以至到存在主義，無不是在打破幻象而又塑造另一幻象，破滅自我而又追求另一自我，以完成人與自然、人與歷史新關係之建立的運動中一一出現。此一出現乃源於直覺而非源於理念，且『出現』一詞，亦不意味着一種成熟期的滿足抑或收穫期的愉悅，可以說，在意識上是一種新的覺醒，在表現上是一種新的試驗；因現代主義每一流派的形成均欲使人類導入一個明知是幻滅與孤寂而又無法逃避的絕對世界裏去，不論在思考方法或美學觀念上，他們永遠在肯定與否定的矛盾關係中顯示出一種哲學上的困惑」。

兩人在〈緒言〉續有說法，「這種困惑顯然並不完全如某些人所焦慮的所謂『缺乏哲學上的思想基礎』、蓋事物先思想而存在，至少該是同時存在。不可諱言，這種困惑即他們欲避免使自己與外在世界發生衝突，而事實上這衝突是無法避免的，因一則他們總想了解自我在時間與空間發展過程中的地位和價值，再則他們又不能不承受現代世界中所給予他們複雜的影響。就在困惑與矛盾中廿世紀六十年代的中國詩人，不僅對歐美一系列的現代主義各流派的影響作全面性的接受，且隱隱顯示出他們具有更大的野心以期待衝破種種障礙去開拓新的領域」。

此一「困惑」僅為《六十年代詩選》編者的難處之一，繼其後的編選者遂有更多難處，他們往往執迷於二手甚或N手閱讀經驗（此為食古不化的學院中人，乃歷來之訓練使然）而有近視及遠視之弊，甚至弱視及散光，因而視野含糊，時不時就有「見樹不見林」、「見林不見樹」，或兩者俱不見，但卻從旁加以如此及如彼的指點，遂令「困惑」與難處無限擴大，在此奉勸雅好「指點」之人宜好自為之，那是因為選集並非複印二手或N手教科書。

此所以《六十年代詩選》的〈緒言〉尤其值得雅好「指點」之人所參考，「假如有人堅持要追問現代詩的功能何在，我們只能勉強作兩點解釋。一是通過藝術的知覺使我們更深刻了解人與自然的本質，透過詩的感性以啟發我們的知覺，一是由於詩人的自我表現和聯想作用將一些混亂而零碎的經驗連結起來，使人們對世界的意義有一個較完整的認識，而此二者均在幫助人類在現代生活中獲致新的適應」。

此一說法也許乃台灣在上世紀六十年代詩壇之「在地」實況，〈緒言〉何以要作出此一「勉強」解釋？敢信與在「六十年代」本港及台灣的文藝思潮趨勢大致相關；〈緒言〉所提及的「現代藝術創造實驗」，當中包括意象主義（imagism）、立體主義（cubism）、達達主義（dadaism）、超現實主義（surrealism）以及存在主義（existentialism），此等文藝思潮在二戰之後席捲全球，無論在東方或西方，舉凡文學（詩、小說、劇本）、視覺或聽覺藝術（繪畫、雕塑、攝影、音樂）乃至舞台藝術之綜合形式（話劇、戲曲、舞蹈）等等，莫不如是。

明乎此，所謂「現代藝術創造實驗」如同空氣，早已滲透於現代生活之中，查實現代藝術範圍非常廣泛，從十九世紀末期至上世紀七十年代的藝術創作，俱實驗各種觀看的方式、材料、觀點等等，因而演變得愈來愈抽象了；現代藝術從西方世界展開，在十九世紀中期擴展到其他視覺藝術，當中乃有以巴黎為中心的印象主義或印象派（impressionism），以及德國的表現主義（expressionism）。

或許那就一如美國的藝術史學者居爾布特（Serge Guilbaut）所言，說到「紐約偷走現代藝術的觀念」，首先要了解現代藝術，除了一九一三年在紐約國際現代藝術展以外，並無任何事件可作為美國先鋒藝術覺醒的劃時代一刻，藝術展不僅動搖美國年輕藝術家，使他們以實驗形式作新的對話，且開啟那些擁護前衛藝術思想的人們與認為他們在妖言惑眾的反對者之間，持久的聲勢浩大的戰爭。

現代藝術以保羅．塞尚（Paul Cézanne）、梵高（Vincent van Gogh）與保羅．高更（Paul Gauguin）為代表，那些激發想像力，甚至於觸怒美國年輕藝術家，新近才成為經典的流派立體主義，對空間的分解及偏離感為當時街巷的談資，在以後的歲月，杜象（Marcel Duchamp）在反對者的敵視和抨擊中逐漸聲名鵲起。

《文學摘要》（*The Literary Digest*）刊發一系列信件，內容令人震驚，猶如藝評的暴亂，一個自稱是科學家的男子寫道：「我們所知的關於『再創造』的感覺事實上是不可能再創造的（即使在記憶中），因當他們消失時即永遠消失；取代他們的絕不是感覺而是記憶，記憶並非感覺」；那就是說，一頓美好晚宴的經歷帶來的感覺一旦消失，那麼，廚師無論如何也不可能通過記憶複製；在此奉勸雅好「指點」之人宜好自為之，切勿仿效廚師，企圖複製早已消失而不復存在的記憶。

另一種橫的移植

本港及台灣現代詩的文學交流，即可列舉由馬朗所主編的《文藝新潮》[2]作為例子，此刊載有不少小說家與詩人以不同形式的重新介紹；比如刊載法國詩人阿保里奈爾（Guillaume Apollinaire）、英美詩人T．S．艾略特（T. S. Eliot）以及日本詩人橫光利一等等。

《文藝新潮》第一卷第四期刊載「法國文學專號」，當中阿保里奈爾以詩人的身份出現，以譯介其詩；在第一卷第十期，東方儀提及橫光利一曾透過劉吶鷗譯介而傳入中國，但並無進一步的發展；在第一卷第七期「英美現代詩特輯」之美國部分，編者馬朗遂在〈前言〉有此說法：「美國趨向現代詩以後，解除刻板的桎梏，大量應用活的語言，新鮮的意象，自己的格式，利用該國年青的氣魄，大膽衝破因襲的傳統，充分增強了詩的表現力，一般詩人都富於創造性，完全以現代的語言和技巧刻畫出最現代的美國人的精緻，現代生活的節奏」。

2 馬博良筆名馬朗，五十年代初來港，一九五六年創辦及主編文學雜誌《文藝新潮》，倡導香港文壇的現代主義思潮。

相隔二十多年，《現代》[3]所翻譯的詩作品以另一形式在本港再現，美國現代詩再為本港詩人所肯定，戴望舒於上世紀三十年代所譯的法國現代詩、英美及西班牙現代詩，至五十至六十年代，對港台現代詩譯介仍具指導作用；本人在《另一種橫的移植——香港新詩與外國詩譯介》[4]一文指出，柳木下以馬御風、劉暮霞、穆夏之名在報刊發表大量外國詩譯介；當中包括在《文匯報·文藝》所發表的德國詩人赫爾曼·赫賽（Hermann Hesse）、英國詩人路易·史提芬生（Robert Louis Stevenson，今譯史蒂文森）；復在《文藝伴侶》第一期所發表的許拜維爾（Jules Supervielle）及保羅福爾（Paul Fort）的詩作。

中國內地經歷八年抗戰，香港經歷三年零八個月的日治時期，對正處於成熟期的中國及香港新詩發展無疑為一大打擊，抗戰勝利後再掀內戰，及至一九四九年國共分據海峽兩岸，新詩作者東移台灣、南下香港，在港台兩地再現生機；本人有幸參與《香港文學新詩資料彙編》[5]的工作，得以翻閱大量上世紀五十年代至二〇〇〇年的香港文學期刊、副刊，從中發現詩創作、評論與譯介俱兼顧的不在少數，而翻譯外國文學鮮有參與的刊物相對較少，以出版時間較長的《文壇》與《當代文藝》而言，幾乎全無翻譯，文學視野顯得相對狹窄；本人嘗試收窄範圍，集中討論香港刊

3 《現代》月刊，一九三二年五月創刊於上海，現代書局發行，共六卷三十四期，第一卷與第二卷十二期，由施蟄存主編；第三卷第一期至第六卷第一期止，十九期，由施蟄存與杜衡合作編輯。

4 見葉輝《Kairos：身體、房子及其他》（唯美出版社，二〇一〇），頁一一四—一四七。

5 《香港文學新詩資料彙編》（一九二二—二〇〇〇），關夢南、葉輝主編，風雅出版社，二〇〇六年。

物在上世紀五十年代至七十年代末的外國詩譯介概況及其影響。

《人人文學》[6]月刊在一九五二年五月至一九五四年十一月，桑簡流談論〈惠特曼（Walt Whitman）的詩〉；林以亮譯介拜倫（George Gordon Byron）、雪萊（Percy Bysshe Shelley）、濟慈（John Keats）、華滋華斯（William Wordsworth）、柯勒瑞基（Samuel Taylor Coleridge，今譯柯勒律治或柯爾律治）等英國浪漫主義詩人之作品；余懷（林以亮）譯黎爾克（Rainer Maria Rilke，今譯里爾克）的《給一個青年詩人的信》（*Letters to a Young Poet*）。

《中國學生周報》[7]在上世紀五十年代，大多刊出力匡、徐速、夏侯無忌及台灣詩人覃子豪、瘂弦、吳望堯、余光中、葉珊、周夢蝶等的詩，但並無外國詩譯介；從一九六三年起，始有西西譯介康明斯（E. E. Cummings，港譯康明斯，兩岸大多譯卡明斯）；溫健騮譯介西班牙詩文選、英國詩人戴劉易士（Cecil Day-Lewis）；孫述宇、劉湘池、崑南、顏元叔譯介T．S．艾略特；也斯（梁秉鈞）譯〈Jacques Prévert（普雷維爾）的詩和畫〉、〈聶魯達（Pablo Neruda）詩譯〉；秦天南、鄭斷風、樂文送（李國威）、張大江譯介捷克詩人賀蘭（Vladimír Holan，今譯荷魯，內地大多譯為霍朗）。

---

6 《人人文學》由黃思騁創辦於一九五二年五月，至一九五四年八月停刊，初為月刊，後改為半月刊，改由夏侯無忌及力匡合編。

7 《中國學生周報》，友聯出版社，一九五二年七月二十五日創刊，一九七四年七月二十日停刊。

《熱風》[8]半月刊一九五三年九月至一九五七年最初幾期由徐訏主編，後交由李微塵接手，載有于琛（疑為徐訏化名，待考）譯法國詩人繆塞（Alfred de Musset）、雨果（Victor Hugo）、戈蒂葉（Théophile Gautier）的詩。

《大學生活》[9]月刊在一九五五年四月至一九六四年三月以陳紹鵬譯介英國抒情詩，一九六六年改版後載有黃農生譯葉芝（William Butler Yeats，另譯為葉慈）〈當你已老去〉（When You Are Old）、趙天儀的〈日本現代詩風貌〉、李國威的〈史班德（Stephen Spender）與艾略特〉、葉維廉〈靜止的中國花瓶——艾略特與中國詩的意象〉、朱南度譯艾略特〈論詩的批評〉（To Criticize the Critic）、鄭潛石譯 A. C. Bradley（布拉德雷）的〈為詩而詩〉（Poetry for Poetry's Sake）。

《詩朵》[10]在一九五五年八月主要譯介包括無邪譯雪萊〈愛杜納斯——悼濟慈之死〉、晶流譯〈法國詩鈔〉（五首）、白曙譯泰戈爾（Rabindranath Tagore）、竹蘋譯愛倫坡（Edgar Allan Poe）、葉鎧淩、徐白苓合譯喬治莫爾（George Moore）的詩。

《文藝新潮》雙月刊在一九五六年二月至一九五七年十二月第四期由葉泥、紀弦、孟白蘭（馬朗）、貝娜苔（楊際光）、冰山、間倫、卜量合譯《法國文學專號》，當中就譯有保爾．福爾（Paul

---

8 《熱風》半月刊，創墾出版社，一九五三年九月十六日創刊，一九五七年十月十六日停刊。

9 《大學生活》月刊，友聯出版社，一九五五年四月創刊，設立研究中國國情的友聯研究所。

10 《詩朵》一九五五年八月一日創刊，成員有崑南、王無邪、蔡炎培、盧因，崑南以筆名班鹿所寫的〈免徐速的「詩籍」〉，曾引起五十年代一場新詩的論戰。

Fort）、阿保里奈爾、古爾蒙（Remy de Gourmont，即戴望舒所譯的果爾蒙）、茹勒·蘇貝維爾（Jules Supervielle，即戴望舒所譯的蘇佩維艾爾）、艾呂雅（Paul Éluard）、亨利·米修（Henri Michaux）、普雷維爾（Jacques Prévert）、瑪克司·夏白（Max Jacob），第七及第八期由馬朗一人獨譯《英美現代詩輯》，選譯十位美國詩人：華雷士·史蒂芬斯（Wallace Stevens）、威廉·卡洛士·威廉斯（William Carlos Williams）、艾茨垃·龐特（Ezra Pound，今譯龐德）、瑪麗安妮·摩亞（Marianne Moore）、T·S·艾略脫（T. S. Eliot，今譯艾略特）、阿茨波·麥克列許（Archibald MacLeish）、E·E·康敏士（E. E. Cummings）、哈特·克倫（Hart Crane）、穆蕾兒·魯吉莎（Muriel Rukeyser，今譯魯凱澤）、卡爾·薩皮洛（Karl Shapiro，今譯夏皮羅）；十位英國詩人：葉芝、勞倫斯（D. H. Lawrence）、薛惠兒（Edith Sitwell）、劉易士、麥克尼司（Louis MacNeice）、奥登（W. H. Auden）、史班德、喬治·巴克（George Barker）、戴蘭·湯瑪斯（Dylan Thomas）、大衛·葛思康（David Gascoyne）；另外，孟白蘭（馬朗）譯巴思（Octavio Paz，今譯帕斯）詩作、葉冬（崑南）譯T·S·艾略特的〈空洞的人〉（The Hollow Men）、馬朗譯〈洛迦（Federico Garcia Lorca，今譯洛爾迦）詩抄〉、〈布勒東（André Breton）詩抄〉、無邪（王無邪）譯奧登詩、〈艾瑪紐艾爾（Pierre Emmanuel）詩抄〉、貝娜苔譯一九五六年諾貝爾詩人希門涅斯（Juan Ramón Jiménez，今譯希梅內斯）的詩。

《文藝世紀》[11]月刊在一九五七年六月至一九六九年十二月，刊有幾輯「亞非拉現代詩選」，當中包括《現代非洲詩選》（塞內加爾、加納、幾內亞、佛德角群島、象牙海岸、莫桑比克、馬里、剛果、安哥拉等詩譯）；《現代亞洲詩選》（日本、越南、尼泊爾、巴基斯坦、印尼、朝鮮的詩作）；《現代拉丁美洲詩選》（巴拉圭、厄地馬拉、巴西、古巴、多米尼加、圭亞那、委內瑞拉、秘魯、薩爾瓦多、巴拿馬等國詩作），視野不可謂不廣闊；此外，尚有盧唐華的〈阿富汗民間詩歌選譯〉、馬馳譯〈非洲詩選二首〉、水拍譯古巴N．吉里安（Nicolás Guillén）的詩作、黃偉經所撰的〈屠格涅夫（Ivan Turgenev）散文詩翻譯十首〉，都見出文學趣味之所在，除此以外，馮至譯〈海涅（Heinrich Heine）詩選〉、鄂華譯〈威廉．布萊克（William Blake）詩選〉、袁可嘉譯〈彭斯（Robert Burns）詩三首〉、興華譯〈密爾頓（John Milton）三首〉等。

《新思潮》[12]由崑南、李英豪、盧因三人任編輯，在一九五九至一九六〇年二月以現代文學美術協會名義出版，譯介只有谷之譯S．卡西摩度（Salvatore Quasimodo）詩兩首、伍希雅譯法國

---

11 《文藝世紀》一九五七年創刊，一九六九年停刊，由創刊至結束，社長及總編俱為筆名「夏果」的詩人源克平。

12 《新思潮》由崑南、王無邪和盧因三人合辦的文藝雜誌，由現代文學美術協會出版。現代文學美術協會於一九五八年十二月十二日登記成立，由崑南、王無邪、葉維廉等創立。除「推展香港文學藝術運動」、「發揚現代文學藝術的真正價值」和「與香港各文學藝術團體緊密合作，共同推動文運」外，還有「聯絡全港職業及業餘畫家及文學工作者」。

詩選錄。

《香港時報．淺水灣》[13]為每日副刊，一九六〇年二月至一九六二年六月，此一由劉以鬯主編的副刊，由一九六〇年五月起載有大量外國詩譯介，計有崑南（葉冬）譯介〈美國詩壇的實現〉、金士堡（Allen Ginsberg，今譯阿倫金斯堡）、洛爾加（Federico Garcia Lorca）詩作、英國詩人戴倫湯瑪士（Dylan Thomas）；溫健騮譯介桑特堡（Carl Sandburg）、華茲華斯、艾略特、史班德、A．麥克里殊（Archibald MacLeish）等「戰後英美詩壇」；洛保羅譯介「現代蘇俄詩壇」、谷子、盧因譯介巴斯特勒（Boris Pasternak）；芳心譯西班牙諾貝爾獎詩人崑西摩杜（Salvatore Quasimodo）、狄吾譯艾略特的文論；若梅譯德國史托姆（Hans Theodor Woldsen Storm）、里爾克；學工譯介龐特（龐德）、〈希臘現代兩大詩人〉、〈行為怪異的詩人葉茨（William Butler Yeats，另譯為葉慈）〉、〈俄青年詩人之不滿〉、〈現代英美詩壇〉、〈美國元老詩人佛洛斯特（Robert Frost）〉；石砂節譯〈現代西班牙詩壇〉；愛倫（西西）介紹波特萊爾（Charles Pierre Baudelaire）的《惡之花》(*Les fleurs du mal*)；黃若愚譯介洛爾伽；黃長譯〈蘇俄的「地下詩人」〉

13 《香港時報．淺水灣》由劉以鬯主編，從一九六〇年二月十五日至一九六二年六月三十日，大量譯介西方現代主義的文學、評論，以及意識流小說。

等等。《好望角》[14]月刊在一九六三年三月至一九六三年十二月由崑南、李英豪擔任編輯，譯介計有李英豪譯史班德的批評文章、王無邪譯意大利詩人夸西莫多（Salvatore Quasimodo）的詩作、錦連譯〈村野四郎詩抄〉。

《水星》[15]月刊在一九六四年十月十五日至一九六五年十一月一日有于琛譯〈法國詩抄〉，包括貝朗熱（Pierre-Jean de Béranger）、戈蒂葉、雨果、瓦爾摩（Marceline Desbordes-Valmore）、繆塞；于琛譯意大利詩人〈翁加雷蒂（Giuseppe Ungaretti）短詩三章〉。

《海光文藝》[16]月刊，一九六六年三月至一九六七年一月，譯介不多，計有顏迪武〈略論法國現代詩、英國現代詩和中國現代詩〉、李英豪〈論意大利當代新詩〉、陶最譯〈海明威的兩首情詩〉。

---

14 《好望角》一九六三年三月創刊，由李英豪、崑南、文樓等人合辦的文藝半月刊，合共出版十三期，由崑南和李英豪輪流擔任雜誌執行編輯，推介過西方存在主義文學與哲學，刊載多篇存在主義小說，引介大量西方現代主義文學藝術作品及理論。

15 《水星》由南來作家李雨生（筆名路易士）主編，一九六四年十月創刊，一九六五年十月停刊，類似同仁雜誌，偏重譯介外國文學。

16 《海光文藝》由羅孚策劃，黃蒙田編輯，唐澤霖出版，一九六六年一月創刊，至一九六七年一月停刊，共出十三期，不時滲入戲劇、音樂、繪畫、書法等文章，邀得姚克、費明儀、周文珊、陳福善、林壁等執筆。

《文藝伴侶》[17]月刊在一九六六年四月至一九六六年七月譯介主要由柳木下負責，他譯介里爾克、許拜維爾與保羅福爾的詩。

《盤古》[18]月刊在一九六七年三月至一九七七年二月，譯介有李國威的〈第二曙光——一九五六年的蘇聯詩壇〉、李國威、余丹、古蒼梧合譯的〈蘇聯現代詩選譯〉、樂文送（李國威）、袁水拍、淮遠合譯的《聶魯達專輯》、韋葦及王仲年合譯的〈第三世界詩選〉、徐醒吾譯〈土耳其詩人希克梅特〉（Nâzım Hikmet）、馬真、張孟恢、白羅合譯〈中東詩選〉。

上世紀五六十年代處於冷戰時代高峰期，其時香港處於紅色中國的最前沿，也是面向世界的自由貿易港口，因而成為不同意識形態的必爭之地，簡而言之，香港成為左右兩大陣營透過文學、藝術、文化的思潮所鼓吹的價值觀角力場——不管官方、半官方，商業贊助（報章的文藝副刊多屬此例）或同仁自費，畢竟涉及辦刊物的經濟命脈，亦即涉及資金來源，到頭來，自覺或不

17 《文藝伴侶》由伴侶雜誌社出版的月刊，一九六六年四月二十日創辦，發刊詞說明：「不希望把文藝打扮成一個使人愛而遠之的貴婦，也不希望把文藝當作是一個使人敬而遠之的神明，而只希望文藝和你的生活發生關係，使它成為你的親切的伴侶。」

18 《盤古》一九六七年創刊，一九七八年停刊；戴天在創建書院辦「詩作坊」，邀請古蒼梧去介紹五四以來中國新詩的發展；張曼儀、黃繼持、黃俊東、余丹、李浩昌及吳振明，合作整理一九一七—一九四九年的新詩，由港大、中大兩家出版社合作出版，《現代中國詩選：一九一七—一九四九》出版已是一九七四年，他們找到更多資料，再編《中國新詩選》，編者尹肇池為溫健騮、古兆申（即古蒼梧）、黃繼持的諧音合名。

自覺、主動或被動而捲入意識形態之爭。

南來文人左右香港的文藝思潮，《人人文學》由黃思騁、力匡、夏侯無忌（孫述憲，尚有筆名齊桓）主編，但宋淇卻為翻譯主力，他先後以林以亮、余懷兩筆名譯介拜倫、雪萊、濟慈、華滋華斯、柯勒瑞基等英國浪漫主義詩人，且譯有黎爾克（即里爾克）的《給一個青年詩人的信》，他在《人人文學》發表四篇重要的詩論，當中包括〈詩與感情〉、〈論新詩的形式〉、〈再論新詩的形式〉與〈論散文詩〉，以淵博的中西文學知識與視野，釐清強烈感情並非好詩標準，對當時流行的保守詩論標準無疑為當頭棒喝，另一方面，他討論新詩的形式，由中國古詩演化出來的「絕句」與「擬古」，談到西洋詩的形式，諸如「無韻五拍體」（blank verse）、「抑揚格五拍偶句」（heroic couplet）、「商籟體」（sonnet）、「史賓塞體」（Spenser stanza）和「歌謠體」（ballad）的移植，大概乃香港刊物首次較全面引介西方詩形式，無疑開闊當時詩的作者與讀者的眼界，更重要的是他的詩論多以梁文星（吳興華）的詩作為例，向香港讀者推介此位重要的四十年代詩人——蔡炎培其後在台灣《文學雜誌》讀到梁文星詩作，承認梁詩令他開竅；吳興華的詩要到二〇〇五年才得以在內地整理出版，並引起廣泛討論，港台讀者有幸在半個世紀前知悉其人其詩，實拜詩人獨具慧眼的同學林以亮所賜。

林以亮一九六一年為今日世界出版社編選的《美國詩選》，譯者林以亮、張愛玲、余光中、邢光祖、梁實秋、夏菁等，共譯愛默生（Ralph Waldo Emerson）、愛倫坡、梭羅（Henry David Thoreau）、惠特曼、蘭尼亞（Sidney Lanier）、羅賓遜（Edwin Arlington Robinson）、馬斯特斯

(Edgar Lee Masters)、克瑞因(Robert Creeley)、羅威爾(James Russell Lowell)、佛洛斯特、桑德堡(Carl Sandburg)、蒂絲黛爾(Sara Teasdale)、韋利夫人(Mrs. Waley，她乃漢學家阿瑟·韋利(Arthur Waley)之妻)、艾肯(Conrad Aiken)、密萊(Edna St. Vincent Millay)等十五家，此書影響深遠，為幾代人研讀美國詩不可或缺的選本，由美國新聞處轄下的今日世界出版社出品，此為「綠背」(greenback)文化產物，在某種意義而言，超越特定時期的意識形態而還原詩的本質，恐怕此為詩與翻譯跨越政治的最後勝利。

另一南來文人徐訏曾主編《熱風》，棣棠在《周作人與鮑耀明通信集》的〈編者前言〉，記述一段與此刊有關資料：「朋友曾經問我，你和知堂老人(周作人)素未謀面，年齡又相差那麼遠，怎會通信起來的」？此事要從一九五〇年說起，其時新加坡南洋商報社在香港中環舊東亞銀行九樓，設立駐港辦事處，並以創墾社名義發行不支稿費的同仁雜誌《熱風》；辦事處由郭旭主持，雜誌最初數期由徐訏主編，繼交李微塵接手，李微塵由李光耀禮聘為新加坡政府政治顧問後，此雜誌遂由郭旭掛名，辦到第九十九期宣佈停刊為止；撰稿同仁有徐訏、曹聚仁、朱省齋、李微塵、劉以鬯、高伯雨、李輝英等。

《熱風》刊載于琛譯法國詩人繆塞、雨果、戈蒂葉的詩作，料出於同仁手筆，徐訏早年曾留學法國，所以有理由相信于琛乃他的化名；于琛此筆名直至一九六四年才在李雨生主編的《水星》再出現，分別譯有〈法國詩抄〉，當中就包括貝朗熱、戈蒂葉、雨果、瓦爾摩、繆塞詩作；意大利〈翁加雷蒂短詩三章〉及〈現代詩抄三首〉。

馬朗在紀弦主編的台灣《現代詩》[19]先後發表英美譯詩五輯，包括史賓德兩首（第十四期）、E．E．康敏士四首（第十五期）、T．S．艾略特七首（第十七期）、麥克列許三首（第十八期）、奧登兩首（第十九期）；台灣青年學者楊宗翰在〈台灣《現代詩》上的香港聲音——馬朗．貝娜苔．崑南〉一文，詳述《文藝新潮》與《現代詩》的「互助與唱和」：「一九五六年，紀弦在《現代詩》第十三期提出六項『現代派的信條』；同一年間，與台灣一水之隔的香港，誕生由馬朗主編而力倡現代主義的《文藝新潮》；在主編紀弦、馬朗的穿針引線下，兩刊從隔海遙望，提升為實質互助與唱和，《文藝新潮》與《現代詩》俱曾製作專輯，介紹及推薦對方同仁的力作；《文藝新潮》第九及第十二期就刊出『台灣現代派新銳詩人作品輯』、『台灣現代派詩人作品第二輯』，登場台灣詩人有林泠、黃荷生、薛柏谷、羅行、羅馬（商禽）、林亨泰、季紅、秀陶等；方思與紀弦除在此刊發表詩創作，譯介不少德、法現代詩；馬朗則為《現代詩》各期『英美現代詩選』專欄最主要翻譯者，持續為台灣文化界提供英美詩人詩作新訊；譯介顯然對台灣的詩作者產生程度不一的影響」。

至於台灣《現代詩》的香港聲音，集中顯現於第十九期（一九五七年八月）的「香港現代派詩人作品一輯」；專輯號稱由「香港文藝新潮社」推薦，選刊馬朗、貝娜苔、李維陵、崑南、盧

19 《現代詩》一九五三年由路逾（紀弦）創辦，主張「詩歌分離」，認為新詩必須不用韻和無格律，提倡西方「現代主義」和新詩現代化，創立「現代派」。

因等五家詩作，並附上個人簡歷；崑南在上世紀五十年代投稿《人人文學》與《文藝新潮》，對此兩份刊物的印象截然不同，《人人文學》曾刪改他的少作以符合此刊的文學趣味，令他感到「無癮」，《文藝新潮》則讓他認識馬朗，他為《文藝新潮》譯艾略特的〈空洞的人〉，馬朗提出意見供他多番修改，令他對譯詩掌握得更透徹；崑南參與譯介的計有《文藝新潮》、《香港時報．淺水灣》、《中國學生周報》，他先後參與編務的《詩朵》、《新思潮》、《好望角》，在《香港時報．詩潮》兼顧外國詩潮譯介工作，直至二〇〇一年、二〇〇二年他仍參與譯事，半個世紀以來，他與詩及譯詩不離不棄，他每次談到閱讀與寫作的關係，總以「取法乎上」四字概括，當中道理，敢信亦適用於翻譯和創作，如從翻譯〈空洞的人〉到創作〈賣夢的人〉，堪作佐證。

劉以鬯雖然不是詩人，但他思想開放、對推動現代主義文學不遺餘力，一九六〇年二月至一九六二年六月主編《香港時報．淺水灣》共八百四十九期，刊有大量詩評和外國詩譯介，其中崑南、溫健騮、學工等人乃譯介的主力，對當時的青年詩人產生的影響難以估量。他其後主理《快報》副刊，亦有篇幅給青年作者諸如西西、也斯、何福仁、王仁芸等撰寫每日見報的專欄，讓新銳作者暢所欲言，於推介外國文學無疑具有潛移默化的作用；也斯其時才二十歲出頭，在《快報》寫八年專欄，撰寫大量讀書隨筆，對在西方勃興的拉美作家、詩人如聶魯達、帕斯（Octavio Paz）、加西亞．馬奎斯（Gabriel García Márquez）、博爾赫斯（Jorge Luis Borges）、法國新小說及先鋒派文藝思潮、反叛文學如加洛克（Jack Kerouac）、阿倫金斯堡、費靈傑蒂（Lawrence Ferlinghetti）、卜戴倫（Bob Dylan）等等，俱有全面而深刻的評介，說來亦為另一種影響的延續。

如果說馬朗與林以亮的譯詩工作延續三四十年代中國新詩的世界視野，崑南與也斯可謂此一視野、胸襟和精神的再延續；崑南自六十年代中後期對文學心灰意冷，也斯卻在差不多同一時期起接力，他一直推崇林以亮與馬朗的文學工作（尤其是詩），評介他在舊書攤購得的《文藝新潮》以及馬朗、崑南的作品，在劉以鬯主理的《快報》副刊撰寫專欄之餘，上世紀七十年代初已編譯在台灣出版的《美國地下文學選》、《當代拉丁美洲小說選》、《當代法國短篇小說選》（與鄭臻合編），其後在《七十年代》、《文林》（林以亮主編）、《中國學生周報》、《大拇指》等刊物翻譯法國詩人卜列維（Jacques Prévert，今譯普雷維爾）、智利詩人聶魯達、意大利詩人蒙德萊（Eugenio Montale，今譯蒙塔萊）、西班牙詩人阿歷山聚（Vicente Aleixandre，今譯阿萊克桑德雷）、德國詩人小說家葛拉軾（Günter Wilhelm Grass，今譯格拉斯）、美國詩人王紅公（Kenneth Rexroth）等等。

英美詩壇在上世紀五十及六十年代大量翻譯法國、意大利、西班牙、葡萄牙、希臘、西德、蘇聯和東歐諸國詩作，香港詩作者如溫健騮、李國威、淮遠、黃國彬等亦從英譯版轉譯，全面接受英美世界以外的現代主義詩潮的洗禮，香港現代詩運動出現有異於早年中國新詩及五十年代以後的台灣現代詩的獨特詩風，既吸納廣大文學世界的新思潮，也拓展出以敍事為主調、重視本土經驗而不流於狹隘的地域性，以個人體驗介入社會變遷而不流於吶喊與感傷，敢信都與外國詩翻譯所帶來的開闊視野相涉。

至於左翼文藝刊物，在翻譯方面做得較見規模的，大概為一九五七年六月創刊的《文藝世紀》

月刊，此刊辦超過十二年，至一九六九年十二月停刊，為上世紀五十至六十年代左翼作家的大本營，反映當時左翼文學界的文學趣味和視野，在詩評、詩論及詩作而言，以梅饒月、陶融、洛美（俱為何達筆名，其後於一九六九年出版的《洛美十友詩集》；刊有不少內地詩人的作品，比如藍曼、其矯（蔡其矯）、傅仇、林林、歐外歐（鷗外鷗）、聞捷、丁芒、陳瑞統、魯行、李學鰲、李燦煌、柯原、劉湛秋、宗璞、嚴陣、嚴辰、聖野、管樺、趙瑞蕻、李瑛、鄭玲、方冰、唐大同、陸棨、陳善文、古笛、蘆萍、苗得雨、戈壁舟、繆白苗、姚奔、胡昭等等，大概與督印人張千帆、主編源克平（夏果）有關，兩人在抗戰時俱在國內流徙，認識不少左翼文藝青年；《文藝世紀》在此方面延續上世紀三四十年代的工作，就以文藝刊物貫通內地與香港的文藝戰線。

《文藝世紀》推出幾輯「亞非拉詩選」，譯筆大多出自內地，《密爾頓詩選》的譯者興華是否吳興華，待考；此外，袁水拍、袁可嘉、馮至、鄂華、黃偉經等內地詩人及翻譯家俱有譯詩；翻查幾篇記述《文藝世紀》的文章，黃蒙田的〈回憶詩人夏果〉（見《香港文學》第一一九期，一九九四年十一月一日）、羅隼的〈香港刊物綴拾〉（見《香港文學》第八十三期，一九九一年十一月五日）、絲韋的〈《海光文藝》和《文藝世紀》——兼談夏果、張千帆和唐澤霖〉（見《香港文學》第四十九期，一九八九年一月五日），俱指出《文藝世紀》面向南洋讀者，但不知為何，對此刊發表大量內地詩人的詩作及譯詩，卻隻字不提。何妨在此本詩選集略加詳述。

導言二

鄭政恆

六十年代是複雜的年代，在柏立基（Sir Robert Black，一九五八年至一九六四年任香港總督）時代，香港社會可說得上平靜，經濟和人口皆有增長，塑料工業蓬勃發展。啟德機場新客運大樓在一九六二年落成使用，一九六三年石壁水塘和伊利沙伯醫院啟用，香港中文大學成立，然而颱風襲港，過萬人無家可歸；霍亂爆發，香港成為疫埠；水荒、醫療、住屋、教育、治安、福利、風化等問題，未能立刻全面解決。[1]

到了戴麟趾（Sir David Clive Crosbie Trench，一九六四年至一九七一年任香港總督）時代，香港社會就可說是不安穩了。一九六六年，由於天星小輪加價，蘇守忠絕食抗議，隨之爆發九龍騷動（天星小輪加價事件），抗議羣眾以青年為主。一九六七年五月，香港爆發工潮，工人示威，香港左派受中共的文化大革命影響，港九各界同胞反對港英迫害鬥爭委員會成立，工潮激化為反英抗暴的暴力鬥爭，這場六七暴動，被視為「香港戰後歷史的分水嶺」[2]。經歷了兩場騷亂，港英

1 吳昊闡述的「五荒」，包括屋荒、水荒、學校荒、墳場荒、醫院荒，見吳昊：《打拼歲月——走過六十年代香港》（香港：喜閱文化，二〇〇二），無頁碼。

2 張家偉：《六七暴動——香港戰後歷史的分水嶺》（香港：香港大學出版社，二〇一二）。

政府着意改善社會，舒緩民情，市民和青年對香港的歸屬感，也逐步加強。[3]

六十年代的香港，在杜葉錫恩眼中是「罪惡的天堂」（《我眼中的殖民時代香港》），而在也斯眼中是這樣的：

> 六〇年代是一個複雜的年代，香港本身經歷了由難民心態為主導的五〇年代，來到這個階段，戰後在本地出生的一代開始逐漸成長。在六〇年代的民生中，傳統的價值觀念仍佔主導的地位，但西方的影響也逐漸加強，帶來了顯著的衝擊。外緣的政治變化對香港帶來了影響，中國在六〇年代中展開了文化大革命，六〇年代的歐美爆發了學生運動和人權運動，非洲國家經歷了獨立和解放運動，連香港本身亦因種種民生問題與累積的不滿情緒而在六七年爆發了動亂。處在六〇年代的香港，既放眼世界的新變化，亦關懷國家民族的命運，這種種態度彼此既相輔又矛盾。而在原來偏向保守與嚴肅的文化體制內也開始更分明地感到了青年文化的形成、商品文化的衝擊。這種種政經、社會和文化現象形成了六〇年代的文化生態，也當然影響及改變了文學的創作、流傳、接收與評價。[4]

---

3 馮可立：《貧而無怨難——香港民生福利發展史》（香港：中華書局（香港）有限公司，二〇一八），頁四八—六二。

4 也斯：〈六〇年代的香港文化與香港小説〉，見也斯編：《香港短篇小説選（六十年代）》（香港：天地圖書有限公司，一九九八），頁一。

現代主義與現代文學美術協會

六十年代香港詩歌的面貌，簡單的概括，是現代主義的興盛期。《新思潮》、《香港時報．淺水灣》和《好望角》，是香港現代主義詩歌的主要發表園地，《中國學生周報．詩之頁》、《藍馬季》和《星島日報．大學文藝》也展現出年輕詩人的聲音。

詩人的地域流動和世代交替，是考察六十年代香港詩歌的重點。

六十年代香港詩壇主力交接。五十年代的香港重要詩人代表力匡、楊際光和馬朗（馬博良）在五十年代末至六十年代初離開香港，力匡一九五八年赴新加坡任中學校長，浪漫主義的格律詩風，自此在香港逐步消減褪色。事實上，去國懷鄉的浪漫詩作，已不再是六十年代詩壇的主流，代之而起的是年輕詩人探索新的現代聲音，正如陳智德所言：

> 六十年代青年詩人並非特別厭惡故鄉和中國，而是不滿於懷鄉和強調傳統文化價值以至反共復國的濫調，不滿於當中連帶的保守和表面高傲而實在浮淺的幻象。這不滿使他們要從上一輩所肯定和教導他們接受的價值中放逐出外，重新尋索和創造。……由關注外在現實轉往內心探索、由具體寫實轉往抽象的超現實和象徵；基於對固有標準的厭棄而選擇不同的視野，尋求另一種表達，追求新的、現代的、前衛的、抗衡的傾向，都

使六十年代年青一輩的語言變得艱澀難懂。[5]

世代交替的現象，體現於心態、語言、社會觀、家國觀、審美範式、詩歌風格上的變化，年輕詩人採納現代主義的創作傾向和寫作手法，以抗衡既有的詩風範式，而且受台灣以至西方的現代主義文藝牽引。於是，現代主義風格就成為了六十年代香港詩歌的主流。

香港現代主義詩壇領域的內部，也形成世代交替。楊際光和馬朗是五十年代香港現代主義詩歌的主要人物，但馬朗主編的《文藝新潮》在一九五九年停刊，馬朗在六十年代初離港赴美定居，楊際光也在一九五九年移居吉隆坡，任《虎報》副總編輯。香港現代主義詩歌的主將世代交替，由「現代文學美術協會」的詩人羣體接棒，其中包括了崑南、王無邪、葉維廉、金炳興、盧因和戴天，他們和文學評論人李英豪（評論集有《批評的視覺》），成為香港現代主義詩歌的新一代中堅。

由於香港和台灣兩地詩人隔海唱和，一些「現代文學美術協會」成員，以及詩人如蔡炎培、馬覺的詩作，見於台灣的現代主義刊物如《創世紀》和《筆匯》，甚至收於選集如《六十年代詩選》和《七十年代詩選》。

葉維廉在香港《新思潮》雜誌發表重要詩作〈賦格〉和論文〈論現階段中國現代詩〉，戴天除

5 陳智德：〈放逐的省思：六十年代的香港新詩〉，見《呼吸詩刊》第六期，一九九九年二月一日，頁八一。

了在香港發表詩作，也重視民間的詩歌教育；葉維廉將香港和台灣現代主義詩歌，帶到英語世界，而戴天則將英語世界的詩作坊模式，帶到香港詩壇；葉維廉從香港到台灣大學外文系和台灣師範大學升學，再赴愛荷華大學和普林斯頓大學學習，而戴天則從台灣大學外文系畢業後，一九六七年與古蒼梧在香港創辦《盤古》，一九六八年到美國愛荷華大學參加國際寫作計劃，再回到香港，與古蒼梧（古兆申）在創建實驗學院開辦「詩作坊」，引進自由的討論氣氛、傾向真情實感、平白淺易、準確表達、語言集中，影響及於關夢南、李國威、鍾玲玲、淮遠、癌石等當時的年輕詩人，戴天在創作之外也致力推廣詩歌，成為當時香港詩壇的重心人物。[6]

香港與台灣詩壇交流頻繁絡繹，葉維廉和金炳興甚至奪得創世紀發刊十週年詩創作獎，二人都有香港與台灣兩地的生活背景。另外兩個例子是蔡炎培和溫健騮。蔡炎培畢業於台灣中興大學農學院，與《創世紀》的瘂弦有交流，回港後在一九六五年底至一九六六年初，一度主編《中國學生周報．詩之頁》，及後入《明報》工作，整個六十年代是蔡炎培創作的重要時期。

在這十年間，蔡炎培多方探索現代詩的藝術，除了迭出的情詩以外，他創作了結合現代主義手法和香港在地觀察的〈老K〉，又有以詩論詩的後設作品〈焦點問題〉，更寫出關心中國文化命運的〈弔文〉和〈七星燈〉。

6 關於創建實驗學院「詩作坊」，可參盧瑋鑾、熊志琴訪問：《雙程路——古兆申訪談錄》（香港：牛津大學出版社，二〇一〇），頁七八—八五。

蔡炎培的詩作〈曉鏡——寄商隱〉，在六十年代末引發一場「密碼詩論戰」。所謂密碼詩論戰，是因為蔡炎培以筆名林筑，在一九六七年徐速主編的《當代文藝》發表了〈曉鏡——寄商隱〉一詩，兩年後宋逸民在《萬人雜誌》發表〈「密碼派」詩文今昔觀〉說密碼詩「打翻鉛字架」，徐速遂以〈為「密碼」辨誣——並泛論現代詩的特性及前途〉反擊，並附林筑的〈曉鏡的創作動機〉；於是萬人傑在《星島晚報》發文，另有《萬人雜誌》發表宋逸民、賣油郎、方光的文章還擊。[7]「密碼詩論戰」本身或有文藝作品論爭以外的私人恩怨，但論戰本身揭示了讀者對現代主義詩歌的晦澀，有所不滿，甚至在「密碼詩論戰」中為現代詩辯護的徐速，也說現代詩「不為一般讀者接受」，「現代詩是晦澀的」，「現代詩所以為青年人狂熱愛好，直接因素是他們也有所謂『失落』之感，這不是四十歲以上的中年人所能了解的。」[8]徐速又指出，對於現代詩人，他們面對表達複雜意念時，詞彙貧乏的困擾，以至於當時的香港時空，與來自西方的現代派詩格格不入。從不同角度看，現代詩在香港都欠缺長足生存發展的條件，於是出現了六七十年代之間的反省轉向現象。

7 「密碼詩論戰」的相關材料，可參徐速：《啣杯集》（香港：高原出版社，一九七四），頁一六一——二一〇。

8 徐速：〈為「密碼」辨誣——並泛論現代詩的特性及前途〉，見徐速：《啣杯集》（香港：高原出版社，一九七四），頁一六八——一七〇。

晦澀的寶塔：詩人轉向前後

舒巷城六十年代的詩作，見於一九七〇年出版之《回聲集》，詩集中出現了至少兩種聲音，一是《我的抒情詩》的浪漫主義詩風，另一是下開《都市詩鈔》的寫實主義詩風，在寫於一九六九年五月〈一點個人的體驗〉中他說，「假如能夠用樸素的語言寫出較明朗的詩篇，為甚麼要用華麗的詞藻砌成晦澀的寶塔呢？……不要迷失於晦澀的寶塔中，這是我對自己的警告，也是我對遠道來信（年輕朋友的來信）的回答。」[9]

相對於一般的香港現代主義詩歌，舒巷城的詩作毫不晦澀，且遠離晦澀，轉向明朗，是他致力的創作方向。事實上他不單在創作上傾向明朗，同時也在題材選取上面向香港都市的社會實況，於是舒巷城的詩歌創作更具寫實主義的色彩。

溫健騮在香港長大，青年時已在《香港時報．淺水灣》和《中國學生周報》發表創作、評論文章和譯筆，他在台灣政治大學外交系就讀期間，受余光中的影響甚深，畢業後回港。一九六八年，溫健騮參加美國愛荷華大學國際寫作計劃，並攻讀文學碩士學位，其間他的意識形態思想產生變化，七十年代時，他主張批判的寫實主義，成為寫實主義詩人，在詩風上，與何達和古蒼梧

9 舒巷城：〈一點個人的體驗〉，見舒巷城：《回聲集》（香港：花千樹出版有限公司，二〇〇二），頁 xiii-xiv。

屬於同一陣營。溫健騮在六十年代的詩作有新古典色彩，書寫「個人對世界的主觀的感覺」和「時間的壓迫感」[10]，李賀、余光中和周夢蝶的影響觸目皆是，與七十年代的詩作迥然有別。[11]

古蒼梧也有明顯的詩風變化，一九六八年他在《盤古》第十一期發表〈請走出文字的迷宮——評「七十年代詩選」〉[12]，批評六十年代香港和台灣的現代主義詩風，為玩弄語言的幻術，沉溺於文學的遊戲，他更推崇三四十年代詩人的作品。古蒼梧六十年代末期的詩，如林年同所說是「吸收了王辛笛、卞之琳等詩人早期作品那種古典主義的含蓄細緻的寫法」[13]，但他在七十年代，由於保釣運動的激發，又與溫健騮互相呼應，也就從新古典轉向批判的寫實主義。

六十年代和七十年代的香港詩歌發展形成變化，一批詩人反思並放棄現代主義，轉入寫實主義，而另一批詩人反思現代主義，轉出新的創作詩聲，正如黃繼持所說，「七十年代以後，吸收

---

10 溫健騮：〈我的一點經驗（代序）〉，見黃繼持、古蒼梧編：《溫健騮卷》（香港：三聯書店（香港）有限公司，一九八七），頁一。

11 余光中：〈征途未半念驊騮——讀溫健騮的詩集〉，見溫健騮：《苦綠集》（台北：允晨文化，一九八九），頁七—十二。

12 古蒼梧：〈請走出文字的迷宮——評「七十年代詩選」〉，見《盤古》第十一期，一九六八年二月二十八日，頁二三—二七，另收於古蒼梧：《一木一石》（香港：三聯書店（香港）有限公司，一九八八），頁八五—九八。

13 林年同：〈意境的繼承與空間的拓展：序古蒼梧的《銅蓮》〉，見古蒼梧：《銅蓮》（香港：素葉出版社，一九八〇），頁二—三。

轉化進入自己的創作，更見成績。文學的『香港性』此時已不應只論是否帶本地色彩，而應該視為植根於香港生活且或深或淺帶有『港人意識』的作者、在文學實踐的表現了。」[14]

從七十年代回望六十年代，正是現代主義的興盛期，當時的詩人吸收轉化現代主義文藝和存在主義思潮，「現代派的淒寂、孤絕、虛無、存在主義式的呼喊，在一九六〇年代的香港也從者甚眾。」[15]但是，許多作品缺乏本地色彩和港人意識，有時更流於空泛，不少詩人還在不斷摸索試筆，作品沾染他人的色彩，未能展現個人的聲音，李英豪的〈向年青文友晉一言〉就對出版合集《戮象》的「藍馬現代文學社」詩人說：「『戮象』的朋友們，勇氣雖然可嘉；但就作品論作品，顯見他們仍然誤解『新』。形式上的模仿，一方面固然失去自我，另一方面流於空浮堆塞，無病呻吟。與其急於結集，何不切切實實的再打穩自己的基礎。」[16]

在文化的夾縫

六十年代的香港，在經濟發展的途中，西方文化、流行文化和影像文化，吸引年輕人的目

14 黃繼持：〈香港文學主體性的發展〉，見黃繼持、盧瑋鑾、鄭樹森：《追跡香港文學》（香港：牛津大學出版社，一九九八），頁一〇〇—一〇一。

15 鄭樹森：〈五、六十年代的香港新詩〉，見黃繼持、盧瑋鑾、鄭樹森：《追跡香港文學》（香港：牛津大學出版社，一九九八），頁五〇。

16 李英豪：〈向年青文友晉一言〉，見《新生晚報．四方談》，一九六四年十二月三十日。

光，也令香港年輕人反思自身的文化身份。詩人置身於都市文化、雅俗文化、精英與大眾文化的夾縫。

崑南是「現代文學美術協會」的骨幹成員，創作見於《文藝新潮》、《新思潮》、《香港時報·淺水灣》、《好望角》、《中國學生周報》以及台灣的《創世紀》。崑南在六十年代初的《香港時報·淺水灣》，發表不少作品，嘗試與王無邪作詩畫對話的實驗，也有城市詩的創作，以及翻新古典與神話的作品。

崑南刊登於《好望角》的代表作〈旗向〉，拼貼古文、中華人民共和國的國歌歌詞、商業信函用語（閣下誠咭片者　股票者）、英文信函用語（TO WHOM IT MAY CONCERN／This is to certify that）、英文歌詞、賽馬評述等等，加入「敬啟者　閣下夢夢中國否／汝之肌革黃乎　眼瞳黑乎」的詢問，彷彿是在歷史傳統、現代社會、意識形態、商業世界、大眾文化、殖民地社會的多角拉扯中，思考文化身份，別具複雜的身份政治思辨意味，就如也斯所說：「利用拼貼和陌生化的效果，突出主要由這種文字構成的世界並存而帶出的荒謬。在諧謔與怪異底下，這些不同的文字從這現代化的都市文化裏面彼此互相質詢與顛覆。」[17]

崑南另一代表作〈大哉驊騮也〉，用一日而馳千里的「騏驥」和「驊騮」自況（語出自《莊子·秋水》），以新古典的筆骨展示出現代詩人的理想，如何在面對當下的困境，詩中言志的昂揚姿

17 也斯：《香港文化》（香港：香港藝術中心，一九九五），頁十五。

態，恰恰呼應一九五九年一月一日草擬的〈現代文學美術協會宣言〉。

〈大哉驊騮也〉中的「吾等」就好比現代文學美術的創作羣體，他們在香港的城市生活（看不起懸吊之焦慮／軌上殖民之塵埃），以自覺的抗衡姿態創作，結合傳統與現代（挾傳統斜塔及逆叛鵲橋），去再造中華民族的面貌（貼縫中華），詩作的調子來回於高拔的宣述與現實的阻礙，相信「畢竟中國依然中國／少年依然／英雄依然」，但又要面對生活的壓力（吾等伏櫪工作／忙於抱負體積　嗚呼　工作），最終「吾等」羣體的壯志縮減為個人的孤獨與技藝（獨曲全　獨往來／獨獨／因騏驥也驊騮也），如李英豪對此詩的分析：「他正視被這個殖民地社會放逐了的精神的自我，堅尋自己的內在生命，在孤絕中踐行自己的意志。現代的工商業文明，成了一種負荷，成了一種對個人形上世界最大的威脅」，[18]詩人孤絕的位置，正好說明白他處於雙重的夾縫中，不論是國族之間的殖民地夾縫，還是個人理想與工商業社會的夾縫，李英豪的解讀去除了詩中政治的意味，但〈大哉驊騮也〉的政治態度和思索還是昭然若揭。[19]

崑南在《中國學生周報》發表了〈文之不可絕於天地間者——我的回顧〉（文章題目取自顧炎武的《日知錄．文須有益于天下》一文，從此之後，崑南離開了嚴肅文藝的陣地，並創辦《香港

18 李英豪：《批評的視覺》（台北：文星書店，一九六六），頁七三。

19 關於李英豪的去政治批評，詳參陳國球：《香港的抒情史》（香港：中文大學出版社，二〇一六），頁二八八。

青年周報》，與流行文化打成一片，浮沉於大眾文化之中。

流行文化工業中，電影是重要一環，一些詩人投身電影行業，與詩壇若即若離。盧因在一九六一年擔任台灣《筆匯》月刊的香港代理人，同時在《香港時報．淺水灣》大量發表詩歌、小說、評介和譯筆，一九六六年，盧因進香港邵氏製片廠協助編輯《南國電影》，其後甚少發表詩作。

金炳興是「現代文學美術協會」一員，參與創辦《好望角》，創作見於台灣的《創世紀》等，一九六四年奪得創世紀發刊十週年詩創作獎。金炳興也是影評人，參與編輯《中國學生周報》電影版，影評見於《大學生活》，他甚至加入電影公司國泰擔任副導演，六十年代末，金炳興赴意大利打算投考羅馬電影實驗中心，詩歌創作大減。邱剛健也在一九六六年加入香港邵氏電影公司任編劇，他與張徹和楚原等邵氏導演合作，但同時又在《盤古》和《中國學生周報》發表詩作，作品充滿現代感和荒謬感。譚家明的詩作和影評見於六七十年代的《中國學生周報》，其後他成為電視和電影導演，他在香港電影新浪潮時期執導的代表作《烈火青春》，編劇名單就包括邱剛健、金炳興二人，他們的探索精神和抗衡態度，大可往上追本溯源到他們的詩作。

崑南、盧因、金炳興、邱剛健以及譚家明，遊走於詩歌文藝、電影創作或評論，從他們的生平和作品可見，香港詩人的生存狀態，以至都市文化、雅俗文化、精英與大眾文化的影響力，香港詩人如何在生活和現代文化的夾縫中，作出相應的調節、選取和轉化。

文社潮流及個人的探索

文社潮流，也是考察六十年代香港詩歌的重點之一，由於材料繁多，散失嚴重，難以全面把握文社的創作努力，但得吳萱人以《香港六七十年代文社運動整理及研究》及《香港七十年代青年刊物回顧專集》二書，重溯昔日的文社面貌，如今已參差可辨。

香港在戰後嬰兒潮出生的一代，至六十年代步入青少年或成年，文藝青年在物質匱乏的社會條件下，以文會友，自印刊物或投稿報章刊物（如《星島日報·學生園地》、《星島日報·青年園地》和《中國學生周報》），帶動詩歌創作的風氣。如今看來，不少文藝創作和試筆，難免膚淺蒼白，但從中也可感知香港年輕一代的尋索，以及對於詩歌藝術的追求。

阡陌文社是六十年代的文社之一，成員有西西、羊城、子燕、馬覺、童常、野望等人。阡陌文社出版雜誌《阡陌》，參加和協辦文藝活動，西西和羊城都曾主編《中國學生周報·詩之頁》。[20]馬覺的詩作數量可觀，入選《七十年代詩選》，甚至在一九六七年出版詩集《馬覺詩選》，馬覺的詩風相當現代化與抽象化，詩作要旨圍繞着焦慮、虛無、殘酷、荒謬和死亡，有的作品也展現出詩人對光明、愛情的追求，以至生命力的無窮創造和奮起，總的來說，「馬覺的詩有現代主義和存

20 盧瑋鑾、熊志琴編著：《香港文化眾聲道 2》（香港：三聯書店，二〇一四），頁十二—十四。

在主義色彩，同時也受艾略特的詩作影響。」[21]

文社中人羈魂（胡國賢）對六十年代的文社潮流，有以下的回顧：「新詩方面收穫尤欠理想，始終擺脫不了五十年代較傳統的白話文學的影響。這當然是由於大部分文社社員本身學養與閱歷不足所致。」[22]但他也提到文社中人如古蒼梧、梁秉鈞（也斯）、羈魂、路雅等人後續的努力。梁秉鈞和羈魂，都是文秀文社社員，在創作初期都受台灣現代主義詩歌的影響（單就早期作品而論，瘂弦對梁秉鈞、洛夫對羈魂，都有影響痕跡），羈魂第一本詩集《藍色獸》就由台灣環宇出版社出版。

然而，梁秉鈞廣泛吸納世界文化藝術潮流，年輕時已對西方電影有強烈興趣，梁秉鈞最早年的作品如〈去年在馬倫伯〉、〈八又二分一〉、〈回來吧，非洲〉、〈樹之槍枝〉寫於一九六三至一九六四年之間，從詩作題目和內容，可知梁秉鈞分別取材自法國新浪潮導演亞倫雷奈（Alain Resnais）、意大利名導演費里尼（Federico Fellini）的名作，以及美國地下電影，雷昂辛（Lionel Rogosin）的 *Come Back, Africa* 和梅卡斯（Jonas Mekas）的 *Guns of the Trees*。

其後，梁秉鈞放開視界，接觸法國詩人普雷維爾（Jacques Prévert）、美國搜索的一代（Beat

21 鄭政恆：〈黑暗與光明：從《馬覺詩選》到《義裏混沌暗雷開》〉，見《香港文學》三七一期，二〇一五年十一月，頁四一。

22 胡國賢（羈魂）：〈後記——錦瑟無端五十絃〉，見胡國賢編：《香港近五十年新詩創作選》（香港：香港公共圖書館，二〇〇一），頁六二〇。

Generation）、美國地下文學和民歌，再結合三四十年代中國現代詩歌的傳統，前輩香港詩人（如馬朗）留下的創作軌跡，並且匯入對香港在地社會、生活、文化的關懷。

梁秉鈞經歷了六十年代的探索時期，終於在七十年代形成獨特的個人的聲音，他擺脫了六七十年代之間左派的批判寫實主義，也不走向現代主義的心靈超越和扭曲意象，而是和現實生活對話，傾向生活化、反戲劇化、節制抒情和抒情在地化，建構了香港本土詩歌的傳統，影響深遠。[23]

翻譯評介

從梁秉鈞的例子，可以了解翻譯評介為詩歌創作帶來一定的影響，現代主義文學園地如《新思潮》、《香港時報·淺水灣》、《好望角》，順理成章着意翻譯評介西方的現代主義文學，例如《新思潮》有「一九五九年度諾貝爾文學獎獲獎者S·卡摩西度（Salvatore Quasimodo）詩兩首」和「最新法國詩選錄」，《香港時報·淺水灣》接續《文藝新潮》的現代主義詩歌引介，艾略特（T. S. Eliot）是譯介對象之一，而比尼克運動（Beatnik）以及Beat Generation的主將亞倫·甘士堡

23 王良和：《打開詩窗：香港詩人對談》（香港：匯智出版，二〇〇八），頁六一，另參王家琪：〈抒情與寫實：重釋也斯的「生活化」詩歌主張〉，見《聲韻詩刊》三十七期，二〇一七年八月，頁九七—一〇五。

(Allen Ginsberg)，也在《香港時報．淺水灣》有率先的譯介，其後的《好望角》、《海光文藝》、《盤古》與《星島日報．大學文藝》，都對搜索的一代有持續的介紹。西方的抗衡文化（Counter-culture）和地下文化（Underground culture），還有影響深遠的存在主義思潮，一直對香港詩人與文藝青年形成思想上的衝擊和參照。[24]

《好望角》第二期有甘明斯（E. E. Cummings）特輯，第五期有威廉斯（William Carlos Williams）紀念專輯，第十期有法國詩人艾呂雅（Paul Éluard）詩選，在台灣的《創世紀》，也可以找到葉維廉的艾略特（T. S. Eliot）《荒原》（The Waste Land）全譯、戴天譯希梅耐茲（Juan Ramón Jiménez）的詩，崑南譯湯．根恩（Thom Gunn）的詩，李英豪對聖約翰．濮斯（Saint-John Perse）、米修（Henri Michaux）、丹妮絲．麗華杜芙（Denise Levertov），德國現代詩歌的翻譯引介，從以上的名單可見，「現代文學美術協會」詩人和評論人羣體對歐美現代詩歌的持續吸收。

左翼的《文匯報》和《文藝世紀》比較積極譯介共產世界、第三世界文學及民族主義和左翼作品，古巴詩人紀廉（Nicolás Guillén）、智利詩人聶魯達（Pablo Neruda）、美國非裔詩人休士（Langston Hughes）的詩作被大量翻譯，一九六五年《文藝世紀》第九十六期的「現代亞洲詩

24　六十年代香港的存在主義思潮研探，可見《大學生活》的「存在主義專號」，見《大學生活》第九卷第一期，一九六三年五月十六日及第九卷第二期，一九六三年六月一日。

選」、第九十七期的「現代非洲詩選」、第九十八期的「現代拉丁美洲詩選」，展現出左翼文藝界對亞非拉詩歌的關注。

從六十年代到七十年代

當中國經歷大饑荒和文化大革命，香港的社會卻不斷發展，文革之風來到香港釀成六七暴動，但暴動並未得到廣泛香港市民一呼百應，反而，六七十年代的香港，正在建構出在地的香港身份及香港意識。

六十年代是香港現代主義詩歌的興盛期。六十年代的現代主義文藝園地不絕如縷，劉以鬯主編的《香港時報．淺水灣》、現代文學美術協會主編的《新思潮》和《好望角》，繼承了五十年代馬朗主編的《文藝新潮》，下開藍馬現代文學社主編的《藍馬季》，以及《星島日報．大學文藝》，現代主義的文學潮流，得到進一步深化發展和推動。

可是現代主義文藝帶來的除了新的語言和詩風，也帶來過度晦澀、空洞浮泛、惡性西化的毛病，舒巷城、溫健騮和古蒼梧就在六七十年代，經歷了風格上的突破，舒巷城逐步走出了浪漫詩風，轉向《都市詩鈔》的寫實詩風。溫健騮和古蒼梧就向左轉，奉行寫實主義的路線。另一些詩人如西西、梁秉鈞、李國威、鍾玲玲、淮遠等等，也在當時逐步走出起步的初階，繼而找到個人的風格，創作出優異的作品。[25]

六十年代的香港詩人如崑南、王無邪、蔡炎培、溫健騮和古蒼梧，都有新古典的創作實驗，崑南引用《莊子》和《山海經》的神話故事，王無邪以〈古風〉一詩回應崑南的〈山海異經〉，〈英雄立〉具有屈原以來的放逐感懷，蔡炎培的〈曉鏡〉取道於李商隱，長詩〈離騷〉同樣從屈原取材。溫健騮翻新李賀詩句，古蒼梧就從三四十年代的民國詩人王辛笛、卞之琳，上接新古典風格。其後，他們都轉向不同的範疇，崑南就投身大眾文化的潮流，創辦《香港青年周報》。王無邪曾經與崑南在《香港時報．淺水灣》上，嘗試過詩畫對話的實驗，他在六十年代初赴美留學，攻讀藝術，返港後與呂壽琨推動香港新水墨運動，詩的世界融入畫的世界。[26]

雅俗文化，各有發揮空間。一九六六年查良鏞（金庸）創辦的《明報月刊》和一九六七年戴天與古蒼梧創辦的《盤古》，都是六十年代知識分子重視的雜誌，雜誌也刊登詩作，而且多刊出精品，展現出詩人廣闊的視野與關懷。戴天的經典作品如〈京都十首〉、〈這是一個爛蘋果〉和〈石頭記〉刊於《明報月刊》，戴天這一階段的詩歌風格明朗，〈京都十首〉探索意境和詩藝，〈這是一個

25 重要的詩集有溫健騮的《苦綠集》、古蒼梧的《銅蓮》、西西的《石磬》、梁秉鈞的《雷聲與蟬鳴》、鍾玲玲的詩文集《我的燦爛》和淮遠的《跳虱》等等，李國威的詩作見於合集《十人詩選》。

26 梁秉鈞、鄭政恆訪問：〈「在畫家之中，我覺得自己是個文人」——王無邪訪談錄〉，見《香港文學》三一一期，二〇一〇年十一月，頁八四—九三。

爛蘋果〉以生活化及戲劇化的語言寫地球的問題，至於〈石頭記〉就牽涉殖民地的文化身份。[27]年輕詩人李國威和鍾玲玲也在《盤古》發表詩作，他們在日後的文學創作都有成功的發揮。

六十年代的香港，經歷了騷動、社會及文化的變化，新的文化身份和在地香港意識正在醞釀建構，與此同時，年輕詩人以現代主義的實驗求新精神，轉化了五十年代詩壇的意識形態和美學範式，然而，香港現代主義詩歌流於晦澀，從六十年代到七十年代，詩壇的美學傾向又從晦澀移向明朗，詩人也掙脫內心世界和存在主義的焦慮，以不同角度觀照並介入社會現實。

本書得以編輯完成，面對不少難關，一方面六十年代的香港詩人和僑生，積極地在台灣發表詩作，而香港的大學或公共圖書館所藏的台灣文藝刊物零落，另一方面一些詩人的作品刊於報紙副刊甚至自印刊物，搜羅不易。幸得香港教育大學中國文學文化研究中心的賴宇曼和李卓賢幫助，謹此鳴謝。

27 關於戴天六十年代的詩作，詳參葉輝：〈戴天的《岣嶁山論辯》〉，見葉輝：《書寫浮城》（香港：青文書屋，二〇〇一），頁一七三——一八一。

上午

詩　崑南
畫　王無邪

早熱的夏季在海風中閃動着含情的明眸
輪渡開了，笛聲拉長了市民的畢生的願望
他們都有一個棲宿處，不是週日的教堂
而是由統計數字所築成的七十年代城市

當齒間仍留存着早餐時那麵包牛油的味道
碼頭上的巨鐘正精算着白領階級的生命

• 〈上午〉，一九六〇年四月七日香港《香港時報．淺水灣》

• 〈中午〉，一九六〇年四月八日香港《香港時報．淺水灣》

中午

詩　崑南
畫　王無邪

從沒有陽光的街道走出有陽光的海傍
怱忙的腳步，如浪底那星雲般的魚羣
談論着今天的加稅，明天的股票
一輛汽車馳過，拋出BBC的新聞

在鹽味空氣的壓力下，交通警的手勢
指向着每座大廈每扇窗戶的每個人生

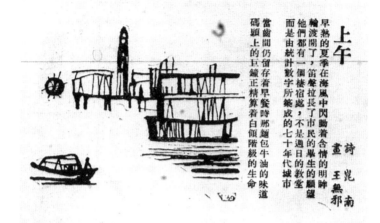

傍晚

詩 崑南
畫 王無邪

在可口可樂的霓虹燈下，恰恰嬉笑着
挑逗着行人道上一連串情不自禁的影子
他們的精力跳躍在「好彩」與「藍妹」之間
已忘記打字機上那商業字母之白日夢
港口的燈光看守着一個由廣告構成的夜
其中有春夏秋冬的大減價以及粵劇團

愚者智也

詩 崑南
畫 王無邪

在是非黑白中間
在試爆與裁軍中間
君不見有人把神字讀錯嗎
君不見有人立心再吃禁果嗎
于是在一年中挑選一日
世人可指旗爲風吁風爲佛

• 〈傍晚〉，一九六〇年四月九日香港《香港時報・淺水灣》

• 〈愚者智也〉，一九六〇年四月一日香港《香港時報・淺水灣》

垂釣垂釣

詩 崑南
畫 王無邪

小孩，你正垂釣時間嗎
我垂釣一個綠洲
白鷗，你正探察空間嗎
我探察一個海市

人生沒有意義人類却仍然活生生呼吸着
于是沒有綠洲沒有海市却有探察與垂釣

•〈垂釣垂釣〉，一九六〇年四月十八日香港《香港時報·淺水灣》

•詩兩首〈風景之一〉和〈風景之二〉，一九六〇年六月十四日香港《香港時報·淺水灣》，署名「岑偉岩」

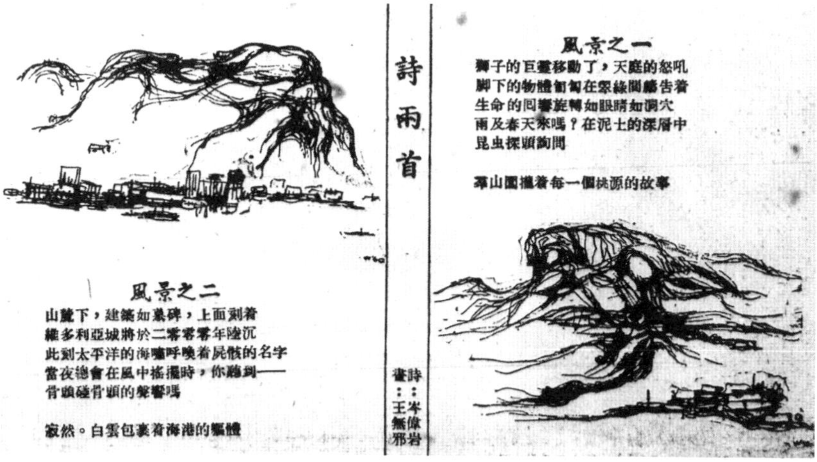

詩兩首

詩：岑偉岩
畫：王無邪

風景之一

獅子的巨靈移動了，天庭的怒吼
腳下的物體匍匐在翠綠間禱告着
生命的回響旋轉如眼睛如洞穴
雨及春天來嗎？在泥土的深層中
昆虫探頭詢問

羣山圍攏着每一個桃源的故事

風景之二

山麓下，建築如墓碑，上面刻着
維多利亞城將於二零零零年陸沉
此刻太平洋的海嘯呼喚着屍骸的名字
當夜總會在風中搖擺時，你聽到——
骨頭碰骨頭的聲響嗎

寂然。白雲包裹着海港的軀體

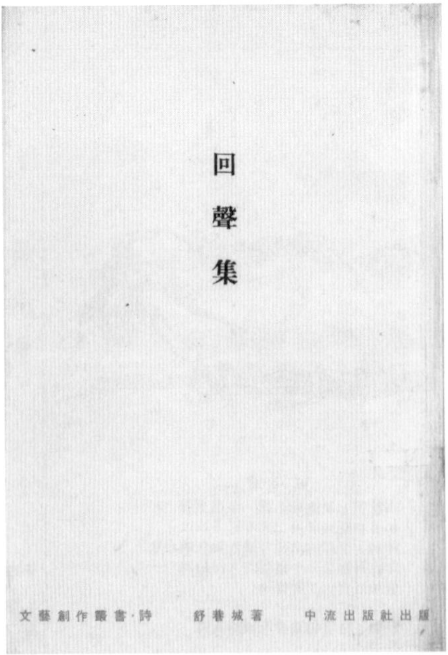

- 馬覺《馬覺詩選》（香港：特信印務公司，一九六七）
- 《戮象》（香港：藍馬現代文學社，一九六四）
- 舒巷城《回聲集》（香港：中流出版社，一九七〇）

● 羈魂詩集《藍色獸》（台北：環宇出版社，一九七〇）

● 《新思潮》第六期封面，一九六〇年八月一日出版

• 一九六一年《香港時報・淺水灣》版頭

• 一九六七年《星島日報・大學文藝》版頭

葉維廉

賦格

其一

北風，我還能忍受這一年嗎
冷街上、牆上，煩憂搖窗而至
帶來邊城的故事；呵氣無常的大地
草木的耐性，山巖的沉默，投下了
胡馬的長嘶，烽火擾亂了
凌駕知識的事物，雪的潔白
教堂與皇（宮）的宏麗，神祇的醜事
穿梭於時代之間，歌曰：
　月將升
　日將沒
快，快，不要在陽光下散步，你忘記了
龍漦的神諭嗎？只怕再從西軒的
梧桐落下這些高聳的建築之中，昨日

我在河畔，在激激水聲
　冥冥蒲葦之旁似乎還遇見
羣鴉喙啣一個漂浮的生命：
　往那兒去了？
北風帶着狗吠彎過陋巷
詩人都已死去，狐仙再現
獨眼的人還在嗎？
北風狂號着，冷街上，塵埃中我依稀
認出這是馳向故國的公車
几筵和溫酒以高傲的姿態
邀我仰觀羣星：花的雜感
與神話的企圖——
　我們且看風景去

其二

我的手腳交叉撞擊着，在馬車的
狂奔之中，樹枝支撐着一個冬天的肉體
在狂奔中，大火燒炙着過去的澄明的日子
　蔭道融和着過去的澄明的日子

一排茅房和飛鳥的交情圍擁
我引向高天的孤獨，我追逐邊疆的
夜禱和氈牆內的狂歡節日，一個海灘
一隻小貓，黃梅雨和羊齒叢的野煙
那是在落霜的季節，自從我有力的雙手
撫摸過一張神聖的臉之後
　　　　　　　他站起來
模仿古代的先知：
　　　　　以十二支推之
　　　　　　應驗矣
　　　　　　應驗矣
我來等你，帶你再見唐虞夏商周

大地滿載着浮沉的回憶
我們是世界最大的典籍
我們是亘廣原野的子孫
我們是高峻山嶽的巨靈
大地滿載着浮沉的回憶

熒惑星出現，盤桓於我們花園的天頂上
有人披髮行歌：
　　　　予欲望魯兮
　　　　龜山蔽之
　　　　手無斧柯
　　　　奈龜山何
薰和的南風
解慍的南風
阜民財的南風
　　　　孟冬時分
　　　　耳語的時分
　　　　病的時分
大火燒炙着過去的澄明的日子
蔭道融和着過去的澄明的日子
我們對盆景而飲，折葦成笛
吹一節逃亡之歌

其三
君不見有人為後代子孫

追尋人類的原身嗎？
君不見有人從突降的瀑布
追尋山石之賦嗎？
君不見有人在銀槍搖响中
追尋郊禘之禮嗎？
對着江楓堤柳與詩魄的風和酒
遠遠有峭壁的語言，海洋的幽闊
和天空的高深。於是我們憶起：
一個泉源變作池沼
或滲入植物
或滲入人類
不在乎真實
不在乎玄默
我們只管走下石階吧，季候風
不在這秒鐘；天災早已過去
我們來推斷一個事故：仙桃與欲望
誰弄壞了天庭的道德，無聊
或談談白鼠傳奇性的魔力……

究竟在土斷川分的
絕崖上，在睥睨櫟欐的石城上
我們就可了解世界麼？
我們遊過
千花萬樹，遠水近灣
我們就可了解世界麼？
我們一再經歷
四聲對仗之巧、平仄音韻之妙
我們就可了解世界麼？
走上爭先恐後的公車，停在街頭
左顧右盼，等一隻哲理的蝴蝶
等一個無上的先知，等一個英豪
騎馬走過——
多少臉孔
多少名字
為羣樹與建築所嘲弄
良朋幽邈

搔首延佇

夜　洒下一陣爽神的雨

選自一九六〇年二月一日香港
《新思潮》第三期

公開的石榴

一

營營的日午用它倦倦的拍動
輪軑用它風箱的抽逼，向每一扇
敞開的門窗，可愛的石榴
在遠遠微顫的風林的潮湧下
恣恣的爆開，當一群赤身的男童
蕩蕩的從旭陽的心間奔向一種召示
那猶存的荼道的幽室
正是石榴紅上肌的時候

二

如是一列列被棄的瓷皿和家禽
便為年長的人所眷愛，每天都彷彿有
白色的蘆花從星群中溢出
而從沒有人會糾結在：未被拉開的垂簾
未被進入的房間，一盤剛切下的甜菜
當眉睫從井中射出光，喧呶只從街道去
神秘只從層層疊疊的水之芽
如是黑色的倦倦的哆嗦
輪軑的風箱緊緊的抽逼
每一扇門窗都等着
孩童的嫩臉自石榴的雲霓開放

三

東城的河流梳着繞繞的草。西城的樹傾散
　着黑黑的鳥聲
不死的太陽在花園的牆頭上，按照汲汲的
　蛇的騷動指證
石榴已被層層的公開

四

而栗樹上潮汐的歌聲沉澱後
獨立在一川烟霧飄洗的屋角
風信鷄以未被日光污漬的早晨
把山河印透在
曾是強弩曾是風的
滿溢着淒其的女瞳
如是，石榴在孩子們的仰視下
展出了海天的更年期
而為了渴飲去年停在
雪地裏的一聲歡呼
就在鹽的雨雲裏
猛猛地
抓住一個固實的影子。

五

營營的日午用它倦倦的拍動
輪軑用它的風箱抽逼厭厭的蒸騰
自坐禪草旁一隻剛死的鼬鼠
向鬱雷一般呆倚着的九月的孕婦
雖然白色的醉漢一個個從杯沿溢走
一隊聽不見的行旅仍然移動
婚媾的鼓聲從脚步的風暴中
成為一道汲汲的儀節的流泉
衣物是繁花，天候在春色有無中
是沒有個性的海之嫩芽
如是，石榴就是召示
對那狂濤的血而言
在營營的相爭為上的火焰中
未始不是一夜燦爛的高歌
白色的蘆花其後就微微戰慄

一九六三年四月

選自一九六三年九月一日香港
《好望角》第十一期

櫻子

黃昏的林鳥

有下班後之工人區一樣的聒噪
那些整日為着肚皮及愛情
而勞碌着鳥兒們
於暢談着白日的生活後
又準備乘着月亮的獨木舟
去訪問最高享受的夢土了
又像戰爭年代
那些把森林當掩護的夜市
趕集者
紛紛從四面八方投進林中來
雖然日落之前
遠方有着一望無際的烽火滿天

選自一九六〇年二月一日香港
《文壇》第一七九期

雨季中的霓虹燈

半癱瘓了的城市
那苦悶在潮濕的雨季中
患着瘧疾病的霓虹燈
如少女眨動着水汪汪的眼
一次次顫抖着
迷離的光
予我以蝶翅的拍動
一般輕捷的感覺

選自一九六〇年四月一日香港
《文壇》第一八一期

崑南

愚者智也

在是非黑白中間
在試爆與裁軍中間
君不見有人把神字讀錯嗎
君不見有人立心再吃禁果嗎

于是在一年中挑選一日
世人可指旗為風呼風為佛

選自一九六〇年四月一日香港
《香港時報．淺水灣》

上午

早熟的夏季在海風中閃動着含情的明眸
輪渡開了，笛聲拉長了市民的畢生的願望
他們都有一個棲宿處，不是週日的教堂
而是由統計數字所築成的七十年代城市

當齒間仍留存着早餐時那麵包牛油的味道
碼頭上的巨鐘正精算着白領階級的生命

選自一九六〇年四月七日香港
《香港時報．淺水灣》

中午

從沒有陽光的街道走出有陽光的海傍
忽忙的脚步，如浪底那星雲般的魚羣

談論着今天的加稅，明天的股票
一輛汽車馳過，拋出ＢＢＣ的新聞
在鹽味空氣的壓力下，交通警的手勢
指向着每座大廈每扇窗戶的每個人生

選自一九六〇年四月八日香港《香港時報·淺水灣》

傍晚

在可口可樂的霓虹燈下，恰恰嬉笑着
挑逗着行人道上一連串情不自禁的影子
他們的精力跳躍在「好彩」與「藍妹」之間
已忘記打字機上那商業字母之白日夢
港口的燈光看守着一個由廣告構成的夜
其中有春夏秋冬的大減價以及粵劇團

選自一九六〇年四月九日香港《香港時報·淺水灣》

十字架上

節日前後的天主
費神地猜度着少女的禱詞
後悔以自己的獨子
降世為夏娃的子孫而被釘死

樹與果與蛇與智慧與羞愧仍存在
只得費神地猜度着少女的禱詞

選自一九六〇年四月十五日香港《香港時報·淺水灣》

垂釣垂釣

小孩，你正垂釣時間嗎
我垂釣一個綠洲
白鷗，你正探察空間嗎
我探察一個海市

人生沒有意義人類却仍然活生生呼吸着
于是沒有綠洲沒有海市却有探察與垂釣

選自一九六〇年四月十八日
香港《香港時報．淺水灣》

撒網之城市

鹽味之薄霧突然赤了身體
有人呼叱，彷彿整座城市
跌落海中，當燐質的眼睛
跳躍，有人驚喜，街道開始歌唱

赤裸的臂胳閃動着季節的微笑
天空扮着鬼臉，向歸帆伸出虹的手

選自一九六〇年四月二十一日
香港《香港時報．淺水灣》

汎彼拍舟*

夜若來，月亮將觸及
遠山那紅暈的雙乳
日若升，撒下千萬魚兒
點水成似星非星之草原

*（編者案）題取自《詩經．國風．邶風．汎彼柏舟》，拍應作柏。

穀雨的潮汐，使人能夠在地殼上行走嗎
至少使我想起漢明威與命運與老人與海

選自一九六〇年四月二十五日
香港《香港時報．淺水灣》

裸女圖

在琉璃的月下，一個馬諦斯的臥姿
她那黑圈的眼睛，一叢燃燒的荊棘
她期待野蠻人走近　輕呼羅麗達
青春像貓頭鷹整夜守衛着她的乳房

直至太陽受羣山蹂躪後，她闔上
一本勞倫斯的小說，羞念從恥骨升起

選自一九六〇年四月二十七日
香港《香港時報．淺水灣》

中年遊

有可愛的妻兒有名貴的傢具有看重你的
老闆
但你已失落十九歲時那積木之國
你與普魯弗洛克先生同進告羅士打喝咖啡
計劃今夏的造船業，預測明天的冷門馬

一週日你突然想起立遺囑如何起首
律師的電話不通，你感到血壓漸高

選自一九六〇年五月三日香港
《香港時報．淺水灣》

瑪嘉烈公主之五月

進來我的教堂衷誠地禱告呵

月亮將在梯間如布穀般啼叫
呵用你的眼睛在我髮上祝福

讓我摘下紅番花及希冀地説
一個五月將在我們枕間催眠
讓我靠窗飲下你給我的淺笑

我們愛情的鼓聲自海峽遠離
同時在冠冕下受着市民歡呼
並肩一起我們把橄欖灑滿城

燭仍年青因太陽神應允遲來

（原詩係用英文撰寫，今由作者自譯如上。）

選自一九六〇年五月六日香港《香港時報・淺水灣》，署名「葉冬」

母與子之意識
——為「母親節」而作

從你赤裸的子宮出來面對更赤裸的世界
然後你乳頭的食糧使我記起一些臉孔
長久地逗我露齒直至我能辨認人之初
天地玄黃——ABCD在我腦中革命時
落地那三聲啼笑已被電台的搖擺樂淹沒

打字機的眼睛盯着我同時電話也伸出手
來了
我的精力一分一秒地在墨水與筆間喘息着
日曆上數目的咀巴命令我追隨經理服從
天命
假如我立心不理洋行的光管而奔向太陽呢
媽你會反對嗎你會罰我背誦朱子家訓嗎
生我劬勞養我劬勞育我劬勞你形象如雲

五月第一個周日你的微笑又懷疑我的意
志了

選自一九六〇年五月八日香港《香港時報・淺水灣》，署名「葉冬」

東方未曦

太陽要敲打窗門了，你還未起床
你整晚讀金瓶梅，你的潘金蓮呢
隔隣的收音機又響了，頭發熱
還亮的檯燈燒痛了你那突肋的前胸

地上碟中的魚骨像包租婆的牙齒
陪伴過你八年的黑猫都生厭而離開你了

選自一九六〇年五月十七日香港《香港時報・淺水灣》

木屋

沒有更苦難　在這木屋的國土
在香烟與白飯之間　你們聚集着
追夢着家園的山的河的魚的麥
期待着歷史帶領你們居于長江或崑崙

一風一雨無滅你們以往的傲志
讓半山的泥土培植你們的復興的偉業

選自一九六〇年五月十九日香港《香港時報・淺水灣》

起重機禮讚

你的手臂移開了施栖佛斯的巨石
彷彿整個太平山都輕了
你的粗足重壓着低薪工人的飯碗

使每個木屋區都搖搖欲墜
從你的子宮爬出了銀行酒店舞廳等等
你代表了上帝　漠視于生與死或富與貧

選自一九六〇年五月三十一日
香港《香港時報·淺水灣》

風景

之一

獅子的巨靈移動了，天庭的怒吼
脚下的物體匍匐在翠綠間禱告着
生命的回響旋轉如眼睛如洞穴
雨及春天來嗎？在泥土的深層中
昆虫探頭詢問
羣山圍攏着每一個桃源的故事

之二

山麓下，建築如墓碑，上面刻着
維多利亞城將於二零零零年陸沉
此刻太平洋的海嘯呼喚着屍骸的名字
當夜總會在風中搖擺時，你聽到——
骨頭碰骨頭的聲響嗎

寂然。白雲包裹着海港的軀體

選自一九六〇年六月十四日
香港《香港時報·淺水灣》，
署名「岑偉岩」

山海異經

之一

時間落下　月夜如碟
洗濯後那種悲憤之神色
使我眼眶盛滿廿七年之海水
其中有愛情骨石　叛逆羊齒
以及父母給予我刻上姓氏之珊瑚
噫　從此　史籍上某年月日時
有動物膜拜一顆無陽光之行星

命與運沖擊下　它雙掌如獅
偷火奔向太極之二元
直至時間上升　子等于亥

之二

追日　追血紅之伊甸東
六角瑞麟也隨來　我們苦候
聖賢四出之年紀——無劫無業
當山洪重流　生物身滅　樂融融
盤古祖師　石斧何在　石床何處
容許大家結繩紀事　鏤刻野心
于竹板上　然後騎在與娘娘相會

青天若塌下　火若成草舌
此正是地獄——我們之俱樂部

之三

太空船撫月　雲層中孫爺爺
回憶着水簾洞之搖擺樂以及蟠桃派對
個人英雄主義難逃五行之天羅地網
誰料到與老猪老沙結拜　伴唐老板
淫遊西國　變變　如律令　如太上老君

如玉皇大帝之龍顏　齊天大聖爺爺
與嫦娥枕邊笑語　橫看塵間狂態
唉　金剛咒　我們唸科學之金剛咒
迷失于如來指掌間我們相等于美猴

之四

你猝然下降　如祥雲上之蓮座
正當孤寂之妖氛吸壞我金剛正身
天關頓啟　如來推算我會木局之運數
而你熱眸含笑　引我看三十三仙宮
許下噴泉之願望　崑崙南山異教者
洗禮于十字聖堂——愛之正菓
以及精氣　直沖透日月星斗

維多利亞皇城內　祭貪貧二鱷
然後你戴彩羽隨來　共飛騰王閣

之五

飛　一種蔚藍之寂寞　力扯
我髮根　還有煩悶　如蒼白雷閃
燒焦我翅膀　當棲息在鯨背上
憶哪吒抽龍筋之頑皮逆叛
大志老海柱　拜仙閣　拜九地

飛　無意撞入非大團圓之太空囊
容許我返回家邦　容許我拾回陽光

眼看河山魂魄飄蕩　我以淚代雨
以姜子牙壓星數法　指算民族天時

之六

淮之季節　瓠瓜正裂齒于河漢
有人自北方來　述五鬼顛神鼎之趾
痛史　如十日並出　如骨架長城
同胞　你們何罪　受凶君公社之苦
唉　國之道不立　四方陷　八極散
萬物不及蛟蟯　我們堯帝何在
我們后羿何往　我們烏號弧箵何藏

子民　遠離玉爵地　九韶六瑩之所
凝聚金石氣志　强伏大荒黃魔

之七

抮抱扶搖而疾上——慾之丙火
使面無膚　躑躅于意識行動間
我敢拜禱俗事應滅　所有道德
黑雲直龍一般灑下非甘非吉之雨
雖羸莧　仍喜天馬行空之狂放
陽光——妲己之胸以及熱酒漬涌
我浮于紫霧　醉語女媧　命立申宮
　騎神牛而歸　仰問個人主義何去何從
夜　床頭與鬼現，目笑我俯龜夢飛熊

之八

唯如此　直釣于香港　獨驚天地蒼白
頃間風如麟如鳳如鴻　我為誰佇立
斗與角同攜　天象是否虎變我相
若有盤古之能　我定一開二闢三鬥
詢閻君包丞不平事　何來輪迴之苦
何來三世之憂　更何來玄黃人禍
　動四時而破五行　屍養邪妖永生
老矣　三丈白髮繫于冬至枯月

之九

尖堂鐘聲鏘然　跌下葉形金雨
神甫雙瞳歡愉　十字架之卦爻
早現于聖經之繫辭　你我手指掀開
四年長憶念　如雅歌中草香羊乳
或山嘯河動　拋日于雲梯之間
當你指環以及誓語自掌心躍起
幸福嵌于五彩琉璃窗上　依舊千年
你紗衣與緞球閃灼于親友唇齒
我雙頰通紅　情熱溜入你笑渦中

之十

抱你　房門　滿床茉莉交雛菊
射出鑽石暈光　記否庚子春節

你投石于塘中　描述仙女蘋果
波紋成嶽洞之層次　重疊月亮
一切美麗神話淡出浮萍翡翠纖維
我親你　蜂蝶牽走你我涎絲
織成一片星湖　良夜如簷前水滴

你手臂與我頸項相連成玉獸
顛倒間　晨曦同履天帝巨跡

之十一

他大志若鵬　必負青天　圖南往
遠離人情薄之殖民地　乘搭汎美
向自由女神招手　畫家在紐約市
天才吃牛排看電視洗碗碟等等
石濤畫法加畢加索立體等于文化交流
藝術館中潑墨抽象震驚紅鬚綠眼
壯哉　東方之寶　老師如此說
他憎厭偽善者畫展之偽善新派技巧
終于憑藉偽善之手段作偽善之宣傳

選自一九六〇年四月二十七日（之一）、五月七日（之二）、五月十二日（之三）、五月十五日（之四）、五月十七日（之五、六）、五月二十九日（之七、八）、六月四日（之九）、六月十一日（之十）及六月十五日（之十一）香港《香港時報·淺水灣》

自戕

在巨室中，蒼蠅的空氣拍着翅飛着
你你　嬰孩般瞧着田字的高窗
外邊的雲　有許多小說　有許多上帝
但你你　恍惚地唾着斷碎的謠歌

你你熟悉四周每塊石的肌膚
上面塗滿了算術公式　各樣的性器官
還有類似天文的記號　當月亮跌進來
你你亢奮　緊貼着地上的麵包洩精

每逢周日有蛇味道的胴體爬來
你你赤條條地笑着　涎沫如夢魘的蝴蝶
使你你不忘推算從子宮出來的時辰
然後迷失於今生前生來生的圖文裡

火箭　電腦　主義　你你漠不關心
春夏秋冬的人生都是一樣　失眠時
星斗如滾滾礦物奔來壓着你身上
你你抱着拾穗的心情把它們扔出門外

生
老
病
死

你你
我們
他們
人們
那麼自憐自憤
離開宇宙
行走在
龜
蝸牛
殼內

占卜着占卜着占卜着
螺旋着螺旋着螺旋着
殼內
蝸牛
龜
行走在
離開宇宙
那麼自憐自憤

人們
他們
我們
你你
死
病
老
生

對着碟上魚骨旁的羣鼠　你你工作
你你追憶　從孔乙己到殖民地
從眼睛到打字機　羊齒植物相似的
其中沒有異鄉人以及國家以及卡通等等

如何做到最安全的避孕　你你嘲笑
時與空那糊塗殘忍的安排　相等於
一具屍體放在手術床上被分割着
然後運往各地外科醫師的膠手套中

當年的壯志是秘密　你你説既然被判罪
既然自己的輪齒的重量難與整副機器
　相比
就走出社會的門檻　踏入理想的監獄
不需要虛偽的牧師或律師甚至諂媚的
　墓碑

讓太陽敲門吧　你你火燄的聲音喊着
你你以臘像的感情　望着妻兒的照片
果然在一兩分鐘之間　你你頭顱癱瘓
　在地上
在西面冰涼的牆壁上升起一個血紅的
太陽

選自一九六一年六月台灣《創世紀》第十六期

傷禽吟

第一回

地分英雄在　龍蛇鼠蟻蟄伏之時
裂帛谿響　匕首暈光　噫　舊夢
非草非木　透窗　疊成幻覺千重
瞧你仗劍四顧　石立之英姿猶存
一野青天卿雲　跳動于你虎眉鳳目
俄頃　土遁忘形　飄來私情一念
記否黃河一夜　伴名妓過渡
無鐘無籟　痴戀眸波　對你灼然
唇旁小痣　赤壁旁三演貴妃醉酒
你擊楫而歌　仙仙乎吾醨乎吾幽爾于龍宮乎
剪紙之月　粘于星星交媾之間　伸手盈尺
你觸及麟膚流水　忍不住沾巾痛哭
先是　你為人蘊藉　工詩　冠絕江南
彌衡之背　卞和之璞　獨無春秋伯樂
解各盡處是孫山賢郎更在孫山外——你怏怏
無何　你投筆離鄉　全忘衣裳顛倒之夙分
五年征馬風塵　老矣　寄寓于海外
有人笑你志氣似傷鵰　流連玉爵之地
唉　無頡頏之季節　旭旦你吟誦楚辭
心願盈溢——何室如之　何室如之
越日　摯友自洋埠來　棋局中談笑
驚異你十年之王老五生活——楊家有女
年華雙十　細柳生姿　可令你跳出落拓門牆
你搖首——神觀恍然　陰有非非之想

第二回

燈酒交輝　楊女垂髻　蘭麝薰心
你回復當年氣概　情懷似水
面對娟好容色　血脈自恥骨上升
荷爾蒙之毫芒　驀然叢生于五官中
皓齒之語言　等于OB恰恰之鼓擊
好一幅蒙娜麗莎複製品　驟然生春
青碟紅肉　番茄燻魚構成之慾素
——一袋彩虹　一抱我　頭痛先生已去
歌星之音如簫管　楊女低首含羞

藍色多瑙河之人影　共舞時神搖意奪
數不清樂壇琴鍵以及僕歐貝鈕
櫻口將動　頭上搖落輕巧透明之花雨

赤火如金之夏日　楊女拋五色汽球
白白浮屠　築起蔚藍雲階　鏗然有聲
太陽眼鏡之時空　一片咖啡深深景物
熱帶之顏面以及熱帶之山巒之類
海珠在她背上滾落　鑠然似隕石
髮絲泗于頰間　笑靨印于沙上
狐之綫條與暖氣　繞你全身三日
你想起圖騰之原始故事或落水姑娘
或一百八十度之搜神傳說或海崙之箭
綠波深處　有珊瑚之足趾蔓延生長
漩渦中玉枝搖曳　你悸然心動
無呼吸之處子　一泡沫　一琉璃天宮

第三回

你遠離蕭邦淨土　赤繩不繫赤足
洋房汽車惡犬　如馬蒂斯之遺作
你決非偽幣製造者　書香朱門之橫眉
苦然若疾　未完成而完結之十時十分
——週末夜總會前楊女揶揄你往事
雅路襯衣不能彌補之孔子哲學心靈
雨像無數液化之悲劇滴在你額上
踣倒　斑馬綫上有淡黃之人情味
有冷黑之動物飛過　無綫電之方言
聽不進耳　巴士守閘員把你推出星球
地心吸力不存在　而你本體神經系統
仍傳染你非四大皆空之癌痛

當三針之腕錶紳士式向你脈穴挑戰
你感到重壓　一如熔岩捲席彭貝之都
有昆虫蛟文化　有時鐘之分數磨折你
非太虛寂寞之空氣調節殯館中
荒謬之電視波帶扭曲你自由民主
一客火燄牛柳冒出古代東方之佛香
橙汁或茶——是列列鯊齒之威脅性

門掩開　本地之世俗連打樁機響撲來
你眼前一黑　牛頭馬面之金甲使者
點叫你名字　一道瑲瑯上鐐之命令
輪迴並不痛苦　第三世仍是哺乳胎生
在因果部上　判官修改你國籍　善哉

六・六・六一・香港

選自一九六二年八月台灣《創世紀》第十七期

旗向

之故

起來（不願做奴隸的人們）

噫　花天兮花天兮

TO WHOM IT MAY CONCERN
This is to certify that
閣下誠咭片者　股票者
畢生擲毫於忘寢之文字
與氣候寒暄（公曆年月日星期）
「詰旦」Luckie 參與賽事」
電話器之近安與咖啡或茶
成閣下之材料——飛黃騰達之材料

敬啟者　閣下夢夢中國否
汝之肌革黃乎　眼瞳黑乎

之故

起來（不願做奴隸的人們）

噫　花天兮花天兮

"Dear God of Beat, Elvis Sweet
It's me: Connie Teddy Girl"

提廣告燈彩　美哉
亮 Limbo 眉角　夜未央
姑娘樂直直乎山水
Let Me take a ticket date
粲然若輪船公司之招貼
曝于偪側而空破之朝代中
敬啟者　姑娘夢夢中國否
　　伊之肌革黃乎　眼瞳黑乎
之故
起來（不願做奴隸的人們）
噫　花天兮　花天兮
「蓋文章經國之大業」
「文質彬彬　有君子之致」
公子抛貯獻誦（瓦耶釜耶）
其詩嗚靡靡以結繁

天機高　爬格子更籌蒙露
策縱橫　終吾身而已矣
行之乎色事之空
盡得流風　風流盡得
敬啟者　公子夢夢中國否
　　君之肌革黃乎　眼瞳黑乎
之故
起來（不願做奴隸的人們）
噫　花天兮　花天兮
之故

選自一九六三年五月二十日
香港《好望角》第六期

大哉驊騮也

投影乃茂盛之節拍
暗而涼而平之春分
吾等心動　就此攔風
穿越雲川萬萬
才華如英
昂藏七尺之掌擊
陽光脫弦
無聲結集
吾等遂踏樹而歌
眸飄明色
（有人拔山奔來）
煮海行列
臨南壯志
隆然　看快哉
　　　大哉

之後吾等走進月燒城市
一揚手　快樂隨車疾流
看不起懸吊之焦慮
　　　軌上殖民之塵埃
更　羣街無顏泣笑
吾等抗拒石覆太陽
　　　全程瘟疫
能飛躍高高遠遠
破泰山或鴻毛之橫木否
一片路誌（無浪頭無犬尾）
指燈外之禁場
　　　　　羅盤東方屹立
　　　　　　殷然偉物
　　　　　　化石怒目
天火退　意外朝代發酵
有焚書有焚琴有焚門
去　舉攀成鳥　一島摩天廢墟

迎旗午　　吾等銜卵築涯角
振翅環柱　　環柱
噫　　歷史距離冰固
野志扶摶心颸
吾等遂星化仙化
挾傳統斜塔及逆叛鵲橋
超蠶孔棠葉
如此去　　貼縫中華
置於枕側　　做漢夢唐夢
或摺成紙帆　　閉性立茅
入人外洞
轉念　　沙數童年
於魂魄甬道上
亮畫架水山一物之奇蹟
　　變變手　　一粟運命
　　　　有千臂者
　　　　仿后羿
　　　　仿咒

另一季　　吾等伏危於旱
符滅——龜雷並裂
　　　下下卦　神人亂曰
　　指尾兕象
耕非吾土之土（追並出之十日耶）
突然葬禮冒升
肢體如枝扶持年歲
乙座爝餤時鐘
狂鳴求愛骨形之無恥
能否借典
借遺像
畫大業團圓
然後待陰　　待雪
待億兆圓寂
今夕吾等霹靂
筆言寺之風景
言兌之風景
　　　　　　倉頡倉頡
　　　　　　吉頁吉頁

吾等乃
　活　存
（這一季　果實盈天
　書如雨下）
畢竟中國依然中國
　少年依然
　英雄依然
山青青水綠綠亦依然
（誰知粒粒皆辛苦）
吾等伏櫪工作
忙於抱負體積　嗚呼　工作
徽號靈劍長運
一快震天下（書生一介書生）
磅礴人籟（見之調調見之刁刁）
飛墜千仞之隱機
此時吾等窮數文化年輪
（上古有大椿者以八千歲為春）
　伏鐔鋏悲憤不已

（維多利亞山巔　有勇士居焉）
吾等動身
天地畢羅於眼前
吾等傲倪
獨曲全　獨往來
獨獨
因騏驥也　驊騮也

六三年八月初初稿
六四年三月中修改

選自一九六四年六月二十六日香港《中國學生周報》第六二三期

馬覺

黑色的劇場

古羅馬的亡魂展開彩色的長羽
在水銀燈之夕照下，那被野風捲起的
在記憶裏，已成歷史的片段
當人格熔化成水，我們聽見
劇場上潺潺的聲音，向着上帝的雙眼
向着荒涼的兩極流去，我們會想起
一些七彩的紙屑從上帝的手飄落
在不息之生命建造中，昔日造物者的氣息
尚隱約可聞，一個陰僻的黃昏降落了
誰要在森林的污手裏號哭呢
圓劇場內，從廢墟的側影裏
被撤出的故事底結局苦笑着
正如一隻愁苦的天鵝，被鑲在
一團陰影的花束裏

上帝的手編造籐籃，我們被掩蓋着
在一個悲喜劇之間
生死之潮汐運行了
溫暖辛酸的星空述説着世紀的深處
山與海冰冷了，在世界污穢的懷裏
一些金屬的淚，是來自光年們和流星的。
千千萬萬的憤怒的王朝，在星空裏
混成一片，乃沒入時間的深渦
　　乃沒入記憶的黑色
快樂的滑冰人消逝於森林的背面
在瑞士的峻嶺上，一縱橫世界史的喜樂
遂從平行的寂靜滑去，眾星系
於我們眼前轉動之時，巨麝隨而響了
空際的仙樂與歷史之繁花乃紛紛隕落
我們且縱目遠觀，我們的笑聲
隱藏在地球的舞台的軸心
機械性的旋轉底醜惡展開了
在滑油的臭味中，巨麝隨而響了
眾星系於我們眼前轉動，並粉碎我們

於上帝與世紀悠悠的掌中

選自一九六〇年五月十五日香港《香港時報．淺水灣》，署名「馬角」

哀蔡斯曼

蔡斯曼
　　　蔡斯曼
　　蔡斯曼
你將不寂寞，無論在天堂或地獄
我們思念你生前之艱辛

你哮喘的掙扎從大廈數百個眼眶噴出
你的呼叫乃是真正的痛苦
因為你同屬血肉，你憤然從喃喃的
諸神底掌下獨立，你含毒的觸角
滅絕天宇間發臭的誡命
而你將是新神
人性在混濁的囚室裏，默默地
繼你的喘息而喘息

你卒於煤氣室，而並不是說明
世界已然平靜，你生前的筋骨底掙扎
的聲息，將在活者的胸脯上
和心裏隆然作響，你將不寂寞
從靜默中，你將聽見燃燒的心裏
呼喚你的名字

選自一九六〇年五月二十二日香港《香港時報．淺水灣》，署名「馬角」

端午節

陣陣鑼鼓的哭聲近了
龍船的歡樂並不屬屈原
你遨遊七海的血淚　回來吧
且看粽子像不像一些美人的乳房

文員和他們的兒女都放假
用英文打一份長長的祭文吧
打字機前指頭每天都把三閭大夫的眼眶
密密的啄擊着，而這是生活和懷念——
在岸上的陰影裏鼓掌雀躍的聲音
是來自一羣孩童的

選自一九六〇年五月二十九日
香港《香港時報．淺水灣》，
署名「馬角」

報紙

拿一個血腥的硬幣
買一些卑污的故事和夢囈
大廈之下　每日每月每年都如此　都如此

每張蒼白的臉面上　都伏着大大小小的黑
　頭蠅
透過厚厚凸凹透鏡　誰分辨出是喜是悲
到了明天　那些惡臭的油墨氣味
依然像昨天　把茶樓　渡輪和狹小的辦公
　室罩住
找不出一個關於太陽誕生的證據
而那些肥肥瘦瘦的陰暗的圖片
偏要不絕把一些恐龍的胸脯和鬍子掛出來
晨昏之時　汗臭的蛆蟲張開一捲世界的消息
在悲涼的穢褻的瑣事中

找尋自己在遺洩的影子

選自一九六〇年六月九日香港《香港時報·淺水灣》，署名「馬角」

月下

好沉重的腳步呀　在雪地上
在我們受辱的顏面上
狄安娜和上帝行走在水泥路上
誰是狄安娜
　誰是上帝

忘記了它吧
大廈的黑影嚙食馬路發高熱的下午
唷！希伯來人出埃及了
率領千萬的閃光的羊羣
希伯來人來自夜空的苦痛
羊羣踐踏我
羊羣踐踏浮着淡光的湖
羊羣踐踏我背後的森林

這兒好熱鬧啊　阿坡羅已深埋黃土
當耶路撒冷在水泥路的盡頭閃爍
天使們的白袍在森林的髮上微笑了
在狄安娜祈禱的籠罩下
我忽然想起
　一個好沉重的腳步　在雪地上
在我們曾受辱的顏面上

選自一九六〇年七月四日香港《香港時報·淺水灣》，署名「馬角」

幻

一

他
是一匹不辨男女的
落葉、唱着：
我欲乘風
　歸
　去
就沈溺在長安的繁華
裡、（也不辨南北）沈吟
着歷代
興亡、管他娘
是真是
幻（有空也重溫一次
弗洛依德）
幻啊
他曾上馬殺賊
竟流出女人底
淚、在夜裡、他對路上的人説
他就是急欲尋親
的月亮

二

是圓寂的
靜穆
雲裡、美麗的少女
不留
一個笑容的
夏日、樹
的濃蔭、蘊
藏着許多
的死亡、夏夜
情侶們
也
都乘涼
是美麗的
少女、（啊！）

吊橋
　起了、幸福的一刻
稍稍地、曾經
流過

三

她
不說
也不
唱、美麗的
眸、寂着
（完
成了半個天空、米蓋朗基羅
彫刻着）
一萬種
生命、唱着

四

我就叫她
——悠悠
在
愛情的夏
夜、就
想起她、就閉眼
唸她底名字、一遍
又一遍
　白的、泣後
之
悠悠
在我底凝望裡、伊恆寂底光明
的臉上、竟無
有
一線
　彩
虹

五

讓我

是苔、等待
待你一千年
　在石上
眺望
東來
的鳥、銜來了天機
別有
　洞
天

六

野火、無端地
滅了、這時候
他才發覺自己
不再
年青
　了
曾經
在橋上、潺潺的霧
如此的來、也
如此的
去了（慘淡的、
永遠
是她的微笑）
不再飲泣、如問
山中的泉水
山中曾有多少個可以
飲泣的清
晨、在腦海裡
無端地、風
　起了
沈靜如晚
　　霞的
妳

選自一九六〇年九月一日香港
《好望角》第十一期

哀蔡斯曼以及童年

蔡斯曼的名字就是蔡斯曼
他和他的名字
　並列
在所有的飛翔之中
她們說，蔡斯曼死於三月

蔡斯曼
你將不再
寂寞，你將不再
是純潔的個體，無論在天堂
蛇妖的天堂
抑或地獄

所有
憤然的，是你
新的豹，新的跳躍
和奇異的石
施與我們，以新神之憂悒
樹立於荊棘。血泊
血泊竟是風所看不見的呢

有時候，不知道誰
飄蕩於森嚴的盤古，厚厚的
陰影
啊，他們曾飛翔
飛翔於絕望與絕望

以如水的感情擁抱你
思念你，曾經是誰的
哮喘的
哮喘
澈夜底
火的呼叫火的呼叫，使我們涕泣

抑或真正的煉獄
在混濁的囚室裏，人性曾默默地

啊，數他們頭上的
黑夜啊
憤怒的氫彈和觸手
　曾數他們

即使在天堂
在霧港中，巴黎的憂鬱是如此地濃啊

鳥啊，可喜的孩子
和靈魂，你卒於某個日午
的溝渠。世界的平靜
以及死滅，並不是
即因此而被發明
隆然作響的，是他們
隆然作響，背後的
復仇者和愛人啊
你生前筋骨掙扎的
聲息和意志，或許即使是
那些瑣碎的絕望，以及惡魔

在活者活者活者
　活者
　活者
的心裏
和銅質的湖水上的，是他們

選自一九六四年一月台灣《創世紀》第十九期

自你去後
——悼亡友趙國雄

自你去後
此地的月夜
便變得寂寥了
你嘗躲在暗角
雖然這個時代並不如理想

雖然大家都嘗稱病
但你仍有所凝視

你所企望的
並非滿牆滿地的影子
也不是來自這許多月夜的光華
你所企望的
久已為這城裏的人遺忘了

雖然這個時代並不如理想
雖然還有許多許多的理由
但每當月夜
此地的月夜
啊，教我怎樣向他們言說

自你去後
風變得強暴
雲變得黯然
這一切都令人不好受

然而
直至某一天

你說你會重臨
未來的事容易為過去所扼殺
我並不希望事情再有所變更
也並不希望……
從此
許多許多的月夜還將要再臨

選自一九六六年十月七日香港
《中國學生周報》第七四二期

新寒

許久許久我們才發現
我們是病了

竟把她當作書頁上的一幅蒙娜麗莎
或留她與所有的畫頁
以及遺下的黑暗
存放於虛無的深層中
而且離去

當我們循着波紋
起伏，迴旋，或靜寂着，遲疑着
沿着那些小徑
（天啊，就只有這些小徑等待我們）
直至最後
直至充滿盼望的死亡
直至發現他就高踞在前面
或就是這樣
這樣跌下去，滑下去
從所有的屋簷
他們在黑暗中
也就拿着火把來了

來了死亡
來了恆靜的隕落
不再有他們
不再有愛，有喜和悲
啊，困禁的日子完了
而且也和尤力西斯告別
她，在對岸
迎接我們

是夏季的暴動
是夏季的暴動
他們無盡的渴求
於是窒息來臨
並使我們急急的感覺到

告訴我，你們要甚麼？
你們真切的要甚麼？

或離開我
你們的臉孔
如在冬季裏衝刺的瘦影
冰冷的
不喜愛秩序的
啊，你眼前的煩擾
以及絕望
我亟欲避去他們的臉孔
或離我而去

難道這就是愛
你油污而惡毒的髮
紛亂於好慾的吻中
難道
當獸們追逐
牠們的腳步零亂
狂笑的姿態展露
這就是滿足？

啊，最慈愛的生命
假如
啊，你的離去
將使所有的霧花失色
你的離去
也帶來他們生命的暗淡

假如沒有新的儀態，新的帽子和笑容
這些湖水和薄霧
將也不再生活

就留下一個被誣蔑的名字吧
留下一個曾印在哭泣和林木、恥辱和街
　道、血漬和膠片上的影子
在月亮的腦海中？
成就和一個絃琴戀愛，痛痛快快地
也讓他分嚐一些我們的苦楚？

啊，請吻這憂鬱的孩子

烟霧已使他暈眩
在雨中
我們曾如何互相追逐
曾如何細說詭秘的言語
美麗的追逐——
我的影子是一串的渴求
她們呼叫着
向前面的雨幕流去
一隊雨在後，也在前在左在右在生在死在
　明在滅
復追捕她們
于啞寂之中

或給她暮春的古塔、教堂和晚鐘
啊，慈愛的父
你的慈愛何嘗遍佈於大地的胸懷？
或讓他們的脚步退後
碰見去年的夢幻

或使他們再次年青
並且擦過兩壁的危機
（在陽光裏，我們在陽光裏）
慈愛的父啊
我們的歡樂又在那裏？

選自《馬覺詩選》，香港：特
信印務公司，一九六七年

異象

這些指紋，為我們所永難分辨
我們聽，但一無所聞，在這地板之下
藏匿的秘密是否再可為我們所發現？
天空可以藏匿之處，並不只限于此
你一定已曾聽她說及
它將會降臨

歌者在雨夜的簷下
而我們尚未盲去，你怎可說及
關于美在景物中出現

沒有人能指出可怕的翅膀怎樣翺翔
沒有人曾嘗試焚毀她的嬰孩
你所想的
並無異於事實所表現的部份
部份的天空，部份的月亮並無異於
你所想的，你所聞的，你所見的
是她所願意裸露的
當星宿放棄它們的習慣
我們所看見的
也是它們所陌生的
是使城裏的人感到困惑的部份？

我來是為要向她們施予臨別的話語
我說（啊！它們逐漸發生）
我說（在一陣輕微的沈默之後）
我說（帶着幾乎不可感覺到的微笑）
這並不可能造成任何的分別
妳們莫要遲疑
莫要在風中駐留
天曉得，這簡直不可能
將來的日子，我會絕對的
處於孤獨

我將使你射擊
在下午的井中，他所看見的
是下午所要說的
焚毀她的嬰孩
焚毀她的嬰孩
而她，則具有從事的勇氣
你已來臨，就在身旁
正如你所喜歡的
表現你自己，你的形象，你光，你的言語
在天空的底片上，她豈不可愛麼？
此刻，我看見火焰從隱匿的基礎

燃燒着諸多的幻象
啊！小心，不要以為這就只限于此

一個盲者，似已為他所殺
這已完全過去
他也並沒有留下許多謠言
而你會清楚地明白
無疑我們須有一個主管
他並非是真的
他的頭髮也並非就是頭髮
我們已躭誤許久

看啊！他們已飛起
超越我們，並且
你已擁有你的存在，靜靜地
在我們感覺所不能及或未及之處
猶如失羣的風獨自徘徊於將出現的過程裏
你已擁有你的呼吸
微弱如同我們所不曾聞悉的經驗

然而慢慢地向我們予以接近的
是你！

那夜，我們在微弱的燈光中乞吻求別
接受，是由於我們的決定
所以在惡劣的環境裏，我們進入
勇敢的進入
那夜，我們接受了邪惡的感召

我們急於知道
啊！他所説的等於沒有説
逝去的聲音曾充滿過冬天的沈寂
就是他，背棄了死亡
在白晝之後，復又歸於沈寂

我們的所有却等於沒有
在沈寂之後，沒有一絲風可以幫助我們
沒有一隻鳥，可以為我們而唱
我們沒有活過，我們的兄弟

也沒有真正地為她所愛
我們的星活過，如同微小的
陰影！

可憐那些老人，在叢林裏
你說：今夜也許不能
因為天已經陰暗
我們彼此擁抱着，拒絕一切的打擾
許多曾捨我們而去的幸福
都願從他那遙遠的角落重覆着難懂的句語
一聲輕微的午安，曾使我們永難忘懷

他們出現於白光之中
淫溢着信心與堅定的臉孔使我們惶恐
她手裏端着一個托盤
她的眼睛，她的勇敢，在沒有多久以後
至少再鮮有人知道
你們所知道的是你們真正所不知道的

我們不會受到甚麼可知的懲罰的打擾
是沈默寡言的
但他們並沒有死去
甚至都不須要說
他的心淫溢着悲哀
眼睛睜得大大
最寶貴的機會，都已浪費

勇敢的孩子，我們是否已停止了爭戰？
無辜的婦人被放在雲裏哭泣
她假裝作忠誠
為孤寂的境界說出更多的謊言
而神的孤寂
　山的孤寂
並無異於事實所表現的部份
在我們所能感覺之內
他們出現於日光之中

所要說的，是他所未說的

假如你已明白我所要作的
你即不會以為這是一些小事
他們已揚起吶喊
擦過葉與葉的邊緣
我們必須前進，在每一夏季中
盼望着他底到來

這恐怕是全然不同的
勇敢的孩子
你應對她予以注視
日落的悲哀
將要掩蓋了他們

神啊，在流放的季節
你的同伴如同藝術家們
破壞着她那完整的生活
請收容那些孩子，神啊
他們是最初出現的

他們是月
是季候風
是雷和電
他們是一片片的天空
粉碎于浮游的過程

你會忍受它
你必須在工作裏認識他所說的
這是一個困境
傍晚的時候
建築工人燃起了喜悅的雲彩在心中
那年青的守城者是誰？
在午夜的天際，把香烟銜在咀角

他是個可敬的青年
這不會是真的
我有權在靜默中保守過往的秘密
他之所以愛我

是我所不知道的
霧䨏在靜默中爬過溪澗
她旋迴地自語着：
他愛我
他愛我

神啊！你所曾說的請你再說
這些靜默使我們感到不安
無疑，他們會感到興趣
在黑暗中，往往好像有千萬的手急欲捕捉
　我們
今夜，我的門將會敞開
為你
他的聲音將會驚起所有的漪漣

她的美，藏匿于她底眼
她的聲音，是他們所曾聽過的
這是一個機會

半閉的窻門伸長了耳朵
日午的列車將要來臨
有三個火星人
急于預備着他們所要說的話語

交還我們的自由
我將毫不考慮，也沒有更多的祈求
在悲憤中，他好像是唯一的磷火
行走於深夜的曠野
沒有回答，甚至是輕微的步履
在風的急流中，有聲音如同兇猛的象
奔過幽谷的草原
而每一株接受自然力量而搖曳的草葉
響着風的言語

她的臉孔佈滿了惶恐的雲絮
每一片雲絮都是惶恐的
他們心裏充滿了害怕
沒有清楚那傳訊者說過甚麼

那匆忙的黑衣人從太陽的背後閃過
也是微弱的光從這兒流入
並且漸漸地發現了它所要會晤的並非是
　別人
他徐徐站起
受擾于夢幻的消失

光明的天空曾給我們力量
光明的天空曾給我們力量
光明的天空曾給我們力量
光明的天空曾給我們力量
星期日我們也許需要憩息
光明的力量並沒有給我們光明的光

請不要誣蔑他沈淪於虛無
飛鳥所能發現的，是我們畢生所能發現的
他越去越遠
我們所能超越的
假如我們果真能有所超越
是我們本身的存在使我們在悲鳴裏沈淪於
　失敗

這人已失去生殖能力
而一切的責任無疑將均由個體自身所承擔
他已做他所能做的
不被超越的天空是他所有的天空
光明的天空，黑暗的天空
有光的天空，無光的天空
是他所不能分辨的

他們說：
給我們巴拉巴
他們說了又說
洪大的聲音是堅定的聲音
使深深的墓穴充滿了迴響
使平息的靈魂復受到疑惑的打擾

啊，有這麼的一天

他曾就立在那兒
有這麼的一天
他們能逃去良心的叨嘮和目前的風沙？
他的速度
保存了時刻均會成為可能的危險

她從湖中昇起
火焰的裙裾是薄薄的
她的軀體纖柔而美麗
我們看日出去
（湖水顛簸着許多倒影）
在天空的摺縫裏藏着他心中的秘密
他的眼睛平視着
只有一個景象
（只有一個景象，並且有人呼叫他的名字）
那個可怕的下午
所有的音樂家都消失
靜寂溫暖着他們，並且閉塞他們的耳朵
啊，生命，我們必須憎惡她的遲鈍

「為甚麼我們在靜寂裏竟不能聽見？」
我們所不能聽見的是他所能聽見的
她的軀體縱身投入湖水的漣漪
再沒有漢尼巴？
在漆黑的角落處，是你底掙扎？
我們看日出去
啊，生命的火焰
曾幾何時我們所未曾見過的
稍稍從我們的身旁燦然逸去！

選自《馬覺詩選》，香港：特信印務公司，一九六七年

情愛之夜

在這樣的境況
原有的信仰解脫這個束縛

這是不足的力量
實在非我們之所能有
假如我竭力抵抗
他也必設法將我困住

一切尚未開始
妳可無罪
我只能說
悲哀你以往的放縱吧
你的矜持已失常態

在靜寂地帶的噪音中
在大城市的繁忙裏
妳悠然吸烟的姿態
……………急于避去身旁的翅翼
我奔走奔走奔走
於缺乏陽光之日午，嘗試着
了解妳
（妳的聲音是藍？
妳的眼神是紫？
妳的焦慮是黃？
妳的愀然是白？
妳急急欲爆裂之愛是處於一片玄黑之燦金？）
存在與世事的因果經過一夜的冷卻
痛苦之事，在我誠為易忘
她轉過頭去
馳騁於迴旋
而我的憤怒
已降至零度，日子
一片青黃不接的日子
而時間
將不能約束我等之不羈
在烟圈中
我慢慢地發現了妳

而有好處也不必為之隱避
洩漏一綫之光明

與暗寂分裂的時期
然而此中有六七年
尚有信件足以證明黑夜經過之真相
在惡獸的噛食中
幸而：
記得我第一次和妳交談
霧在天際凝結
妳說，輕輕地說：
對不起，我並不認識你
是頑皮的惡魔底安排
妳跌進我的懷裏
當我走進圖書館
妳在悠然中向我一瞥
多少的不幸與抉擇
決定於一刻
在原野之苦痛之巢
在月下
在春日之尾櫚
在妳笑與不笑之間

在咖啡或茶之前
在日與夜交替之中
妳野性而又馴柔

門之敞開
為妳為我
沿着妳正直的鼻
我嗅到冬日走廊之氣息
燈色暗淡
我們的悲愴與快感更暗淡
米黃色的薄紗之後
是妳底透明如流的胴體

「彼得在嗎？」
彼得不在
「米高在嗎？
米高不在
我嗎？
我永遠在教堂的陰暗處等妳

「此地的氣候特異
不啻引起夏日反對我的導火綫
想念妳
不要陷害我……」
我呆然把瘋狂的信寄出
却逐漸實現
在日後的悲憤中
盤旋在閣樓的天使見此
以為我已發狂
似遠無盡頭
我即避入窟內
賢明的女士們裝做不見
把握既有
但茫茫之處沒有盡頭

人看我老年時的文筆
誰知道宏富典麗
或則牠全不來
繼之以大飢渴

我也繼續再進不已
火在妳我之間燃燒
一個封閉的世界
輕微的喘息中
我脱掉妳外表的衣裳
一片迷離欲死的幽暗

院中有井
井中有淚
淚中有光
光中有影
如幻的影中動盪着可愛的醜態
別人隨後跟來
定免被人所獲
向我攻擊的惡魔
我要在影中折磨妳
我愛閱讀
但妳不愛
妳請求無條件的屈服

但我拒絕
我渴望音樂
但妳寂然
我們相視微笑
但妳忽又微嗔
生命的奇妙妳知多少？
在超越的眼光中
諧和却來自無盡的衝突
而兩個世界最後接觸了
一切將享受微妙的平等

聞說：
秋天是妳的名
沉重是妳的姓
在重重的悲劇中
妳却長得輕盈
（午夜三時
妳給我電話
傳來黑夜的灰色
傳來盈盈的細語
我將怎樣？
當我還在睡意矇朧之中
是否幸福蒙蔽了妳
使妳忘記了我明天還要上班？
一切我都順從妳
但請妳不要這樣發笑
雨在窗前灑下
今夜有點微寒
我論厭妳
因妳用猝然的靜默捉弄我）

「勇敢」啊！你這害人于無形的名詞
機會已至
我如法進行
假如生命被人捉住
我不知道它將怎樣掙扎
勸誘之後
又使她無能力去得到

一年之久
愚魯之爭持
雜務纏得我不能脫身
但我敢於為非
（我想她已成年…………………）

短歌之一：

「我是一個性急的男人
妳久久在更衣室
但我並不不耐煩
渴求重要性
在妳無意之間的小動作中
渴求親切感
在妳偶然的淡漠神色裏
野風拂起妳耳際的髮絲
我會為妳整理」

短歌之二：

「歡樂是稀有金屬
但我依然發現了它當妳陷於輕微的不安時
妳很會掩飾
但我却不欣賞
妳輕輕的啜泣了
但我將更愛妳」

短歌之三：

「湖是怎樣生成的？我不知道
但妳底耳環的搖曳
我却曉得，它閃爍在街頭的暗處
我們的步聲突然寂了
迎面而來的警察向我們微笑」

金魚在水缸中
一個炎熱的夏天
紅與黑的招展
大概尚是小孩
所以不知此中的危險而敢於衝犯
已被人發覺

以至於拆散
雖為時甚短
但却激烈
與普通的友誼也不一樣

在月下
我雖感動
認識雖稍久
但實無甚不安
或燒掉
或抱怨
不覺之中狂喜而叫喊
不僅留在皮膚上面而已
妳所給我的烙印

流了多少光？
流了多少力？
流了多少血？
是誰把我引入光明的世界？

失敗後的翌日
難道還沒有使妳明白
熟悉的情況已轉移
與冬日魔影下的苦痛相比
當然，在偉大與癡憨之前
沒有躊躇
而每唸此曲時
刺尖又刺痛玫瑰花的唇
到我家來
我遲早會為妳的苦痛而吻妳

冒險而來
還分明地看見了光
我終不好意思去阻止延續的發生
我一想到那種精神的漫遊便又驚又喜
而這樣造就「她」
或恐有誤
談及能力與藝術
植根于泥土的

建造生和或是色彩的事業是永久的事業

過慣飄泊的生涯
在焦急的步伐中
音樂又響

每逢秋至的時候
海港在妳靈魂的深處
只有一絲樂趣
便又點燃到天明
迴響于一己之內
就在當天的晚上
燈下，妳改穿了藍色的衣服

於是星與星對唱
而又回歸島上
在遙遠的空間
隱藏着妳的飄逸
情不自禁

如夜的私處
略帶哲學意味的
一種對宇宙與生命之噴射
感謝妳
妳並沒有拯救我

醉生夢死的生涯
發刊不久
便告停頓
以賣夢抵償沉痛的攝取
向南向北
都不見妳
一扇緊閉的門開了
淡漠到不可認識其存在之假面
沒有妳便沒有內在的焚燒

遠在學生時代
他即已爆裂
全個河床的黑暗湧上水面

還不開火？
巨響之後，青春之花隕落
呆然地，又要面對更大的敵人

洋溢一種晦澀的光芒
棕色的窗簾後
妳赤裸着
孤獨之神啊，放棄我
以及
濕冷之花蕊
妳在我的幻覺中不斷浮動
在現實中妳怎可能真實地存在？
但我不會遠離妳
妳就在我的左右
妳就在充滿刺痛的四周！
在這樣的境況
原有的信仰解脱這個束縛
這是不足的力量
實在非我們之所能有

假如我竭力抵抗
他也設法將我困住
一切尚未開始，妳可無罪
我只能説
悲哀你以往的放縱吧
你的矜持已失常態⋯⋯⋯⋯⋯⋯

選自一九六八年五月台灣《創世紀》第二十八期

蔡炎培

黎爾克遺札

如果今宵你也寂寞
我家就靠近龍岩寺旁
如果今宵你真想祈禱
那邊一樹斑斕的星光

那邊一樹斑斕的星光
老邵在呼盧李白在醉酒（註）
濟慈的夜鶯已飛返她的故鄉
這是萊茵的夜啊！夜很年輕
夜很年輕；而在另一條主流上
有條船，眾多的賓客正襟着
只為了那琵琶背後的婦人
她的琴音太清脆了……
但是，我中國的朋友，起舞吧
生命，它交給了你美夢和墳地

一九六〇塗庵

選自一九六〇年五月三十日香港《香港時報．淺水灣》，署名「趙壁緣」

（註）傳說邵洵美先生慣在輪盤旁邊尋詩，據夢裏的考證，大抵詩人所指就是他。

王昭君逸事

宇宙的激流，與你同一脈搏
森林，原野；原野，森林，
從那夢中的道路疲憊來到

那唯一的出死入生的途徑

說是馬，又超越一切焦點
甚至這長道牛轍的稟烟
我們的祖先曾經悲歎了
整整兩個千年

朝來的香客吧，這詩的民族
如今又怎樣稟叩廟宇天涯
我們的山川與河嶽是如此震撼過的
只不過為了一個彈琵琶的婦人

我也用不着贏取你月桂的冠冕
區區私願一個意亂的情迷

選自一九六〇年六月二十五日
香港《香港時報・淺水灣》，
署名「趙壁緣」

加繆的髮型

夜，撕開她的尼龍底褲
前排的樂手加上欲裂的絃管
香檳濺滿鬼眼似的牙床
亞當和我們的女伴
插入一些春秋戰國的舞步
時間首先跪倒在桌子下面
過去被小廝攔阻在未來的門外
任意鯨吞「現在」吧——酒、情慾、音樂
歌者會把你記憶匆匆塞進麥格風
空間也許還有些「海景」的餘韻
搖頭擺腦又魚貫地列位仙班
青年人，為誰她嫁給香港？
滾紅滾綠的燈光一齊發白了
隣座的小姐張開惺忪的眼睛
這個依戀的聲音突然扶醉而立

「啊，先生，這麼早……。」

選自一九六〇年七月十三日香港《香港時報・淺水灣》，署名「趙壁緣」

流星

不再是創世的皇冠，英雄未埋的佩劍
不再是詩人的眼淚，或許是他的本身
米色顏面反映這舞台幕後的背景
啊！一齣悲劇已經暗地裏誕生

因為歷史還沒開始，人類早有了鴻溝
就在這崖角的盡頭她坐着，彷彿
千重門外重寫着的一個——
（一個少女，眾舟子的神妻。）

自己想伸手，其他的尚無動於中
唉！無動於中的還是塵世的諸空

她，如此坐着的
在青春頌讚和祝福過的地方
我們曾經竚立，那一年
瑪麗靜靜地走入烏衣巷
（楊柳岸，曉風殘月，）

她，如此坐着的
再不是那幾回柔聲的呼喚
再不是那顫抖在這流水上面
金髮的婦人
　　她如此坐着的

她的梳子斷了，彷彿一聲稔熟的
嘆息在遠方，重新穿過千重的山外
她回到海上去了，當其中一個
突然呼號……波浪依然緊接着波浪

落日從日落的畫廊更遠處地散開
以至於你的記憶怎不沒入蒼茫？

然而她却是如此墮落的
一手是長髮，一脚是夕陽
（羅累來的世界，蘇茜黃的乳旁……）
因為就在這崖角的盡頭她坐着
宇宙無限制她擴展，那裏一杖棲遲
又何等狹小呢？怎容納你哲學的園地
（上則為河嶽，下則為日星。）

從此一聲稔熟的歎息在遠方
重新穿過了千重的門外
（……明月夜，短松岡。）

選自一九六〇年九月七日香港
《香港時報·淺水灣》，署名
「趙壁緣」

扶夢曲

雪、下得很大，很輕
輕輕的是我們似曾的一面
美麗的盡頭有一個憂鬱的琴手
在多風的河岸奏出流水的哀傷
只不過偶然地又在人間裏顯現
付諸那一縷雪野的林煙……
雪、下得很大，很輕
輕輕的是一個更始的年代
美麗的背後是一條通往別個世界的苔徑
那時你該回到月弦林下的溪畔了
讓流水的花串綴滿你初度的凝思
因為你的美麗原是永恒的寂寞
寂寞，黑夜的銀星……
因為你的一生並非是他人所能有
你所有的剛好是我們熱望達到的頃刻
在那裏有些人甚至對面着失戀，失學，和

失業

選自一九六一年九月二日香港
《香港時報·淺水灣》

樹

在那一個島上還有賽馬
這是說一切都是歡樂的季初
季初我們賭博去
可是在降靈節的那天
突然所有的電話不通

這樣，我們便回到孤寂的山上
在它無聲而巨大的陰影下
重新記起了逝者的語言
　可以被毀滅的軀殼
這時遂有人把我們深深地抱緊
我們深深地抱緊了不朽的哀愁
　這是破碎的
破碎的建安，破碎的七子
但它會因你而重現基形
夢醒常常在掩抑不住的夜裡
呵氣成霧的夜裡
它將回到你孤寂的山上
　你燈下的故人

這時夜很長，空氣冷而稀疏
在一杯未飲的毒酒裡
我們終將重演最後的晚餐

這時夜很長，空氣冷而稀疏
你的首靠在我的肩臂上
我把僅有紙烟讓你分享
　這是愛了，不是嗎？
親愛的，這種日子再沒有了

因為我是樹，沒有葉子的樹
我已重新回到我舊日的世界
這樣高，高出你絕望裡的呼號
就因為我是樹，紋身的大樹
我必須面對這一殘忍的現象
　它削髮的時辰

可是如果我是樹，沒有果子的樹
我果子的底下定有一片
萬里無雲的秋日
我的果子的果子定能引出
孩童的喜悅，蠱惑而無譜的笑容
　這些日子需要一張床呀
　這些日子需要你呀

可是此刻已經是耀眼的冬日了
同類從我的眼中滲出了血液
它還沒有向天伸手哩
一陣慈悲的風就把它輕輕地碎裂——

選自一九六三年五月二十日香港《好望角》第六期，署名「炎培」

老K

風從四面八方來
突然切入一個火山以後的城市
日正當中
時代了尖沙咀大鐘
影子們依時出籠
　搭車　過海
　過海　搭車
昨天禮拜曾一度涉及耶穌
他媽的耶穌！管他耶穌不耶穌

快！快！吃飯時間只有七分鐘
自然，吃飯緊張過做官
哈，萬歲！成報的大官
大官們畢竟來到了閘口
奉我為龍！奉蛇為舞！真是威風
對了，聖之人，周公吐哺就在這秒鐘
他們奮不顧身地擠我，忘掉
貼身的錢夾，貼肉的荷包
彷彿這些都是失傳的學問
他們一一化而為石了
化作驕陽下的斷柱，滿布着
沉舟的手勢，來了應召呼聲
香港電台及時播送着：天國近了
而上帝坐着，護照依舊貼着
他自己所不解的悲傷
這是佛爺的把弟，天才則是老K
萬年後，我們終將重上六道街（註）

六道街之犬依舊在那裏，甩毛甩骨
恐嚇你：天狼擺尾的時刻
地狗三伏而吠，涎舐其身矣
但這地界的煞星勢必出賣你
如果你還不知道什麼叫做咚咚
日正當中
影子們大官們在那裏
奉蛇為舞！奉我為龍！真是威風
而上帝依舊坐着
禮拜天曾一度涉及耶穌
　撤但
　走開
日正當中
影子們依舊在那裏
影子追逐影子
　過海　搭車
　搭車　過海
我們天才的老K施施然接更

（註）見杜思退爾夫斯基「白痴」。

當一個天才既肯丟下了老K，然後
木然站在一角，以他愚呆的眼睛
看人上車，看沒海出的沙甸
他大聲地說道：
快！上來。
一邊拉緊了鐘繩，一邊閃電希特拉
——進城要帶砰砰呀
車子回到原來的地方

在這原來的地方，影子們的一角
像靜默的銀質我潛行
把風交給海，把領巾交給風
而當海之淨火
猝然展開一個燈紅酒綠的世界
世界在一個沉舟的手勢之中
那時你可看見我和我的車獃在那裏
沒有誰知道它為何獃在那兒
我不餓。車子說。餓的感覺

鬚開來如同塞滿影子的大道
直至涼風初起，日已沉西
一場淨火重新降及祈雨的大地
我來告訴你：烟、酒、女人、馬經
可是這些都是報紙佬的責任
搭客一時吃滯的東西
當不是金山伯的軟語：阿女，上哪呀？
——車子如果忽然變作了站頭？

你，一個有巢氏的後裔
如花如錦，儀態萬千
墨鏡呵護着，眼底盡收
昨日一場木屋區火災
是以能夠涓入廂內的廂內
繼續稟神罷！但不要認我
這就是我了——
任何價值抵不上一張車票的
我已經賴地，我已經求饒
只你見不着我那搖尾的爺爺

這就是你、我，每一個人的肖像
好啊！這回誰都不能例外
這是老K的法律，老K的傳統
老K？法律？傳統？
一個人在假睫毛下偷偷地發笑
沒辦法，這人有張不可一世的月票
要你從早到晚篤來篤去都是那個窿
於是賣票的人開始在賣票
打鈴的人依舊是打鈴

喎嗬

一九六三

選自《小詩三卷》，香港：明窗出版社，一九七八年

焦點問題

內容決定了形式，如果說
中國還是一個衣冠的民族
同樣從喃喃到語言的階段
凡寫下的必成為書

祇有瞎子的手兒感知粗與細
神祇的守護皆因貼錯了門神
這裏明明並沒有什麼的蠱惑
神荼鬱壘無非是你舊日的門楣

一首能讀的詩每每是心靈的探險
長空萬里實則寓困獸於自由
也許這裏可容納一個微妙的界說
言之未必有物；有物未必言之

一個獨腳少年留下三個足印
向海都是死水，向山部是囚牆

唯有囚牆延山脈，唯有死水遠波瀾
然而這只是那人的那人的把戲
一個憂鬱的藝術神祇底偶然
硬把你殺入一面鏡子，而鏡已裂
鏡中依然有你的，你要破鏡重圓

選自一九六五年二月五日香港
《中國學生周報》第六五五期

致左手

你雖然生長，我當你死去
趕上石棺趕上亡
趕上城西一枝冬青之未滅
　　車馬來
　　車馬去
車馬外面正在上演一街布袋戲
來年的今季未劈出的
是那密封的宇宙嗎？
草向着原，無衣之婦向着樹
蒼蒼手勢扣住雷和電
一天能接幾多個日月？
而當你這樣問
而當我在一個玄關的夢裏
但丁尚未應時神曲早已唱絕
羅卜之杖背後有骨架的模型
　　崖角崢嶸日
　　羣龍入海時
而當你這樣問
而當我在一個白色的夢裏
被你所鎮住
我請莊子來，來者是冥蝶
我就以花還給采，白楊還給咽
我就以眼淚還給故土的春雨
　　再過遼西
換盡舊人

而當你這樣問
而當我在一個無夢的夢裏
被你所引
我以衣冠交給塚，黃昏交給青
我以我血我肉交給覩
這時髮出現，纏我
盤蛇的纏着
你請她離去，摩我
輕得要死的摩着
在你掌中的唸珠與球藻
以一綫串起了玄白，往往微光初現
就是文化的黎明；烏夜啼
而接落月，霜風緊
而更近山河。盲者是眼
却無以入目；青青一帶
我欲探詢斷臂的下落
這時展現
無始，無終；有始，有終
如一朵陌生的蓮座

而當你這樣坐着
我以丁山射雁，射落天同地
女媧之石乃未燼的火
我走我到黃河擺個渡
殷殷欵乃可否將左岸櫓成右岸？
而當你這樣坐着
幾多光陰能載此過客？
我就擊掌而發，折箭為盟
無前，無後；無後，無前
前前後後之左右
幾多空門能納此合十？

引領着顛峯之一環必造極
除此以外再沒有靜默

選自一九六五年六月台灣《創世紀》第二十二期

歸來

沿着M、I、G走廊
列車正以全速燒焊着地軸
把風景熔落軌下
生命搖向未知的恐懼之中
你將看不見什麼
如果沒有電光石火似的眼光

大樹從野生的鐵網撈起了沉木
杜鵑、不再滾下斜坡
這是一九五一年的春天
鴨綠江的雪又溶了，你所
喜愛的花也開
一片霜華已盡的土地上，蠶豆子
爆發出滔天的紫浪
——預言着戰爭
中國將會淹沒你
無須大汗的彎弓

大汗的兒孫剛出國賣武
同樣閃過這一系卡廂
廂裏人靠倚着一個茫茫的昨日
昨日我們在茶館緩見老張……
那時候的朝陽緩緩地降落
從早晨的面紗降落到蟋蟀低唱的地方

一個窗向着林境敞開，飾列着
海棠紅的故事，怎樣受野蠻的國王
粗暴的威逼而變形；那隻夜鶯依舊在那裏
以神聖不可侵犯的聲音注滿整個沙漠

是的，戰士係歸來了
頹然倒在一片血光之中

一九六五、一、廿五

選自一九六五年七月二日香港
《中國學生周報》第六七六期

把晤

車多腳的攤子把長街弄窄
棄置的屋宇有網凝結流塵
一座無門深鎖的院落
被斷指敲開了
你敲開把守其間一角的前門
當白夜漸顯　浪馬
掛就掛在城市無數不露的淒涼
冰叫着水，銅板叫着錢
聲聲拷問
此一帶髮修牆的女子
聲聲解落
此一喚它做糞土的雲泥
當無數的噴泉
起自晤
當無數的焦慮已安歇於胸懷
我就移開塵腳
寫龍爪

飲它一口涼水
作苦茶
不意惹出大頭佛
請它獅子一一上樓台
　樓台會
　　元宵節
此際長街多酩酊
我就解開環珮付酒錢
你的將會神通的千里眼
你的將會庇及眾口的水肥
大宅的
苔蘚尋是髮
頑石自細水，細水押長源
應是那破雲而出的銀月
應是那爭持掛劍的獨石
把它龍爪抱宙軸
顛到眉峰眉宇索酒旗
　臨江仙
湘靈去

楓橋不夜泊
夜泊已佳期
白練橫江有驚鴻問客
縴手的背後不是船

一九六五年七月十三日

選自一九六五年十一月五日香港《中國學生周報》第六九四期

日落的玫瑰

這裏曾經是一片龜脊的土地
羊齒叢掩着雜生的地衣
所有的薔薇都見不得有刺
眼底卻在荊棘裏燃燒

那裏有火了，但是沒有燈
我要燈！
果然燈火闌珊了
闌珊燈火處依稀見十字
一個影子，眾憂鬱的一個象徵
說是歌，它是歌的本身
說是詩，詩很難找着要找的人
說是孤獨吧！此刻天野
再留不住一顆星星
當它沉落啟明現
我們有幸卻要隔絕幾億個光年
如此歸宿尚可解釋某一個存在
這是歷史預告篇
把一部歷史交給你不肖的兒孫吧
好在是不肖，否則從何回看？
有說大海從不欺騙浪花的生命
想想；今古更代中能不殞滅的有誰？
想想；茫茫大海那裏有待發的沉舟？
除此之外再沒有雪碧

除此之外再沒有雪碧
請珍重眼前千變萬化的面影
這些只不過讓你嘗試走入
那些我們從來就在掙扎着的
關於一切事物未定型的核心
可以解釋時就說從這裏到那裏
不可解說請依循手中的一線
聽說有一王室後裔是如此的
讓我們今日知道古希臘的迷宮
那根源於泉下峭壁沿沿的麗水
在人子的心裏就是一點跳動的火苗
到明天我們的救贖便會獲得代價了
到明天便是這一朵甦醒的花兒

高山有飛瀑，臨淵莫羨魚
請珍重眼前一念的千里
六千里外的冷月依舊無聲
依舊是天階　天階夜色涼如水
我們的落花都歸去了，是不？

一聲嘆息又引來幾多個問號
幾多問號都說我欲隨風
請珍重由困惑到懷疑之後的信仰
所謂宗教原始於設計的單純
但那時你還會再來麼
你，你人類的斷劍
斷劍成匕首，長街喚賣頭
賣頭人遠了，天地晦陰陽
你還會再來嗎

以你刺後的顏色表出我們的血液
頭頂是唯一的憑藉，不可信的藍
該是一個炎夏繼之以來的秋日了
不見羣蟻的歡喜，不見蚱蜢的無常
一種「虛榮」早就充滿你
哲學天地還覺小，你是某一個先知
你是先知，這刻就有着前所未有的
悲劇的意味。這刻多空虛

帶你重新切入這一片土地
一把火的廊柱有一把火的廢墟
但請不要批評那裏的居民是與否
非如此容放你怎認識劫後的三生
非如此客氣你怎配是一個選民
世界看起來還是初日的狹窄

自從上帝與撒但洩漏了一個陰謀
一個陰謀成立後；一個漣漪見大海
一個原野也少不免有露骨的石頭
是該晒晒太陽的時候了
只有它石馬的辛勞支撐着
你註定支撐起整一個高天的孤獨
這是一個日暮的時節
大地裸臥於羣樹的那邊
看風雲之變幻，看乾坤之再造
看我們的兄弟如可觸碰着命運
好在命運從不令長臂猿交鋒
我們今日最好同讀逝者的祭文

只因你的仇敵不止在人羣裏面
原子都會分裂和平終附麗於戰爭
即使翩翩一蝶你怎禁它入花叢？
但見携手處，擦肩感舊遊……

早開的花總是早凋的
它活着時沒有誰知道，沒有誰
的心事可遇你視野的尖稜
尖稜鐳鈷類，不管迫睫的新聞
一二三，一二三，一二三……

直至我們癱瘓的工廠有了代植的原油
直至有天它原來就是問題的問號
就是我們對生命覺着倦了的片時
片刻是晚；你正蹀躞，留連
從它突然憂鬱地一笑——
明天我就回到耶路撒冷了
在羣眾的湧動裏完成你的事功
那，一個無聲的約會我不准你屬淚

眼淚並非時刻可以用來洗澡
無限悲歡都只是人生的一半
所謂死，無非從來沒有所謂生
生生死死請還歸痴人底說夢
事因醉鄉不問你賢愚
它不會死的，只不過
偶然失踪了
蓮花一夜洗盡了鉛華
無言的心字是你川流的血液麼
幾許莊周能解此夢蝶

拋棄着孤花的女子必孕綠
欣欣樹勢初認這殘紅

選自一九六六年二月四日
香港《中國學生周報》第七〇
七期，署名「二瘋」

青簡

你若回來，晨光
不帶一山的落葉
曾經叩手的門環
不帶銹蝕

而光是夜，而夜獨行
背着曾是接天的長道
半山晚晚的聊齋
當您、燐質的體態閃着窗

我願我能在窗前小立
看您頭帶烏江髮
解開滿風滿蝶的紅羅帕
那魂雨的杜鵑花
每扇門窗都隨着影子擴大了

我把您的世界擎在掌心

選自一九六六年七月十五日香港《大學生活》第一卷第七期

曉鏡

——寄商隱

雪後的驛道
留下一層過早過薄的霜
在長安
很少人注意的是風
風倦、雪老
窗外是個開元之後的黃昏
想此時重門深鎖後
咸宜觀有人疾書

但漏了最重要的一筆
你說那一筆應寫在未濃的墨上
寫在剛剛改了名字的機
是魚、是鳥、是最玄的女體
非非歸入青紗帳
非非解若洛城花
一切是魚是鳥是最玄的女體
重新趺望背壁的觀音
但那時我已沾惹離情的空氣
花鈿委地戰雲生
確是因她妾髮為子結
確是廣陵人散五侯烟
飲馬長城窟
緩帶小重山
照過千古的顏色都是物
明珠非淚影
錦瑟莫調笙
一切是魚是鳥是最玄的女體
你說這是難為的滄海

在遊女的身上是看盡的曾經——
遍空貼滿了月亮
我在給你尋找那顆星宿
太陽一樣的星宿
在夜便是能伴你讀書的燈
歡就歡喜你的纏綿
迷就迷着你的神秘
在長安
很多才子都問柳
你走了，請給我問好的是船……。

一九六七、六、二十三日

選自一九六七年八月一日香港《當代文藝》第三卷第二十一期，署名「林筑」

弔文

然後是花、是路、是脚跡
伸向斜坡和坡上的鐘
我每天都要經過的
每天經過我都要望一望
那雲、那天、那割下來的一角
大樹呼吸的紅棉岡
然後是湖、是光、是山色
送你送你的行列
接風、接雨、接一個年輕的遺囑
（一個比死更年輕的遺囑）
我們是輕輕的把你接待了
哭過一夜的孩子不是江
是旗、是髮、是民族
是要通過鹽來確認的鋼
是要通過革命來考驗的缽
作它最初的槍
我們是輕輕的把你接待了

然後是花、是路、是脚跡
是無底的獄是無髮的坡
一九一一
是鹽、是鋼、是鉢
在黃河沒有流屍的一年
你告訴我們的
然後是花、是路、是脚跡
哭過一夜的河山不是畫
是詩、是血、是磨得一半的墨
我們是輕輕的把你接待了
我們是手、是脚
是靈柩下的肩
是剛剛歸來的呼吸
送你送你的行列
送你送你比死更年輕的遺囑

一九六七．六．十二

選自蔡炎培《小詩三卷》，香港：明窗出版社，一九七八年

事件

某夜我的身邊有個人，
喝醉酒。
他說：「比得潘，
擲毫決定罷！」
結果他輸了。
我被選為首席的華人代表，
派去推開那道門
發現一個很資本主義的口。

選自一九六七年十月三十一日香港《盤古》第八期

離騷

「幕下了，還看它做甚麼？」
兒時父親有次對我說

當他卸了裝，我們要回家
一街夜眼，一街燈影
把我孕育了。我答道
——媽媽會來看你演出的
對我笑，不像你個怪模樣
可是不久我便踏上他那一條
大鼻王子的道路。幕下了，以他
油彩自編自導自演南無路
　這是一個多星的夜。
在一個多星的夜的夜裏
江城之外有一船無端的野
父親酒醺了，捏碎我一旁
木偶，一個又一個
他哭，他笑，可是再也爬不起來
相信那時候的小生
不是楊乃武，只要爹開口
粗粗地我們便進入法語時代
這時你可看見他的酒瓶丟在
夜色的窗外

窗外依舊沉在隔江的輪唱
　三人同一足
　二人同一目
這是造橋的故事
當羣樹已經望盡了天涯
太陽金矢折落流沙的河上
一點都沒箭傷的流沙河
這時你可看見他的酒瓶丟在
夜色的窗外
這是戲劇的，也是我命定的舞台
老爸倒下了，人説死得很像
像是捏碎的木偶。而綫牽扯着
一個又一個。它之面貌我看不清楚
只在急流河畔滿月在扶光之中
那人手裏有一籃子洗淨的頭髮
常常溫暖我們兒時欲冷的肌膚
但這失名的女子很快就賣給潮水
好像這裏的木葉尚未嬪時風已孀
好像這一片土地原是月明的故國

故國的明月中你在何處、何方？
在那急流河畔滿月在扶光之中
自從有人膜拜而錮于西樓的午後
她將引你穿越一窗攀藤的障礙
引你撥開雲霧重見中夜的馬羣
是誰的廄有一璽王室的火印？
是誰的火印有一渡未渡的星河？
就在這急流河畔滿月在扶光之中
幕下了，假死的死者張眼問道
——冒公子，誰知道夢醒的時候
我們的世界已經怎樣了？
（充滿董小宛的味道）
「親愛的，我們在回家的路上！」
好啊！跛子如今作英豪

隔江的夜曲輪唱着：我們會再見的
那時的我或許是你劇中的袍袖
因為唯有我才可掃清你蝠飛的城廓
去作為那火印、那未渡的星河

台前幕後究有幾道這座古堡的重門？
隔江的夜曲輪唱着：我們會再見的
可是現在你如果和我一起上道
夜眼共盲燈會把你重新孕育
把你置于如幻世界街心的虬霧
再沒有光，徒然是光的記號
這不是幻滅，幻滅在心裏有幾多藍圖？
這一個日子近了，你就會突然記起
那些尚在劇中的顛倒；那些演員
一句話想使自己不被厚幕拉倒
我編我導我演南無路

可是你現在你如果和我一起上道
似曾的虬霧已散入各自的墳墓
角色是我們，幕是觀眾
插天的掌聲揮霍着
揮罷！霍罷！南無路
在戲中曾經是無數的你和我
我和你終會重歸人世的道路

這一個日子近了，你就會突然記起
為什麼在那個時候有一臉類似的愁容
隔江的夜曲輪唱着
　三人同一足
　二人同一目
我們會再見的；將生的和未死的
你說那就是中華民族
可是現在你如果和我一起上道
這齣戲劇只是人生共有的起點
經過環形運動而為競者足跡的前例
與這街、這夜、這虬霧下集結的燈眼
冉冉來去白楊新抱的蕭蕭中
插天的掌聲揮霍着，幕下了
明天的韓信才點你做英雄
不同的戲劇上演着同一的名目
綵牌掛滿着，掛來掛去掛不起——
蔣興哥重覩珍珠袍
我們只粧鏡與油彩，那裏有面目
要你文君新寡輕倚長門？

我們只卞和削足，那裏有鞋子
能適及原璧歸趙之類的羣雄？
但見繁花處，何處有泥土？有泥土？
人類　永在他自己的影子當中

這樣我又孤獨地走上前路
在暗中撫摸一頭出奇的光亮
我想定是你們在野之時的畢加索
以它燦然的罪狀追認前生的陌路
以它法眼的原相送出我婦的歸容
似落日只用來襯出太陽蛻變的火燄
當人之眼淚還未達至淚眼的星心
星心淚眼居然產生一個造化的宇宙
與這街、這夜、這虬霧下集結的燈眼
冉冉來去白楊新抱的蕭蕭中
這就是我的戲劇，回家的道路
接受不同的言語以同一的語言
但怕出神深處尚有彫通的眉目
有一回眉目勝過惹恨的台詞

小宛道：花謝，雲散，燈也熄了
那夜我遂一掌打爛鏡子的迷糊
只因你是演員也是觀者中的觀眾
大千世界對我是怎樣地相同
可是我已無法回轉了，雖則來去
有自如；做人有面具！一瞥懾驚鴻
甚至扁舟都列入崇山的藝術
可朽的畫回到敦煌的壁龕……
我就賣了你，給這神的高傲
我編我導我演南無路

可是現在你如果和我一起上道
任何巧語都無非是老樣子的花言
直須夜闌引來了浪子的腳步
腳步趕走了城市，城市的戲自造
花街是我，長巷是我。我我我
我入旋轉的舞台
舞台旋轉着！舞台旋轉着！
馬燈，小宛；封面，女郎

舞台旋轉着！舞台旋轉着！
非哭，非笑；是哭，是笑的一場
秩序，淩亂；秩序，淩亂
找出它！啊這頑皮的淩亂
碟仙話：眾手箭鏃必有賓周的
賓周如馬，有人吹簫過焉
或歸諸我們的主角，小小八米厘
或歸諸如街的虎豹。我賣萬金油
最後當歸枕頭小品——假假真言
可是現在你如果和我一起上道
假假真言中我祇想坐坐
讓一朵常備的鮮花説盡風涼話
祝你含羞答答揀着賣油郎
無端的野你是否已經模糊地覺到
額前的歲月，一行白鷺？

　　花街紅粉女
爭看綠衣帽
你是否清清楚楚地知道
此去跑馬地？再上山光道？

（不要摸錯成和道）
　此去話大胆
　再見莎樂美
以它名份還給它原來的面目
昨宵哭笑的人恐怕又醉倒
這是戲劇的，在這齣戲裏我卒之
翻開它牌底；底牌無面目
只在我影子的盡頭有一士紳的賭徒
一半賭醒，一半賭醋；醒醒醋醋
賭你老婆丟你尿壺
舞台旋轉着！舞台旋轉着！
貓眼石，凍過水，快的喇
那閉盡在你手中的江城盜仙草？
風已定，人未靜，原來棠棣
做了紅衣衛，電台表弟鬧巴黎
一鬧鬧出巴里島
這是戲劇的，在這齣戲裏我只遵從
另一個自己。謝謝，親愛的觀眾
這是戲劇的，在這齣戲裏我終于
完成大家的故事在回家的路上
但見繁花處，何處有泥土？
這是戲劇的，我想老爸的皇后
也許仍在一張紙牌的布局裏
仍在她金腰帶銀腰帶的位置中
跳出來，咒道：幹嘛又不去賭
記住：母親的話。記住記住記住
對了，要記住這副撲克面孔
面孔面孔面孔面孔面孔面孔
這是戲劇的；如果在這齣戲裏
有你兒子的血肉，有你藝海的星塵
我就斬繩為結，借止為翼
召喚召喚只有魂魄才知道的渡

一九六五

選自一九六九年一月二十七日
香港《盤古》第二十一期

七星燈

——給摯嬰

搖着夜寒的銀河路
你給我一個不懂詩的樣子
挨在馬車邊
使我顛顛倒倒的眼神
突然記起棺裏面
有錫過的唇熨貼的手
和伊耳根的天葵花
全放在可觸撫的死亡間

死亡在報紙上進行
昨宵我又看伊走過王府井
去讀那些大字報
找着血時便棲了身
很似戰車在人的上面輾過
成爲中國的姓氏
爲何伊還未甦生

很多人這樣問，很多人都沒了消息
馬車在血光中進行
伊在我的肩膀靠着
並想着外邊的石板路
會有一地梧桐樹影
深吻了月光
月光在城外的手圍穿出
掃過惹人眼淚的表象
便在雲層隱沒
不再重看
只有那匹馬，不懂倉卒
發足前奔……

在馬車的前奔中
「如果這是別，」伊說
「那這就是別了。北京。」
是伊倉卒收起桃花扇
看我南來最後一屆的學生

桃紅不會開給明日的北大
鮮血已濕了林花
今宵是個沒有月光的晚上
在你不懂詩的樣子下
馬兒特別怕蹄聲
那麼在我身旁請你坐穩一點點
車過銀河路
　鞭着
七星燈

一九六八年四月廿七日初稿
一九六九年三月廿二日訂正
　掛劍樓

選自一九六九年四月十五日
香港《盤古》第二十三期

瀑布

自然窺伺着我，我忍受無期流放
從我開始尋求自己底信仰
不管有沒有歸宿，有沒有出頭
一揮手我已在更遠的地方

就說是個浪子吧，也知當前的使命
搖醒沉睡的城市，震撼舊日的山河
虛名不足道，如果惹起兩岸的猿聲
固無妨接受年月日日夜夜的洗磨

萬一我的歌聲有着人子的希望
請你接受我，讓我們重新合作
祇要一些記憶不再蛇繞我心中
那怕過了夏夜又遇見秋日的黃昏

我對美的懷念也是如此；像一面銅鏡
照出落日的淒艷，照出再見的艱難

因為斜陽裏我已奔向懸崖的絕境
白熱的情流瀉下便是無底的深潭

選自一九六九年六月一日台北《幼獅文藝》第十三卷第六期，署名「炎培」

盧因

路之晨

如此的驚奇如此的值得懷念
以及一些失落的詩音微喟在唇間
這病態的城市和情感的追逐

半醒的睡意一般流絲之顧盼
鏡前的神色在光裏迴轉
而一些延長的弧度遂拋向水恒

選自一九六〇年七月二十四日
香港《香港時報・淺水灣》

風訊

夜了　故人
為什麼冷視陽光
和它的紫外綫的成熟
啊　在一個更替的疾走的空間
一切都如此意外

誰會想像這綠色的季節和
那些綠色的風訊
把我的故事帶往宮外的月缺
山之蔭　火之炎
桂樹嫦娥的故事
葬禮中的飲泣
他們像來來去去的玩具

於是　當祭酒夜神把大扇撥動
我冷視陽光冷視那背面的山墳
一切是如此的意外如此的意外

選自一九六〇年十月二十日
香港《香港時報・淺水灣》

生辰自題

望着遠處落魄的影子
落魄的影子
掛在樹枝之間
於是　無數朵雲彩走過

尋找着遠處淡銀色的影子
期待的微喟
間歇的笑波
在咽喉與齒縫的終站

走吧走吧
算算自己的指頭

該又是劉伯溫的月餅之季節了
聽一曲愁腸
飲法國的葡萄酒
走吧走吧
提起冷漠的腳跟

選自一九六〇年十一月十六日
香港《香港時報・淺水灣》

過梅窩

細砂和遠處的浪波
靜寂而孤獨
在宇宙之深處
靜寂而孤獨

我雖冷酷

你更冷酷
看歸帆的怨懟
與幢幢的人影
與浪頭細砂的情感
這宇宙的深處
像我　靜寂而孤獨

看浪花的生命
感應在生命與浪花之間
而我遂更冷酷
在這宇宙之深處

選自一九六〇年十一月二十二日香港《香港時報・淺水灣》

自畫像

夜色蒼茫
我欲乘火箭歸去

廿六歲的孩子
還說未摸透人生嗎？
我也有生男育女的經驗
我已經趕走上帝
在矛盾與是非之間
存在　是戰鬥的行列

這下弦夜的跫音
輕輕　我是野生的
存在　而我
我欲乘火箭歸去

六一年三月十四日改作

選自一九六一年三月一日香港《香港時報・淺水灣》*

*（編者案）此詩三月一日刊登，作者自署改作日期似有誤。

夜的抒懷之二

躺下　聽一夜的風音
聽白牌車的呼喊
闔上眼睛
但見矇矓中跟魔鬼道別

第二天早起
以火箭的速率橫過安全島
打字機猶如昨日的馬票
透過經理室的窗簾
才想起女人誘惑的步姿
才想起這宇宙的過去
要是上帝已被處刑
還可以替命運打算嗎？

躺下　聽夜來的風音
白牌車和眼睛
停在訊號之前
而雲吞麵罄打的節拍
彷若趙飛燕的舞蹈
——卜卜拍卜卜

選自一九六一年三月十七日
香港《香港時報·淺水灣》

三月的詩

風是憂鬱的
我這被麻醉過的肢體
以及思想以及眼睛
也是憂鬱的

三月和復活節
有耶穌疲倦的喘息
我的戀愛和兩個女孩子

都予我以斷弦的啞音
在三月在復活節
我把無數串心事織好
從肢體思想至眼睛
我編織憂鬱

啊　哲學的上帝
你賜的殘忍是我能當的嗎
在天外　我窺視你衡量人間
再把你的腿　橫在人前
啊　你是哲學　你是上帝
你是斷弦的啞音

三月　我懷念
懷念兩位女孩子
她們剝食我你憂鬱
以及思想以及眼睛以及
被麻醉過的肢體——
這樣我編織憂鬱

編織憂鬱

五十年三月

選自一九六一年三月二十八日
香港《香港時報．淺水灣》

愚人節

春風　你使我記起老莊
記起關外的黑夜
記起胡笳的木馬
合抱之木
生於毫末
哲學　老莊　昨夜的風
我走着　彷彿亂世的忠臣

把沉默放進膈肢窩
看看自己的臉譜
我屬於哲學
走着走着　沉默

這些風　史前的遺產
我惶惑於十隻指頭
　　夫唯無以生為者
　　是賢於貴生
惶惑於所可痛惜的
一個失敗的命運
一個雨和愛的毀滅
一個時光的喜怒哀樂
一個又一個的

春風　我記起加謬
記起紀德和尼采
一次又一次的

哲學　我的祖國
一次又一次的
關外的黑夜
胡笳的木馬
一次又一次的

五十年三月八日於長洲

選自一九六一年四月一日香港
《香港時報・淺水灣》

初夏

我不認識的
是陌生的海水
陌生的沙灘

和山頭的野草
然而風要來了
我擺動雙手聽音樂
在水裏
我看見大魚小魚

然而風要來了
我不認識的
是陌生的膚色
陌生的女孩子
和那座修道院

選自一九六一年四月十二日
香港《香港時報・淺水灣》

奇遇

——小小的牝鹿呀，你落網了。（高克多）

這生命是甚麼呢
我可以說一次奇遇
把生命遺忘
數繼續的歎息——
孩子　好好地走吧

小小的草帽呀
是西西編給你的
那不是這兒的印象
阿保里奈爾的神帶走我了
小小的草帽呀
生命是甚麼呢
西西不採擷她的花朵

我遂記起自己說過的
西西剝食我思想的肥瘦
數繼續的歎息——
孩子　好好地走吧
今夜將換來明日的夜
小小的草帽呀
珍重　道別來路和去處
以及西西以及她的草帽

選自一九六一年四月十五日
香港《香港時報·淺水灣》

時間之歌

——上帝已經死去（尼采）

只剩下陽光
星星沒有說話
或者彈琴　或
偷窺見底的海水
四月　我應該陪你去遠足
讓你串起時間
預測世界的來去
　——睡覺　生孩子
我的奧德賽呀
　心臟和足尖的距離
我們並未相識
只剩下昨夜的風
它們捲走我的眼睛
　——屬招紙的年代
　屬歎息的痙攣
　屬鞭打的病態
冷戰以及自殺以及主義
以及自己黃泥水的臉孔
剛舉步　我便想起

剩下的陽光
剩下的風
（雖不能至然心嚮往之
　而死將告別自己我遂
　立於床頭數碧基巴鐸
　鼻孔之乾毛……）

只剩下陽光
你的特徵掛在檯面
只剩下昨夜的風
我的奧德賽呀
我們並未相識

選自一九六一年六月二十六日
香港《香港時報・淺水灣》

詠懷

——和建成新作。贈無邪崑南維廉周石，并紀念我們的友誼。

遠山朦朧　可辨認的不是自己
自己　埋於十指合抱之中
看車水馬龍　噴射機尾巴
念逝水無踪　如斯復如斯
且同來吐一氣　歌曰
　了矣了矣
　我們的眼睛已看夠
風雲驟變　杜魯門麥克下野
鴨綠江畔人頭立樹
魂兮歸來　何堪枕冷釵分
兒孤親老　萬里相違斷腸
且同來吐一氣　歌曰
　了矣了矣
　我們的坐墊已霉爛

銷魂黯然　性感的野貓未死　還有
狗肉與臀部的真理
風過風去　帶我們進謁
深山的大師　深山的頑石點首
靈蹤追意的坭路無歎息
古蔭蔽天　莫名上帝聖旨
生我者是誰　痛我者又是誰
迴路接花　花落讓我們惋惜
既如此　坐地成佛佛無地
笑聲沉下　彷若骷髏貼身
少壯悲切的童心幻滅
幻滅　在冷風蝕臉的季節
在床上　當四肢重疊的夜晚

孔孟老莊補償了什麼　唉
若老者過門不入
詢以希臘神話或叩門
孔明燈又能抵消什麼
惑然　水淺不過膝

拏鞋難渡　對岸乃秀全故居
卽興隨歌　舒伯特　白潘等等
名史並列的偉大背景
若在河中　怒與樂打滾交織
我們的期望落空
手揚開　手分離
流水潺潺　漸漲　終過頭
日子遂如此揮掉
　　——賣報童的昨日
　　繪畫塡詞的昨日
　　英文法文的昨日

如今　故地醉新酒　靠在一起
圍桌談玄宗舊事
時間却在肚臍以下的地帶爭鬥
一夜愉快的掙扎
到明年　將有兩個孩子
呱呱墮地　雙手拱托一代
一代相承的道德和苦難

誰　誰　把烟弄爐　讓
散灰滿天飛　西藏香高吊
阿彌陀佛　阿們　阿們
阿們　如今　如今念詩
頻頻點首　頻頻
點向更新的荒謬
不倦　倦也不行　僅是
幡旗伏屍的孩子

（我們無言相對。
三秒前，尤聞祖國
音訊。頃間，知「廣
陵散」已失傳多時矣……）

六一年十二月十六日
於孤寂中。長洲。

選自一九六二年八月台灣《創
世紀》第十七期

西西

異症

就像昨日
　昨日給予我的
　甚至頹廢也是屬於秋天的
秋天並沒有職業
攜同含糊的落葉的氣質
與我
蹌踉於酗酒的午夜
　　　譬如說
帶病的午後
　（車站鐘的
　羅馬字羣寄居的丁點兒天地）
困我於透支的孤獨裏
想自己的想
寂寞自己的寂寞時

所憶起：
　關於定型的
　關於個性的
　關於情操的
　我
他們說我的輪廓
其實就等於一個空瓶的輪廓
但那一莖子的刺藤
其荒漠感覺
必定會和我同型
　（我們都渴求空間
　我們都攀折意識
　我們都為一個過去延續未來）
　　除此
我的被宰的記憶上面
一起伏一起伏碎肢的情緒
豎起它們出售沉淪的廣告
却又懂得哭泣等等的形形式式

十字街
向機械時代垂釣起的
像我：
　是具備塑像的盲
　　死因的醉
　　　廢墟的沒落
我設想過
歷史的次序：它的出沒
　它的輪迴
依然如抽象藝術的繽紛吧
但窒息的直覺
已在我眼前滿溢了
　時至今天
我涉及我
　且說名字
　　也列入虛無的行列
既然負貸過倒霉
叮咚所有的酒瓶粉碎

選自一九六〇年八月十五日香港《香港時報·淺水灣》，署名「張愛倫」

琴和思想

依樣的降A調
依樣的波蘭舞曲
依樣的馬蹄的雜踏
依樣的蕭邦嗎

高高低低的蝌蚪羣
它們永遠也不能變作青蛙
所以哲學家們寧願去流浪

聲音，符號，時間
我們陌生得很
十字街頭
沒有路通向羅馬了

選自一九六一年四月十九日香港《香港時報・淺水灣》，署名「愛倫」

C小調

西西到雨港去
在夏天
去買紅紅的大草帽
去買可以掛在牆上的維納斯
西西不愛唱歌
不愛斑鳩的小調
西西不愛高克多
西西喜歡雨港
大詩人小詩人的雨港
在夏天
西西到雨港去
去看看大大小小的詩人

選自一九六一年四月二十二日香港《香港時報・淺水灣》，署名「愛倫」

夏天又來了

很像夏天
這種陽光反射的樣子

這種女人持傘的姿態
樹是不動的
葉子投下圓點兒
浮在我的柯士甸跑車的背上
行囊仍是去夏的
泳衣昇起的是肥皂味
誰知道哲學現在躲在哪裏
我的浮台就是我的上帝

選自一九六一年五月十六日香港《香港時報・淺水灣》，署名「愛倫」

在馬倫堡

午報的臉。牛羣自柵欄後湧至。綠燈。我和病未來派的太陽賽跑。一切圖形都是一。

走過廊下。遇見一個喊賣野草莓的唱古怪的歌。一個女孩子在滾銅環。鐘響三下。貼街招的人來了。高克多站在豎琴的後面。瞪着眼。看我一瞥而過。

晚報蓋過午報的臉。我走接力走障礙。警察的手。每一個的得每二個車輪交織每一個十字。給我一個錨。給我一座山。

選自一九六四年三月二十七日香港《中國學生周報》第六一〇期

馬朗

送友去婆羅洲

時間休止
憂愁終止
當穿過綠的樹海黃濁的湍流
向世界最大的神秘慢慢划去

撥開雲霓似的密葉
抖落了袖上過往的殘陽
這裏在竹筏和長屋的頂上
一輪迴異的新的月亮

回到純真的棕色人羣裏去
然後，揀一個靜夜
到曠野裏聽鼓聲共鳴
聽天籟鳥啼和愛之呼喚……

最圓最滿的森林女神
在水邊等待
正如漫天荒草
儲有無限快樂的寶藏無限芬芳的花

——來吧，美麗的雨
雀躍而過溶岩的門檻
在天幕下聳立神奇的廣廈
明天舉手便是虹之尾

一九五六年六月

選自一九六〇年十月十二日香港《香港時報·淺水灣》

夜

黑色的漩渦嘔吐出黑色的內容
魘夢注射恐怖入淤塞河床的脈管
斜巷這時開啟有如藏虎之門
牆角却露出另一扇門的裸影
觀看晃動冷森森影子的暗中的明鏟
枝葉間始有失去了憧憬的光的結晶體
電車的咳嗆聲
逐漸撩起了沉溺者唇邊的水藻
掩映着矇朧的玻璃窗上碎鱗隱現
萬念俱灰後
慾望獨在靜寂中滋長蔓延
輕輕撼動了顛悸的瓶花
於是在沒有睡眠的斗室裡
第二度月光旋轉

選自一九六〇年十二月五日
台灣《筆匯》第二卷五期

初冬漫想

時間伸朔風的觸鬚
在蕭索的林木裏囊括了花的肢體
沒有愛的床褥忽然沉淪下去
通空的屋頂像鎖枷
幻象在銅鏡裏凝固
豐滿的環抱的夢異
在人家眼睛裏的青春一彎如月
翠玉晒盡陽光而褪色
裙裾衝向河邊
岩石終於反叛

一九六〇年冬

選自一九六一年一月十三日
香港《香港時報・淺水灣》

山雨

飲鴆毒之太陽哭泣了
突然滿天荊棘
有沉船的骨骼搖曳着
回聲的漣漪在頂上空自盪漾
青色之恍惚慢慢移動
引渡出許多原已迷失的戀的船隊
那時乃有悲哀的光
形成秀髮的琉璃阱
傾倒窗上無數窺探的眼睛
擴大了蜉蝣們心中的水災

一九六一年二月九日

選自一九六一年二月十二日
香港《香港時報・淺水灣》

劉以鬯

詩

當所有的噩夢合力製成一個「！」時
黑色與黑色在黑色中搏鬥
如果沒有多事的女媧補好天空
夜晚或可窺見第二個太陽嗎

夜是一張黑紙
神用星星題一首短詩
凡人眼力差
竟把它稱作銀河

於是千眼熠耀齊照織女之堅定
有河之彼岸的牛郎仍在期待鵲羣

九月廿四日寫於病榻上

選自一九六〇年十月十三日
香港《香港時報・淺水灣》

赴宴・盜書・借箭
——千行長詩「戰爭」之一

用新的表現方式向舊小說尋覓詩情，賦以現代人的感受，捕捉傳說中的至趣，也許還沒有人嘗試過。我在這裏故意捨「正史」而取「演義」，正因為「傳說」比較富於文學意味。我認為：在企圖攫取一種新的情緒時，這樣的固執是必須的。計劃中的「戰爭」共有千行，目前已成者僅下列三節。

赴宴

野心在藍色中慨然於往事的似烟
肉體與靈魂的對調使精神在外五官在內
兩個陰謀接吻時四目相對
昨夜的噩夢在今宵的現實裏再度出現

青龍偃月刀使殺機趦趄在心扉背後
劉豫州的大膽常在一杯白乾中游泳

盜書

當天晚上小舟過江裏以紗般濃霧
縱聲的大笑僅換得跛腳的信任
喜劇經常跳躍於小丑之鼻尖
讓虛假喝下第九杯酒促成友情縮形

同睡一榻的兩顆心猶如撥絃者失去正確
有翼之巧計必須吃掉哆嗦的三更
眼望周瑜搬不開感情的銅網
那邊是半枝紅燭　這邊是半夜將盡

卷宗裏的書信在竊笑中被愚騃所執
絕頂的聰明無法察看自己的大囈
夜深矣　驟然有蛩音來自觳觫
噩夢睜開雙眼
傻瓜在三十六分之一的土地上舞蹈

含淚的苦笑終被多次的踟躕一推而出
現實變成幻想的碎片時夜風擁擠
偷私者只沾得一鞋黃泥
虛偽的真實究竟不是真實
曹營的八十三萬以喜悅迎接陷阱
丞相用寶劍蘸血撰寫絕句

蔡瑁張允的頭顱拋向明日之失敗
春天將陰謀播種在心田裏的
　　秋天必會長出仇恨

但是十一月的東風依舊站在遠方等候
孔明招手

借箭

周公瑾的心事等於山人面前一方明鏡
草船將為諸葛亮的智慧而建造
魯子敬對自己宣戰冀能征服內在的恐懼
四更時分戰火在三度空間捉迷藏

五更天。二十隻草船以聯盟的姿態駛近曹營，鑼與鼓的跋扈誘出持重的虛怯，「必有埋伏——必有埋伏！」弓箭手在稻草人的木然中表現腕力。有腳的思想作短途競賽，皆欲肢解魏之王國於須臾。荒唐的價值正在燃燒，誰切開幻象便得盔甲裏的真實。陰謀與奸佞的邂逅，一若傳奇開始。

霧衣給稻草人以透明的生命
稻草人個個年輕

稻草人不需要壹cc膽汁
稻草人借不到粗糙的感情
稻草人也會在箭雨中狂笑

十五萬枝飛箭等於一個「！」
一個「！」等於十五萬死亡的預約
諸葛亮的鎮定如濕衫緊沾魯肅的震顫
魯肅在死亡邊緣叩不開心扉
大江平靜
但杯中的酒液久已掀起波浪

四十九年十月廿三日晚十一時寫成

選自一九六〇年十月二十七日
香港《香港時報・淺水灣》

第四種時間

除了現在之外，而又不是過去與未來。一個音符的死亡，彷彿瘧疾病患病的兩排牙齒，在絃綫的另一端震顫。

霧的圖案一若萬花筒裏的幻變，轉一轉，變一變，沒有開始，沒有結束，沒有開始的結束，沒有結束的開始。一切皆無從捉摸，只有年輕的神秘依舊浮沉於誠實與謊言之間。

風暴佔領大海時，鏡子裏的我看到了我。狼毫底下的東南西北，在炯炯的目光下觳觫依然。鳥籠裏的紅嘴雀，跳出來，將為誰挑選命運？那趙半仙並非全仙；任何人的「現在」與「過去」與「未來」無不早經安排於一啄。

人生是一隻萬花筒——無休止的轉；無休止的變。幾何學上的直綫無頭無尾，無限止的伸展也不能抵達宇宙的邊緣。誕生與死亡，只是一條綫上的兩個點。

存在在幻想圖中作黃昏之踱步，有這麼一天，赤裸的背脊終與童年離婚。鍍了金的野心，遂放棄振翅遠飛。

除了現在之外，而又不是過去與未來。上帝捉住你，投向地獄，彷彿你捉住脫網的蜘蛛，投向火爐。

四十九年十二月二十一日晚寫成

選自一九六〇年十二月二十四日香港《香港時報．淺水灣》

劉國全

失題

化裝世界的跫音嘩啦飄來，
在肉慾籠罩黑夜的季節。
旗袍由小腿開叉，且以狐步擺動腰臀，
青竹蛇們乃蠢動，且以貪饞的嘴媚笑，
孩子的思想遂禁錮在黃色的地獄。
唉唉，堯舜道上豎立的白旗發霉了。

所以，我的世紀憂鬱症很濃，乃欲，
徐徐昇旋藍天的廣場，向星空，
向宇宙千億顆星的大洪洋膜拜。
渡船逛遊於銀河，以北十字星座為歸宿，
化我萬念俱焚的軀殼作為「天鵝之歌」，
讓瘋狂的情感飛揚茫茫的遠方。

選自一九六〇年十一月台北
《海洋詩刊》第三卷第七期

墳場

曇花們超乎故鄉的泥土
每一定位的圓點卽是眞

來自晴天，那人等待雨歇歸去
許是想家，白骨的記憶引夢為證
在鐵蹄下的靈魂安能來復去兮
珠淚落下偶然，而囈語固定永恒
岸與非岸之間的結局不等於什麼
上帝與撒旦之間的距離不等於什麼

那人的輓歌等於羅列的墓碑
是以曇花們超乎時空
那人等待雨歇歸去
那人步履梵樂希的墳場

選自一九六二年四月一日台北
《文星》第五十四期

木石

冬戀

當秋天慘慘地套上冬天的白
應該是一個噓烟霧的時候
翻上藍外衣大領就想起一個
　　問號和回答：

記起長綠椅上留下的餘溫
一片葉子被風抖落又翻起
臥着的夢依然是今天？舊地
　　抑風雨未變？

去年和今年有太多的相似
雖然我的外衣並非去年留下
有什麼分別，看日子還在
　　過去是假設；

現在是未來的假設之一部分
當一切現實完全成為過去
還有什麼美境值得你回憶
　　那一段甜言？

選自一九六〇年十一月五日
香港《香港時報·淺水灣》

心情

我在困思之中找着
　　一把亂髮
現在與未來轉換了位置
幻想和現實却變得更幻想更現實

當一切在你眼前變色

那味道是什麼
只有死去的人才知道
　你不會知道

碧綠的變成淺藍
我要開口也只好沉思了
沉思和孤獨永遠是不能離開
這是月亮對太陽說的夜哲學

所以：曾經燃燒的是曾經
如果說是再次點亮
　那是我手中的紙烟

若干年後我死了
而你也不能避免
燃和滅沒有分別

選自一九六〇年十二月十一日
香港《香港時報・淺水灣》

貝娜苔

靜空

虛幻，真實；
飄忽，穩定；
一泓靜空，
在天上，在我心裏。

別告訴我花不會革命，
蝸牛曾在昨夜夢裏伴我發笑。
懷孕的貓在腳邊期待，
我又給一顆殞星喚醒。

看我掌心豐滿的地圖，
明天何處天明？
從未認識的故鄉，
透過塵囂，召我莫忘歸程。

尚留戀眼底，這片神奇，
映出未滴的淚，未成的繭，
火中待烤熟的思想；
還要再挽你多走一步。

一、二十八、吉隆坡

選自一九六一年二月四日香港
《香港時報·淺水灣》

戴天

突然

突然在那些人中間
影子重疊着有一本書厚
但是沒有人讀它
讀它的趣味
像戀愛故事對我
可以在空白處繪畫

而太陽印在你們額上
來不及拭去
時間的眼淚因此謝瑩然
槍斃了自己的黃昏
和朱家萱的吻
突然在那些人中間
打開眉簷下的門戶
容納塵沙和積木

所以我的悠閒足夠
摺起來扇鼻尖上的蒼蠅
當門環已銹
一道溪流在心坎處駐足
便驀地照見影子
讀它
掀開的是霧

選自一九六一年三月九日香港
《香港時報·淺水灣》

擺龍門

我們把女人的雙乳
擺了又擺

然後又再打別的主意
那真是他媽的難堪
當我們剛剛要把
右手的文化揪平
在左手
又誕生了野蠻

無聊是每天的常客
給我們啐在地上
伴着什麼也沒有的香口膠兒
就是這樣的意義

而且巴黎的時裝家
將烽火從阿爾及尼亞
播種在伊們
非常坦白的背肩上面
與乎下面
我們的口哨

便像救火車那樣
要去鎮壓革命的火花
即使沒有人造反
不過眼睛瞪了一下

還是要擺一擺
例如球一樣滾的
背後的愛情
兼及脫跟的高蹿
掉紗的絲褲

然後便灰燼了
招手來一盃
一個透明的空虛
一個無火的燃燒

然後夕陽般沉下去

選自一九六三年六月二十日
香港《好望角》第八期

京都十首

Dedicated to Prof. Engle, a well-known poet and educator.

坐看青苔

所有的脚步
像雪那樣
溶了
一個眼色
淡淡地
向這邊走來
只是說
坐

蝴蝶

莊周的蝴蝶夢醒了之後還是蝴蝶我也是蝴
蝶你也是蝴蝶都從夢中醒來
翩翩飛入伊的眼中繁花滿眶
去採取
那一點點的
甜

鏡容池

就這麼
輕輕的一抹
風的手
使楊柳綠滴晶瑩
使荷花
牽着游魚
到
沒有塵埃的
世界去了

二條城所見

眼睛
走着馬燈

在遠待廊下
春春
夏夏

也從禿鷹那裏
看松老
雲閑
看虎步的山崖
覺得
一陣昏旋

聚光院

光
聚集在
碑石的額頭
所有死者
自林立的陰影
升起
一縷餘溫仍在的

煙
當生人遠去
青山背後
半空中就停着
沒有聲音的
聲音
一抹而去

既白軒

既白軒的曲徑
停在
桂花樹那裏
一朵朵
早就笑着
並且笑過的
花
從聲音那裏
借來了
整個喧嘩

天授庵
那時已經
沒有了
門

陰影
在琉璃瓦下
骷髏般的眼眶
在飛簷
右邊

只有那石砌
石砌的庭階
仍然鑲在
沒有門的
門前

月下門
月下門的雙扉
緊鎖着
松柏的蒼綠
而且推開了
外來的路

沒有人知道
那裏來的足跡
深深地
在簷前
停過

開山堂
開山堂的前庭
犂着
許多方方圓圓
以及直馳而去的
圖形

那些小山

老得睜不開
青苔的眼睛
也不免
與一樣老的
松樹
爭論着方圓

這時直去的形象
已經在
無邊的暮靄裏

孤篷庵
想見了煙波
瀚渺
未晚：腳步
鷄鳴：眼睛
和一去無回的
飄飄的
浪子衣襟

以及
蘆葦蔽道中
幽幽的
神秘

選自一九六八年七月號香港
《明報月刊》第三十一期

石庭

京都龍安寺有石庭，即以奇巖怪石，置於碎石之上，而自成一庭園者也。龍安寺石庭有巖石十五，據云用以代表不變之世界，與圍墻外之世界成對比云云。「石庭」乃拙作京都二十首之一，除已發表者外，餘均留待以後發表，就正高明。

——作者誌，一九六九年春

甲
一朵白雲
無端的
移動

你靜坐的
頑石
綻着崢嶸的
笑

又把
你臉上的
迷惑
怎麼辦

乙
自東邊望你你漸漸的去遠了去遠了我生怕
找不到你
於是我急急忙忙
跑到西邊
等你
迎接你
但是你紋風不動
仍然坐在
那裏

我只好跑到中間
沉下氣
端端正正的望
你
突然你
笑了
——空中落下來一隻
麻雀
繞着你
飛

丙
就是有墻
把你
不馴的
神態
拴
　住
方丈亭前
流屐
　四處
都來了
看野獸的
　野獸的
遊人

一九六七年夏，京都

選自一九六九年二月十四日香港《中國學生周報》第八六五期

這是一個爛蘋果

這是一個爛蘋果
我才不要吃
為甚麼？
難道你還不曉得
它第一不好看
第二壞了心
第三……
別儘管挑毛病
也要知道
你自己
總之我是不要吃
說個別的理由
來聽聽
這個容易
譬——如：
它不知給誰
咬了一口

不知給甚麼鳥兒
啄了又啄
這就東一個瘡
西一個洞

而且好像
還給蘇聯坦克
狠狠的
輾過

而且正如
棄屍
給冷落了
在無定河邊

而且……
你也太衝動了
我是說理由
你是口兒刁

別冤枉了好人
別想歪了
事情
這是怎麼說？
告訴你罷
也無妨
那麼，說
你聽着：
這不是甚麼蘋果
這是一張
太空船拍回來的
地球照片

一九六九年四月四日．九龍

選自一九六九年五月號香港
《明報月刊》第四十一期

一匹奔跑的斑馬

我說：日子是一匹奔跑的斑馬
白日
總是間雜着
夜
黑色
始終不曾戰勝
空白
假如說：移動
是一種死亡的痛苦
假如說
不管白日有多長
黑夜也同樣
那麼，斑馬
那麼，白的和黑的形象
在開始奔跑
在開始交替的時刻
就會是
一種欄柵
隔着昨日的燦爛

於是啼如風
於是
灰是唯一的顏色
迷茫
是一切事物的景致
再沒有疾刀
可以將黑
可以將白
分割
因為日子
是一匹
奔跑的斑馬

（此時我的瞳仁
黑不溜溜的
也溶化在

白兮兮之中）

一九六九年五月廿三日，九龍

選自一九六九年六月六日香港《中國學生周報》第八八一期

在十一和雙十之間

——雙十國慶感言

在十一和雙十之間
一朵花插在
那裏？

有些牛跑着汽車的腳步
有些皇帝
摩登得
讓人的眼淚直流
某些人在殯儀館裏
借來了
喪禮的樂隊
某些人
對着蒼天
撫鬚

在十一和雙十之間
一朵花插在
那裏？

珠穆郎瑪峯太高
長江的水裏
給那個
肥肥胖胖的傢伙
弄得
再也不安寧

也有的地方太擠
容納不下
多一種
顏色
反正漂白粉很經濟
正好乾淨乾淨
又乾淨地
洗人家一洗

在十一和雙十之間
一朵花
只好插在
兩道眉毛的中間
只好讓
皺紋如結
只好讓
黃河
泛濫在眼睛裏

選自一九六九年十月十日香港
《中國學生周報》第八九九期

石頭記

時間是一九六九年
地點是殖民地
人物是我
事件是
突然
我的心中
生長着
一塊石頭

那是一種
沒有黃昏的夜
那是一種

不得不剎車的
決定
那是一粒砂
不在
眼睛裏

對於種子
人們最怕的
就是死
對於夢
是醒
對於石頭
是不斷的
生長

假如瞳孔裏
有泰山
那些蒼翠

那些雄偉
在剎那之間
都只不過
是一粒
翠玉的球

假如血管裏
潛伏着
大江
啊，黃河鯉長江鯽
都停止了
遨遊
都凍在
那裏

於是葉脈一樣的
手
被一隻小虫
蠶食

於是聲音
陌生得
像隔着河流的
吶喊

有一個小孩
走來
吐一口痰
在我
臉上
並且說：
「我從沒見過
這麼醜的石像」

一九六九年十月二十二日，九龍

選自一九六九年十一月號香港
《明報月刊》第四十七期

王無邪

古風

——讀「山海異經」後作

何去　但有落木迎風以蕭颯
逝水縈迴浮島千載的希求
往者不可再　惆悵成為了秩序
此心蕩動　固不知何以解憂

故園緬懷於昔日芬芳的餘溫
不知者以為仍深隱坭土之中
知秋時去去烟波瞬息萬里
念樓台遠近　何年得不塵封

誰嘆誰呻　亦竟有今日之容
頓足而隨歌　歌調不求人識
鎔巖沸盡時遂化為一脈青山
青山何罪　受嘲於波濤與潮汐

彷彿一切蘊蓄於道左的陌生
漠漠寒林中　何處可有柔梢
殘枝忽一宵落盡　鳥向西飛去
飛飛　此後何人尚追問舊巢

何去　何去　惟有昂首而極目
高樓連地起　未盡天地之蒼茫
遠樹雲村終相擁聯為一綫
江山無限　奚用孤獨以徬徨

選自一九六一年六月十九日
香港《香港時報．淺水灣》

英雄立

不見羅浮路　但覺天與地之間
間不容髮　到處魚龍啼幽壑
且問埋劍地　已然滄海作濤聲
長歌散入雲　雲深無處成高閣

零雁欲越　茫茫世紀欲何之
烈陽戲弄着影子　影子何參差
此地無峻嶺　無金殿　但有空城
惟水無橋　我們怎涉此湯池

求胸有成竹　斑竹原植于湘江
方知是客　遂見南山何悽惶
殘夢入鬢間　非無高堂置明鏡
一代知迷失　却為一代築囚牆

何人恨日換星移　鐘聲應浩蕩
覺醒　若梧桐之抖葉　時間時間

燧火仍在　朱弦未斷　窮碧落
必有英雄立　砥柱于天地之間

選自一九六一年六月二十九日
香港《香港時報·淺水灣》

筵·燃燒

江山為誰而搖落　搖落者輒以為
人非草木　豈能在一歲間枯榮
欲仰望穹蒼　浩浩然忽不知所在
逝者未嘗逝　猶在依依中來復
于你的眼前　與你互擁而同悲
驚風四起　有你的一息仍存
仍存　仍追覓廣闊無限的天涯

筵在你心府燃燒　燃燒竟晝夕

無歌　惟你可隱聞狂歌的旋律
歌峯在顫動的地上　顫動的海中
無歌　因歌在顫動中慢慢消失
千秋後　誰將留在而清晰地回憶及
此剎那的顫動　憶及搖落的一切
我們　今日的陽光　眼前的巨物

無酒　我們遂可以醒坐而待旦
你應知浮沉的都是隨波而逐流
澹然的空水　水空映無數次落日
羣山悄引　向你的心府突起
如帶如環　在你的思想中盤根
而另一系的羣山　植于我掌內
地常在　常在我們歌中　歌顫動

無歌　知否遺忘之花常湧現
芬芳是往日的落英　在蕭蕭中散發
蕭蕭也是歌　歌也是你的遺忘
如環如帶　如你童年的容顏

如在朗天中呈露的一片蔚藍
令你的目光無法集中　而呼吸
無法成為悲嘆　筵將你燃燒

將你鑄成恒久的星座　倚河漢
而高臨萬物　乾坤與你並列
非如此　人何以五嶽同壽　非如此
筵何以燃燒　非如此　我們焉知
心府之大　包藏幾許的悲歡
非如此　逝者何以未嘗逝　時常
在無歌中壯歌着　永遠壯歌着

一九六一年八月二十九日赴美途中

選自一九六一年九月二十三日
香港《香港時報・淺水灣》

成長之歌

——獻給葉維廉

一

這時候，多端的憂愁和恐懼
　漸在脆弱的心中
橫置成實體。廿年來，成長和外界
　無時不膨脹而變動
所有已把定的再不能把定住
　生命刻刻是重壓
賦予痛苦而不是光榮，俯依
　自然恆常的律法
掙扎着但明知道一己的飄搖
不堪于歲月，而溶入世間的蕭條
　與我相絕的事物
時時獲得與失落，同樣的無聊
欲喜，欲怒，這喧鬧未休的眾生
　確定着人類的完全

年齡賜諸我的未必異于尋常人
　既為了哀樂而悲歡
一樣任八方的意義將我穿透
　同時皈依向幻夢
我不知我是否感到份外的迷離
　追隨暗角的乾風
而茫然于我的前路；脫出而不能
不存在；認知了更多的星辰
　而步入重重的晝夜
唯與自己同在在那荒涼的深心

時間像將我抓住却又延長着
　又將今昔凝為一點
空間限住我，但神奇的知覺
　經歷更複雜的觀念
沙漠不祇是沙漠，有我的生壙
　以及我面目的雕石
身影劃過無垠的大荒，火焰
　閃過後再難以尋覓

以及撕裂的疆土，嗚咽的江水
殘存的偶像，祭壇上歷史的斷肢
　夕照在彭貝的淒光
無知的生物爬行若初生的人類
這些都訴諸我的目光。而想像
　超不過現實所誇大
現實是一條深黯狹長的通道
　埋伏着盲目的變化
伸入未來的風雲中如此擴展着
　在亂塚的白骨中
在暴動的行列裡：每雙高舉的手
　每對憤怒的眼睛
控訴着世紀而被世紀吞滅
報紙日日攤開無數的死亡，熱血
　徒然在脈搏裡沸騰
追索着正義和公理，是否冰結
啊淪落的時代。何人將為此號哭
　于這不滅的輪迴

誕生。死亡。何人搖撼着酩酊的都市
　來強調無力的存在
什麼是他們的話語和手勢
　白晝過後黑夜過後
靈魂遠他們千里未回。這真實
　這抽象，都在祈求
永劫，最後的審判，感覺的渙散
祈求無視，無聽，無關。在此定點
　及此定刻，我生存着
（為什麼）而我開始認知了時間

二

「我欲昇天天隔霄
我欲渡水水無橋
我欲上山山路險
我欲汲井井泉遙」

時間沉重着，有太多的生命多餘着
令我們難支。狹小而移動的世界

熟悉着又茫然着，當我們經過而感覺
了解而忘記。燈火輝煌中來臨的熄滅
是否突然？以盲目而悠久的片刻恐嚇我們
時間沉重着，但是這些鈣化了的脊骨
被朽腐的明日確促着，不堪認知過多
和同情過多。真之負載若有形的山嶽
有着永恆的重量。北海之大，我們如何
肩起而越過？我們有什麼？既非當年
亦非今日，能夠有勇敢的否定和肯定
啊我們的力量我們的智慧我們
豈尚是大戰風車的騎士
　　　　　　失敗了承認了
所有理想的結論等于蓋棺的定論
我們一時既非夢者也非蝴蝶
火焰火焰曾說明了什麼東西
畏避于最小的跨步最平凡的爭辯
瑟縮而冷漠，基本的熟習自初日以前
已令我們重複，同樣的問題依然
要我們集中。不變易的焦點多麼永恆

半世紀的長廊塡滿了我們，互擠着
不是英雄也不是聖者，不曾驚動大地

時間沉重着而鹵莽的時刻過後希望
的時刻過後荒唐的時刻過後遺忘
的時刻過後我們安在？是否信仰超然地
遺世而獨立，進入自欺的巖洞而以為
自得？我們認識過自己和更多的階梯
又是否默數着無果的歲月因而痛哭失聲
又是否小願望未滿足小意志被禁制
因而無顏？生命的噴泉常躍入虛空
而在虛空中失落在無數劫運之後俯伏着
若海濱頑石，等待最後的浪頭
等待細沙如何一層層將我們埋沒
什麼獻祭什麼犧牲什麼哀榮的儀仗
無燃燒。無呼救。無痕迹。將踏的一步
不再顧念東或西。
　　　　　　離太陽遠抑長安遠
　　　　　　離天國遠抑自己遠

我們不是星宿。無方位。無起始。無終點
非鴻毛。非扁舟。非葉。而又漂蕩着
他日成為苔碑上的名字，被百子千孫
代代所嘲笑而廢棄。我們是什麼
若不存在。殘軀存在。亦將不存在

時間沉沉重重，壓在我們上面
當清晨起牀而昏眩，迷惘竟夕的噩夢
我們是否（在打發過了無數白晝之後）
仍要面對幻覺，被攫奪而非攫奪
白晝的眼睛更多。我們一樣不安
曲腰穿過危樓與大廈的夾縫中
血色的危機中。跋扈的角聲
痛苦的嘈吵，常常如此地威脅世界
我們到最後尚否信任自己全部的
理性與行為，依從着非自己的意志
進入這一重門，然後門深深地鎖着
鎖着我們的欲望。長于斯，樂于斯
等待着進入另一重門，此門中
就不再有欲望不再有欲望

我們欲望些什麼？與日俱增的冥頑
令我們無須正視什麼是景象什麼是事實
我們認識了這許多。我們承受着
前人所成仁的光榮，成為有力的一環
啣接着無限的後代，導向同樣的門我們
是什麼？我們不知道
吾老矣無能為也矣
為自己精力的蛇蝎所腐蝕，不知道
何謂血？何謂汗？何謂生存與死亡
夢行者拖曳着，拖曳着機械的世界
世界因而移動，狹小而移動着的世界
時間沉沉重重，因每一步伐而加重
樣本抑標本——Sir，你底忠誠的僕人
一生奉公守法，小心翼翼，多麼像
一等華人

噢蒼蒼蒸民你們毫無面目地

扮演了歷史的配景雖是它的主人
你們於是嘻笑怒罵痛哭流涕搶地呼天
有若劇場的小丑轉瞬被觀眾遺忘
有若兒童的玩具被厭倦被毀棄
反映了人類微不足道的故事，誰了解
我們更加可悲。我們就是反映和被反映
以血肉之軀疊成了別人的御座而不是
自己的長城。長城破了，像荒廢的路
被鼠群築穴，也沒有一個虔誠的香客

興亡的野史有誰津津樂道又有誰駐足而聽
有誰為之感慨而激昂，有誰有好奇心
願追溯一代的殘夢？殘夢枕藉着
砌出了這被犧牲的種族。蕭蕭的風
吹過了無樹木的大街，吹亂了誰的頭髮
沒有頭髮，這骷髏的隊伍，沒有頭髮
時間冰冷着，假如我們來到我們的時刻
我們為什麼需要葬歌，我們全部的日子
在我們誕生的一刻已開始無形式的弔輓

可歌可泣的悲壯，千萬人神化了的傳說
基督的再現，入世者所漠視的苦難
紅塵或塵土，人道或道德，在泥沼之間
在新建的城裡，在迷失中，我們瞻望

民國四六年舊稿

選自一九六一年十一月二十日台灣《筆匯》革新號二卷十一、十二期

登臨

登臨傷落日　　何人解此登臨意
若斜暉焚盡此眼前風景　　事物
升現於你心中　　心中有不碎的樓閣
惟你回首不能見　　它們於你已不見

祇你成為歷史的焦岩　成為時光
無能摧毀的一環　倚孤城而默坐
危然等待郭外的殘潮　此乃登臨
而不可撫觸者　除非你能令春秋
變於掌中　你可以隨意地掌握

今日遂以為可定論　誰知梧桐
催風急　喚醒你未有的真實
天地迴入你的歲月中　新空間
成長時　舊的都自你身上卸落
你未嘗完成　未嘗得與自己同在
白雲秋樹移動你　若移動每一個
別人　受此移動則無所謂無依
何驚於聚散　因移動令你警覺
長空千里　你目矚此西下夕陽
你將更一次信你足下的長影

長影延伸你的路程　自你的
沉思引入鐙火的黃昏　黃昏
將為你呈露的秘密　白石及光水
及蟋蟀的聲音　及你初次的鄉思
及你遊子衣裳的悉索　黃昏
遂因你的渺小而壯麗　有燦爛金光
反映你的瘦削　你就以一指
指向無有　問黃昏何以散　問明宵
將否有悲風哀號　雨後的荒山
此地何來山　何來今日的黃昏

何來你　何來別人　何來風景
何來高台　必隔天涯始見否
同時感覺的奔湧　應知失落者
非不能尋獲　何況江南長在
故壘仍存　何況山川常遼闊
山山　雖是多年後　多年後我們
重復登臨　我們之間豈將
成為主客　不信　可以持明鏡
將落日縮入框中　懷以俟他日
我們登臨的時候　鏡中仍嵌有

落日　落日將這一切焚燒
若不然　你可默記日月的歸所
自今日始　不要記故道的風烟
不要記深秋　深秋常襲你額上
留下不滅的創痕　又不然　你可以
坐待星斗的來臨　讓星斗組織
未來　及你所期待的幻景　星斗
亦如同滿街的行人　無一與你
相識　無一你不識　你就趨前
與他們相遇而微笑　他們遺落了
黃昏　而燭照更幽深敻獨的宇宙

這是你　在登臨中成為自己的主宰

一九六一年十一月二日於美國

選自一九六二年八月台灣《創世紀》第十七期

風景

誰知這已不再　你將何所待
誰知微光猶依依千萬樹間
疎鐘早斷　莫問庭院舊蹟
誰知你昔日未嘗有劔可葬
誰自遠道而至　江山在心頭起落
信美而非吾土　吾土亦已非
惟你目光要塑成這一片風景
風景何蒼茫　自那廣闊的天涯
奔湧而來　呈示於一粟之前
如此無窮　為你一瞥所包涵

回顧已茫然　此非茫然時　豈不如
淩跨的不能再淩跨　你更近真實
更遠於真實　而你沒有時間
臨風一念間　風於一念間產生
此時風將你困擾　你可以辨認
可觸的世界　當你不斷浮沉

不可觸的世界　世界旋轉着
你旋轉着　猶如夢裏於風中
欲止而不止　欲不止而止

道可道　遠於那寂寞路燈的行列
遠於那山　那川　那無際的汪洋
非你胸中的扁舟可載
道無常　不容許你須臾的驚疑
你眼前的一切　隨你視線而伸移
串着　自你已敝的衣角
以至你足下的尖稜碎石
以至遠浦重洋的征艦
以至久違的故知　彼此早相忘
形象交疊而拉長　非你之所識
你渴望你回歸　或者在苔徑上
或者在積葉的階前
採擷滿握的星斗而歌
不曾如此　猶有巍峻的絕巔

下臨不可測的邃壑　蛟龍所盤踞
猶有你　苦苦與自己相爭持
遂不知進退　直至進退皆無效
時間在塵埃中陷落　非無自知之明
惟弱草纖柔　竟非你赤手可撼
煙靄織成你臉上的一片冷漠
網羅你全身　遂忘大地的輪廓
孤影棲遲於後面的林間　不忍遽去
逝者如斯夫　不舍晝夜
而孤影自你身上滑離後
你頰上的盈虧及眉間的顏色
將可從易水覓得　易水何鄉
風靜止　你不再轉動
此心匪石　不可以轉動
況日月永恆地相逐　非無動於中
況海波亦有潮汐　即使你遺忘
今日與你同呼吸的萬象
自有幽篁長嘯　何勞逸士鳴琴
自有白雲千載悠悠　無視於古今

況陌路人亦長在　如果你去注望
你們經常以同一的臉孔出現
以同一的眼瞳迎你　而這臉孔與眼瞳
將亦超過你的生命

選自一九六五年三月五日香港
《中國學生周報》第六五九期

童常

未知的星宿

我存在於白日失明之後
這是夜，我發光在遙遠的一隅
我以冷眼睥睨你們的繁華
你們的興起、你們的沒落

我熟識你們奔波的方向
你們的惶惑、你們的空虛
而我的軌道卻遠離你們的意識
無論以甚麼東西，你們也不能窺察
我內在的變動、內潛的輝芒

我滿足於自我的完整、自我的缺陷
我的淚我的血我的汗和我的笑
是充實我的空虛的寶藏

而你們是那末曚昧、那末無知，直至
瞥見我殞落的光條纔驚覺我的存在

而我只存在於白日失明之後
這是夜，我發光在遙遠的一隅
我以冷眼睥睨你們的繁華
你們的興起、你們的沒落

選自一九六一年六月三十日
香港《中國學生周報》第四
六七期

在香港
——片斷的浮雕

真的，無論在任何季節
對岸九龍的山巒都可以遮擋

那邊大原翻騰的風暴
不理會那東方的太陽或月亮怎樣黯淡
那些變了膚色的蜥蜴們
（他們的尾巴曾斷過兩次）
也一樣忙於攀摘異地的玫瑰
也一樣忙於加入鷓鴣的部落
且把耕牛賣給異邦人做解剖的實驗品
而在霓虹燈的媚眼下踏進酒吧的心臟
他們就用香檳酒為自己洗禮
沖去來自梅花叢中的滴血的迴憶
此後，他們就虔誠的崇拜倫敦的煙囪
倫敦的霧夜……

（是的，他們就如在霧夜裏
縱使啼聲响了，他們
仍迷戀於夢裏的玫瑰）

選自一九六一年十月二十七日香港《中國學生周報》第四八四期

殘燼

密華西，你的昨日是那末醜惡
總有黑痣散佈在你額上
自從門鑰失落的那一天，我認識你
你僵冷的手要緊握點甚麼而握不着
除了哭喪棒，除了香檳和流行曲
於是你便把船拋下，把槳折斷
在懸崖的篝火畔播種你的欲望
綠酒杯底遂沈澱着你荒誕的夢想
酒店後門隨風飛揚着你發霉的名聲
你的日子如烏雲，在天宇的佈告板上
短暫的展覽着你迷惘而空虛的名字
展覽着你骯髒的足印
密華西，那年開始一見光就找穴躲藏
你是貓頭鷹、你是土撥鼠、你是蟑螂
你主要的養料是夜，沒有星月的那一種
你的記憶是一堆堆

重疊在臭水渠邊無人清理的垃圾
跟你長大的影子總不知下一步
踏上的是浮冰還是斷橋
當搖滾樂再隨風起
即使你越過「荒原」也會跌進「深淵」

在羣星相爭隕落的黃昏後，密華西
我聽到你在冷落的牆角偷偷飲泣
夕陽流盡了血後將往何處去
那些隕星又將往何處去？你驀然覺得
歲月是流風，歲月是無底的潭。明天
你將成為一枚過時的銀幣，你是
塵垢厚重得不能再厚重的那一枚
你將成為一把未點燃即被浪費的火炬
沒有誰的屋子會再容納你存在的例證
沒有誰的瞳子會再反映你存在的例證

密華西，後天傍晚我將打墓地走過
朝你的墓碑誦你為自己製作的輓歌

選自一九六七年六月二十七日
香港《盤古》第四期

夏果

歸帆

夕陽混和了薔薇色和金光，
從山嶺脊背西端射來，
海面幻化成金鱗閃閃，
絲絲水紋也化作碧綠的飼料。

斜陽投射到玻璃窗上，
這時可不像尾尾浮游的金魚。
愛顧盼夕暮的人們，
更愛推窗顧盼歸帆點點。

連綿的山嶺實在太貪婪，
一忽便吞沒了如盤的落日，
餘暉停在山背踟躕而倔强，
願為歸帆多遙送一程。

瀕夜海面回復了它的平靜，
金鱗雖然消失了所有的金光，
沉默的歸帆自己也有了欣慰，
晚風有意把滿艙銀鱗吹個滿帆。

一九六零年，二月。

選自阮朗、李林風、夏炎冰、夏果、洪膺、葉靈鳳《新雨集》香港：上海書局，一九六一年

盧文敏

絞臺

瞅一眼末日的陽光，
瑪利亞啊！
我的手很冷，我的腳顫抖，
我企圖把劍刺向你藍睛上的慈輝，
試探你顯現的莊嚴與華美；
還未舉起那纏着七百九十條毒蛇的
心，便猛然被一個背叛的手勢，
推上絞臺。

瑪利亞啊！
我在自己建造的陰影裏，
仰望你冰冷的前額。
陽光已死，伊人已去，
我像血樹上的幽靈（註）被綁在愛的斷柱上，
俯下頭，接受荊棘的冠冕。
不用懺悔，不用自瀆，
我的慾望恆指向一個無罪的錯誤。
瑪利亞啊！
收緊手裏的繩套哪！
你的女兒背棄我的莊嚴，
正如我此刻背棄你的聖潔，
絞臺不高，心魔不死，
我們復活的日子不會再來……

選自一九六二年三月九日香港
《中國學生周報》第五〇三期

（註）見旦丁「神曲：地獄」記載，自殺者被打入第七圈，死後變成一株血樹。

柳木下

春雨

連日春陰壓大地，
霧濛濛，雨霏霏，
我聽見有人在埋怨，
「這討厭的天氣」。
但是我知道，
那些飢渴的草木，
現在是多麼的高興！
樹液在樹幹裏流動，
從根部一直湧上最高枝。
等幾天，
唔，也許就在明天，
陽光會重臨大地，
於是你會看見，
許多禿枝在吐葉，
有些樹木
會用花朵來嚇你。

選自一九六二年四月四日香港
《文匯報．文藝與青年》

自勉
——兼呈霜崖兄

我是原子時代的人，
我是哈孟雷特和堂吉訶德的化身。
我們有望遠鏡，我們有顯微鏡，
我們的親愛的極大和極微呵！
我們要用一千條「理智」的臂膀來擁抱你。
我分析，我概括，我預言：

「我們是原子的主人，不是牠的奴隸。」

一九六二年三月

選自一九六二年四月十一日
香港《文匯報．文藝與青年》

何達

一個新的名詞　古巴

一

歷史曾經有過
　一個鋼鐵鑄成的名字：
斯巴達！
它的意義是
　堅强，
　　勇敢，
　　　對死的無畏！

「勝利，
或者死！
——這是斯巴達人的信條。
每個斯巴達人，
從出生的時候起，
就必須是
　保衛祖國的戰士。

今天
歷史出現了一個新的名詞，
比斯巴達還要響亮，
比斯巴達還要堅強，
而且具有豐富一百倍的意義，
那就是：

古巴！

古巴的女兒，
沒有一滴奴隸的血液，
沒有一根屈服的骨頭，
沒有一條胆小的神經，
吮吸着革命的乳汁，
生來就是帝國主義的
　最頑强的敵人。

從七歲，
　到七十歲，
古巴人都和武器同在，
在收穫咖啡的時候，
都不放鬆
　對帝國主義的警惕，
隨時準備着
　為社會主義的祖國而死！

在地圖上，
古巴只是一個小小的小小的國家，
在歷史上
古巴是西半球的
第一面
　社會主義的
紅旗！
　因此它
必須勝利，
一定勝利！

二

古巴，
為了讚美你，
我們必須創造新的語言；
為了認識你，
我們必須掌握新的意念。

在你的面前
是高高的高高的
　帝國主義的大山；
而你這小小的、小小的國家，
却使這座大山
　不停地發抖！
不停地發抖！

　這發抖，
就像鏡子一樣，

照見了
你的偉大無比的力量！

你為人類的歷史
創造了新的一頁
讓全世界的人民
看見了一個新的時代。

你把社會主義的國家，
建立在帝國主義的
　鼻尖上，
像一顆釘子，
敲落了帝國主義的
　門牙！

恐懼吧！
着急吧！
發抖吧！
華爾街的大老闆們，
你們的一切陰謀、詭計、
　威脅、訛詐
　都是徒然。
整個拉丁美洲
都在呼喊着
「不要美國佬，要古巴！」

一九六二、十一、四

選自一九六二年十一月七日
香港《文匯報・文藝》

時代

時代，
在刺激着你的靈魂，
把你變成一句激昂的口號！

臂舉如林，
你是林中之木；
炮火如歌，
你是歌中的音符。

選自尹兆池編《何達詩選》，香港：文學與美術社，一九七六年（《何達詩選》頁一六六〈學詩四十五年〉一文中，何達指出本詩是六十年代所寫。）

溫乃堅

撒旦的誘惑

昨日
晚膳時我忘記燒香

於是，披黑袍的印度巫師
在我心的祭壇上出現
搧動一雙乾癟的手向我催眠……
於是，帶罪的木偶從神龕裏跳出
翻着眼，唸起喃喃的咒語
舉起蠟紅的桃木劍飛刺我的心臟……
遂有燈花跳躍般的慘叫
升起檀香木迷茫的煙
煙中有人影依稀
搖曳在淚光中的疑是母親的沉痛的影子……

昨日
晚膳時我忘記燒香

於是，就寢時
癱瘓的木板牀有第一級輕微的地震
月光下，翹腿的蚊子
在我的鼻尖上神秘地起舞
垂死的蒼蠅拉起我的髮絲作豎琴
高奏着懍然可怖的
魔鬼編撰的樂曲

後來，窗外有風拜訪
叫破尖銳的喉嚨
叩着軟弱的玻璃片
伸倦的長舌舐我的腳板
血液遂凝結麻木……

昨日

晚膳時我忘記燒香

選自一九六二年十二月二十八日香港《中國學生周報》第五四五期

溫健騮

鳥的飛翔

霧中來，霧中去，那鳥呼喚着
呼喚着你我的小名。
不知是否偶然，總是如許悲感
長在彼此的眉端。夢沫浮着
沒有成圓便破碎了。誰家舊燕啁啾
在我的檐下？又
更不知哪年重現？烟冒着
隨風向屈折，便消散了；
也許在另一個世紀，它會映現
在你的眸中，在我的想念裡。

你曾引導我進你的世界裡
看重疊的星光焚毀於一瞬
便道愛倏地殞了。（而我知道
這是湮遠的神話）或我去如雲
或你抬首，讓我吻別你的前額
印上燦爛和煒煒
去輝照茫茫前路。

而一切的夜（我們所共有的）
將褪色、隱去。在雲崩的這一霎
月落，月落不是
交替另一種星辰麼？

揚起你的手，親親
記着那鳥呼喚你我的小名
從霧中來，回霧中去

（附註：作者不反對讀者把詩中的鳥視為愛的象徵。）

選自一九六三年七月一日台北
《文星》第六十九期

逃

星的芒鬣，扎扎
刺我縷縷神經，於午夜
時間絆我足踝
如荊籐，如永不能卸脫的鶉衣

沉沉的悲哀鉛墜於我心頭
甩不掉光的釘梢，聲的釘梢
尤甩不掉沉甸如隕石
　濃雜如莽林
　易碎如琉璃的

自我！

我欲逃離此刻！
星月突隱的此刻
天幕冪冪的此刻
愁啞！悲盲！的此刻！

　夜黑玄然欲裂
　破成條條隙痕
　如我披離的髮

——我欲逃離此刻
啊此刻，此刻的自我
徘徊於現代的隘道
被禁錮於生死的
自我——我欲逃離

投入茫茫太虛
離棄這一座幢幢然的悽愴——
飛騰如箭脫
如紛紛流星雨中的一點！
辭別歡笑，辭別淚
辭別幪面的死神
　我聳然上躍
上躍
啊！我披離的髮向下

竟似根根細針
釘我於蒼老的地面！

而我的飛躍
遂僅預言我的下落
因我祇是一隻
不能舉翅的
不能羽化的鳳凰
因風的歷史
壓倒了我的歷史

一九六四年五月十日

選自一九六六年四月十五日香港《中國學生周報》第七一七期

歸客

誕生以外的驚愕，那年：
秋風春草仰天吹歌，
已頹的塔飛不出
一翼酬答的白羽；
望眼是荒蔓纏柱的淒涼。
一匹瘦馬駐足，
落鞍的人自寒井
那欲斷的轆轤掬水：
破桶內照出
兩眼滿帶風砂的憔悴。
「我已歸來，」池苑啊棘林
「歸來自月照的千里。」
垂簾啊裂竹
「尋那映窗的蛾眉，」
春水流斷啊她頷骨
「那停在機杼上的小手。」
指縫已透出白楊的蕭蕭

「黃油傘，青驄馬。我歸來
踐那次井畔的盟約。」
頷下歙動塵白了的短髭，
響起來那嘎音：
一截碎瓦掩着的蟋蟀的蕭瑟。
幽石已埋魂，
猶自澗底流出絲絲的訊息；
風的冷刃劈落一葉猶豫的秋，
打山阿逸出了一朵
被囚禁了一個長夏的雲。
「逸出？去收回春季時流浪的足印？
小小的長髮的雲，
你來照我摧絕悲苦的影？
還是我也該回數一路的蹄痕？」（註二）
鬃鬣賁張，馬嘶割斷了長飈，
靜寂豎起不安的細語；

（註二） 據傳人於死後，鬼魂常至生前所到之處，收回留下的足印。

枯欄跳下一隻鼯鼠
石階捲起死葉的沙沙。
一柱暗影落下來，
彷如落下一聲歎息；
遲遲的日落啊冷冷。
（斷垣之間的過去：該有
裙裾飄飄穿過迴廊，
掌握的人，往往
牽動夜暗的沈默；
漆燈點點，灑一階螢影（註三）
而今啊還有：那歲月
歲月穿過其間！
唉，西風吹燼暗，
薰滅烟沈；誰想：
折柳的三月
回眸是水飄落梧的秋？
撣撣袍上的灰塵，

（註三） 李賀：「鬼漆燈如點松花」。

槁木的手垂下，
濯纓的井水猶冰涼，
而這竟不是歸宿……
蹄聲的得起倦馬的長途，
所有的枝柯都伸手，
乞一晌鬢色的蟬鳴，
後凋的草鼓綠舌短短私語；
日薄，霧靄幻過往的幽靈。
驟時凝聚，碎石塌瓦間
一顆顆澀露的鬼眼，在瞠視
虛空中隱隱縱橫着，
雲跡似地，那
「我已歸來，歸來
踐那井畔的盟約！」
而細耳的靜匐伏着，聽：
唧唧的唧唧的
寒螿，哎，不死的淒涼。

選自一九六七年七月二十五日
香港《盤古》第五期

一個墓地的下午

還有那許多不曾完結的，
一句沒實踐過的話，
一些黑色的欲念
猶隱伏在你已爛的心裡……

那次的眉跳　和思念
還不曾溶去；你想，就像
枯井裡依然藏着
一顆不肯消失的宿露。

蚊蚋在耳語，你可知道？
你躺着的地方，
那曾用血肉窒息過的坑穴，
當已潺潺着四月的雨水。

但還不只這些，讓我說：
松影下，你長長的指甲

該從那碑石伸出，攫住
一截蒼老的下午，
一如我和她的手，亟欲
握住這下午的闌珊。

附言：那日，在墓地裡讀了一座碑上的文字，心中驀然一驚，竟覺得死不是一種終結。我們的憂傷，思念，愛和欲望也會凝結在碑石上，在盲天使的眼裡，繼續折磨我們身後這沒有時間的空間，詩中的「你」是二次大戰中殉職的空軍。

五月廿七日

選自一九六七年九月香港《純文學》第六期

某一個春天

愛情祇是那麼一種癢意
在春天來時；
你看着一些青果們
轉過街角，剩下一截
裙影，蝴蝶的翅那樣，
總該淡出而又
不願淡出的風景。

去問或人的霧髮裏藏些什麼，
黑瞳裏藏些什麼；
除了銅鏡子擦亮後的閃光，
或人的黑瞳裏藏些什麼？
花瓣的唇裏藏些什麼？
而答案老是垂得過低的頭，
老是小小的胸脯
埋伏小小的
桃核在沃土裏的隱衷。

而奇怪的是
殘酷的都市也會傷感。
你或許看見
冷面的牆，春淚垂頰，
顢頇得不願宣揚
鋼和鐵的英雄主義。

選自一九六八年四月二十六日香港《中國學生周報》第八二三期

長安行

悵望千秋一洒淚，蕭條異代不同時
——杜甫

一

雨後的蒼苔爬上你的病榻，
初癒的咳聲竟似風聲了。
什麼日子呢？
人在遠遠哪，
懷疑着：她的臂彎
也能像這薄被
暖困着你一團憂鬱麼？

誰還會思念呢？
青蓮那廝落在烽火
烽火的黑漩渦裏了，
「當君相思夜」——（註四）
但這是黎明的時刻！
你在延續思索？
還是思索繫住你
渡過這些浸嶺跨河的日月？

（註四）「當君相思夜，火落金風高」——李白句

沒有陽光來注入你的空酒甕
一如沒有酒
注入你愁斷的腸裏。
灰雲的袍影
遮斷山岳；
隔着忙碌的生死
你醒來
像一塊燃燒過的炭
想起火的日子；
熊熊的記憶已不灼熱，
好一朵冷焰！
一線失去律呂的弦
在琴上閒着——
你猶在榻上。

二

長安的大街也該醒了，
每一扇窗都睜眼
有荊牽藤捲的世事
在繁華着，在枯槁着，
在歷史興亡着。

咳，風鈴啞了？
還是給夜盡而甦的市聲
像雨後的蕈那樣蓋住？
而更像一傘灰蕈那樣，
你推被起來——
推起一弧星搖的覆夜。
那臥龍躍馬的感覺
朝暾似襲來
但刺不開滿胸滿臆
臃腫的雲翳——
你的臉開一朵白菊的冷色
想起江花處處的凋零。

不去坐那沒有燕飛的樓頭了，
不想上那高梯，
不想靠那不言不語的欄干，

那些冷漠都已倚遍。
你負手，聽自己清泠的屐聲
數那菊淚，在階前：
一滴一响的秋韻。

徘徊，趦趄，你是
找不着岸的波濤。

三

陰霾漸散的午後，你想：
如果突地化為
一颯悲風；一片黑靜，
不再記起握過的手，
不再回顧水的崎嶇，
山的浪湧，或是
高崖上傷口似的陡裂……
無珠的眼也沒有淚的露瑩，
呵呵一笑，
閃一霎沒唇的齒光，
不枕曲肱，卻直臥
七尺思鄉的愴然。
歡欣，憂愁，
不曾展過的眉
都該長埋幽石，一若
風雲在符暘（註五）
落日在崦嵫
壯志在苔蘚染綠的胸上……

可是，可是，午飯時
為什麼停筋罷嚥呢？
家園，社稷，
妻子，你，飄蓬
半生已過，
祇是，這下半生呵……
宿命的責任感
從四面八方戟指着你

（註五）山海經：符暘……風雲之所自出。

像火的呼喊
向柴薪，陽光的呼喊
向嫩芽，向冬埋的種子！
一株張臂的枯桐
等待鳳凰的棲止，
徧地春蟲　守候
驚蟄的沈雷！
那感覺，不是來自
灰冷的經冊；
陶潛菊，謝安屐
俱已銷埋！
莫問去去那歷史的烟波，
你抬起嶽聳的前額，
電張海目：

城內城外，
坊坊里里的弦歌
掩不住哭號與生離；
年年京畿，幾許芝藥
換臉臉虛笑，碗碗殘羹，
換上下四方的酸悲。
觸目是塵埃與淚色，
淚色
湧染一行一行征討的苦役。
塞外的玄烟與白骨，
「戰城南，死郭北」，
不知道還記不記得
大地三月來時，
那一株株春嫩，
和春嫩上露眼的凝碧？
而未亡人的枕淚
怕也濕不到牀邊。
孤魂，唉，孤魂；殘血
猶化一朵春紅的幽獨，
嬝嬝欲憐鬢影……

四

該怎麼熨平這些苦難的縐呢？

而他們並不知道：你是鯤鵬
在一池死水，一團困鬱的大氣，
斂鰭垂翼，看每一個秋天
石決明，甘菊葉，
在秋風秋雨中爛死！
那些枯瘺的枝莖
已想不起薰風涼蟬；
你的筋脈已不賁騰，
縱然還念念公孫大娘的舞劍。

就這樣秋骨秋肋秋血秋肉地
隨秋的年華到冬的黑穴麼？
「滄浪何為而滿？
渭水何為而清？
子美啊子美，
你何為而生？」
廊畔潛龍頓足，
屐齒把冷石咬出悲聲！

（烏焚魚爛的夏一盡，
遠山葉葉冷秋紅懸，
即是紅影啊也將搖落！想想：
你是飄飄黃去的第幾片？）

抬首暮天，雨痕淡淡
勾出妻子的愁顏；
莫不是她的相思也潮起，
像一陣柔風吹過薔薇？
抑或：她正凝坐窗前，
看纍纍的無聊
結了一個下午的苦匏？

一閃晚星在廊角上孤出，
那是你的伶仃！是
小文（註六）仰面的璀璨！
彷彿聽見你在低吟，

（註六）小文，杜甫子，名宗文

隔着千年霧雨，你蒼涼的聲音：
「遙憐——小兒——女
未解——憶長安……」

選自一九六八年八月二日香港
《中國學生周報》第八三七期

日曜日，陰

在一柱路牌旁邊　忽然
驚覺　溶雪的時速
限廿五里。卻不曾有人問
消失為什麼要那麼準確
而慢
像雲
這是冬天的速度了

我跟自己說　相信
還要一大塊時間
黑色的泥土　才會
說　鬆軟的方言
在囁嚅的小草底下

幾翅烏鴉　落在
一棵巨橡的禿頂
冷哇　呱呱　冷哇
牠們喊　側着頭看我
眼裏盡是森森的警惕：
異地來客是多麼危險的
人物

一輛紅房車潑刺地馳過
把泥濘的字母
拼在我
那正往教堂走去的
白衣上

一九六九．二．十六

選自一九六九年五月二十三日香港《中國學生周報》第八七九期

大招

——悼屈原，用 And death shall have no dominion 引

　請眾同禱
而死亡　亦不得　獨霸　四方（註）
亦不得　死亡　獨霸四方　而
死亡獨霸　亦不得　而四方
四方亦獨霸　不得死亡　而

（註）所引為狄倫．湯默士詩句「而死亡亦不得獨霸四方」（And death shall have no dominion），從余光中先生中譯。

四方　舉起崩雲
草木奔赴胚芽的始液
眾山獸立，引足向斜風
探太古的最初，而江水
頻頻回首，問來路幾時
沖開千澗

　（寂寞苔舖於大地
　等待那人的杖履）

五月。一虹垂，萬波仰。五月
榴花過處，石疊湧血。五月
五月。禽鳥啼出樹的綠耳
河魚躍入水的網窖。五月

　（一方棄舟躺在蘆葦中腐朽
　濡濕的五百年靜靜躺着）

兵氣在遠方昇騰，戰爭

是一隻沸鼎。戍卒
挽住自己的斷頭倒下，在婦人
燃燒的紙箔。荼蘼用紅衣
覆埋了碑石，楚王
把金靴踹在妃子的裙索
但一夜之間，所有的夢
因一個凶兆而浮腫

（苦憤已池葬於綠酒
何若相忘枯骨於江湖？）

一襲衣冠銹劍書簡髮簪一雙
空布鞋的墓穴，都問路向江南
問那人的身手目髮跣足
去住第幾重烟封的汨羅

唯賢愚凡夫　都如兩脚
陷入世代的深泥
時間若樵人
罷盡歲月的斧斤
山鬼仍夜夜悲嗽，恐千古
黑浪，不映那人眼中的星寒

告　曰

魂兮歸來，四方不可以止些
冰牙嚙雪，山川裂些
夏火焚天，日月摧些
而死亡，死亡亦不得獨霸些

五月十二日，艾荷華城。未定稿。

選自一九六九年六月一日台北
《幼獅文藝》第十三卷第六期

JOAN BAEZ

一

你在酒杯的那邊
深目，淺眉的憂鬱
髮草何離離
披覆你一臉的十一月

台上台下
涼秋的蕭蕭
在我的聽道裏問路
問哪一聲淒切
到我哪一瓣心室

二

還以為是一片過紫的楓葉
落得那樣輕輕
十月的幽靈
自你唇間逃出
洒一些雨在枯田
一些雪在死土
一些音符在荒蕪
一些你在我的獨自裏

一九六八、十、十

選自一九六九年六月六日香港
《中國學生周報》第八八一期

艾城候夕至

四時零九分
冬天的燈影
已經在雪地上
呵着
　　輕寒。

一名女子的笑聲
廢葉似地
落在我的跟前
那笑聲猶疑而又
真像畏冷的
　　松鼠。與她
算是交換了
　一晃眼色
瞬速有似黃燈
　　　轉入
夕照那樣的
　　　停駛的紅光
雲在緩緩洗擦着

青空。

樹枝伸出
　沒戴
手套的指頭，要
讓我看看，上面
的棲鴉，多像
一撇黑色的響音

四時廿九分
我已疲乏，像一堵
站得過久的牆
而我知道
對面的街上
一尊大廈的前足
正慢慢下沉

一九六九年十二月十一日

選自古蒼梧、黃繼持編《溫健騮卷》香港：三聯書店（香港）有限公司，一九八七年

金炳興

橫

傷亡過後，你是被逼出的形相
在兩片瘦竹間，在多風的牆垣上
沒有人告訴你
　（沒有人告訴我）
一條舟究能承載多少溫柔
一首兒歌所蘊涵的能量
而你選擇，只因有一扇窗
斜拒太陽
什麼樣的種子什麼樣的根
脈絡中埋藏不了缺席
猶是你奔走而來
激流中捕捉食糧，烽烟裡憑吊山色
攀緣提昇，日子在恍惚的眉睫
在崖岸

你聽不見
　（我早已聽見）
啼聲裡那些割破的成分
當月昇之前，鐘未鳴
一隻受驚的鳥從我髮間躍起
一面旗遞進你的邊界
一艘無舵的船行將啟碇
而你驚異
　（我從不驚異）
顫動的唇翅懸不住矜持
恐懼自腹壁彈出
這些樹帶來盤古的祝福
微笑自腐蝕的記憶中迷失秩序
我的召喚
在永恆的封閉裡……。

選自一九六三年九月一日香港
《好望角》第十一期

量

這廊道，當推向那山邊的寂靜
季節的肢體遂開始碎落
自從那匹光，打白鐵的雷聲中掙扎而出
劃過那排凍結的樓房
徹夜的星星便在我們胸中鬱結成形
猶之那扇門因你之造訪而被洞開
　那口井因你之尋求而被固定
是傾斜的下午，我們終於揚鞭
終於踏着你的旗影，迎着你的號角
跨過昇起的浮沙和被切斷的橋樑
我們的名席插在四野
於是瘟疫展覽我們
把我們倒懸在你的胳膊

是回歸地帶，在方向的激動裏
你的棧道纏繞我們，鎖我們在矮松的針影下
去思考白日如何睥睨地經營
如何在峽谷帶起山風，岩石中引出水流
地鼠如何在洞窖中嗆咳
我們的臉如何為野梟築起巢穴

這廊道，當壁上蛀滿了你的齒印
我們與乎我們的從屬都癱瘓不成聲

選自一九六三年十二月十日
香港《好望角》第十三期

齊

高舉雙手伸向秋夜的蒸氣
泥土自你腳下陷落懸崖
繩索暴怒於桁樑
門窗相曳而遁
諧和非由我心我心卽成長流

驚悸的歲月重新運轉
重新佈置夢的迴廊
在你岌岌的睡姿裏穿過手圍
穿過欅樹審慎的狩獵
仰望單薄的一天澄碧
為昨夜的星辰所劫掠
而離棄如蒼苔滿木的山陰道
誰的狷笑使花卉傾搖不止

聖者

（抑聖者的荊棘）

於是凝固的撫揗再行延伸
在你鍍金的臉上旋着默示
七夕的怠倦必登臨其上
與乎床的顛沛鏡的羞澀
與乎安排另一次節慶前之停頓
一度是山的牧地
（一度是海的囚牢）

我曾尾隨你半個世紀
為要摘下你髮上一撮羽翎
而陋巷盡處是小橋
小橋過後是東西南北
野地裏也找不到風景

選自一九六四年一月台灣《創世紀》第十九期

就

山山相連的懊惱
游離窗間窺視
兩岸泛濫的華筵
叱起多少貼服眼
容有可捕捉的

掌握那洞穴的巉巖
一夜耳熱情話
情話中的不可辨的手鈴
錯落的田疇與雲烟
而庭園自圍牆的暗影蠕蠕擴張
涼亭在梳雨中茁長
流水現盡春日的顏面
這蒼禿的盟誓
　積木般穩定
若孩提檢起最後的滑車
轉角無相傳的規跡可尋
徒見來日的圖騰蠭起
頒佈流年的稅餉
輪下走避的一隻滾球
奏起水笛滿溢的風範
有人滑落一把傘
割去片片裙裾
有人搖響千株樹
墜下繽紛寓言

有人等待淺灘自身上卸下
籲請另一個多聲帶的日子

選自一九六四年六月台灣《創世紀》第二十期

六伏

久久豁不開歸期猶在黃熟蛩音中等康復
不了的夜酵出發芽墓塚參罷如來誦福音
月色墊起棺槨成床碑上鐵馬穿風眼看昨
宵跌散的枝椏重又聚宴青草為訪客而高
僂傴川流在肋縫梳轉下復滋養另一次水
土不服嘔吐原野故事的長程馬嘶刀已老

兄弟逐疊烏的手是小解前握號角胸懷斑
駁的機槍眼淩厲督促聲聲入海塢
門牆隱壓風沙自來咒遊踪蹁躚急急機杼
盡是離巢她變得豐滿河堤無漲瀾
乖張樓頭多眺望葫蘆吊起羣街落日直入
梧桐孵着一枚流彈正將袖試精華

選自一九六四年十二月十二日
台灣《創世紀》第二十一期

方蘆荻

九月焦土的氣味

凌晨。
　　維多利亞港內的淡霧
　尚未依依道安
俺無奈
就抽過一支九月的煙板
義大利那列黑卡車
開向我油膩的嚥喉
伸展陌生的雙手，我們交談
（子曰：有朋自遠方來，不亦悅乎？）

當沉寂以後我是旱季
或是這島嶼龜裂的壠田
而趕着插秧的農夫們在打盹
半個里爾克的側坐
去給出，給出
半個艾畧特的煙斗

我這小小的縮影
拈不起這廢墟內的一撮焦土
甚至一枚銅臭
在藍瞳央求下打滾
我的骨灰只是輕輕的柏葉

贏不過快活谷出閘的瘦馬
　縱使螞蟻雄兵衝過
　也逗引不住港內每艘
　　豪華客輪的七色

尊尼沿路步過
老約翰測量蘇絲黃的旗袍叉高
大副？他們的大副在踩踩S纜
連浪花都哭得死去活來

而我這小小的縮影
瞧瞧九月未散的霧影
九月破落戶門前的雙燈

呵，歷史的尺碼乃是如此平凡

後記：本年五月收到朶思女士寄贈「側影」。讀後執筆寫本詩。詩成，擲筆沉思。自嘆：朶思的「側影」已露頭角了，蘆荻自愧不如。謹以本詩遙致朶思女士以表謝意。一九六三年七月於港。

選自一九六三年九月香港《文藝》第三期九月號

在那個島上

在那個島上
俺曾拾起一塊冰冰的雲
總摸索不出它的尾巴
其上有藍采的色色
有雲母層內的楚鏡
照出一個廊椅上的少年
不擷星　也不重拾剝落的歡顏
他是勞倫斯的 PLAYBOY
白眼着毛姆的魔杖

季末的打毗賽
仍跳不出動人的數字
只是和雨季存在那段距離
詩稿內的是甚麼
一隻死去的黑頭蒼蠅
陪葬着一首藍布衣的民歌

在聖靈降臨節的淩晨飄失了

附記：讀炎培「樹」詩後寫成本詩。并遙寄炎培。

一九六三．五月于港

選自一九六三年十月香港《文藝》第四期十月號

祭

——寫在詩友童常墓前

一去紫臺連朔漠
獨留青冢向黃昏

——杜甫：雲雨*

疏鐘，疏鐘迢迢在林間響動
調角，調角斷着初春

而雲彩片片
羣山默默
默默在我們的心坎裏

日午的陽光
投向你丘丘的新墳
踏過阡陌的小徑
聽過溪旁潺潺的水聲
那是一塊一塊春耕的沃土
展示在你面前

詩人啊，詩人
那是你永恆安歇的地方
那裏沒有死陰的幽谷
也尋不到人間荒誕的韻事

*（編者案）應為《詠懷古跡五首．其三》。

是你否定了永恆
抑或永恆展開無可抗拒的雙臂
挾腋了一個廿七歲白馬的年齡
也許那是屬於另一個世界的境況
另一個故事的開始

六七·三·十二夜稿於北角

選自一九六七年四月七日香港
《中國學生周報》第七六八期

也斯

去年在馬倫伯

去年，唇色的西班牙
茱地茱地
奇理夫在西班牙
舐着冰琪淋的西班牙

而西班牙可不是馬倫伯呀
也沒有誰說過
馬倫伯就是揮着紅絲帶的都市
就是牛角上頂着個小夥子的都市
就是，而又不是
哎，我也給弄糊塗了

去年呵
佛洛伊德的去年

而紅塔街總之就不是在馬倫伯
哎，馬倫伯
關于你我該說些甚麼

選自一九六三年十二月六日香港《中國學生周報》第五九四期

八又二分一

我壓根兒沒見過費里尼
他究竟是費彬的表親呢
又還是墨索里尼的乾兒子
　我一點也不知道
他是像那個推我下車的守閘員
那麼孔武有力呢
又還是像我一樣常常搭不到巴士呢

我一點也不知道
費里尼壓根兒沒見過我

選自一九六三年十二月六日
香港《中國學生周報》第五九
四期

回來吧，非洲

你到遠方去了
留下我聽很吵很吵的爵士音樂
我不愛音樂
我也不愛上學
那些祭文彆扭透了
老師又總愛打我的手心
是這麼樣的一種季節
糟透的雕刻在架子上
糟透的繪畫在鏡框裏
而且破鐵在畫板上
破洞在書布邊
我的老師把頭擺了又擺
然後便一個勁兒的打着呵欠

就是要看點電影也不行
費里尼也到遠方去了
阿倫地龍祇在畫片兒裏站着
榆樹下，榆樹下什麼也沒有
哎，你還是回來吧
這裏實在太寂寞了

選自一九六四年一月三十一日
香港《中國學生周報》第六〇
四期

樹之槍枝

你說　看那些荒涼罷
看那些白楊看那些十字架
小小的風
在古老的枝椏間吵着
汽車喇叭那樣的吵着
看那些小小的風罷

是的
為了一對狂野的眼睛
春天遂答應留下來
這是佩槍的白楊
這是佩槍的基督
聲響在冷風與熱風之間
而鼴鼠的憤怒卻不知放在那裏

遠方一株名字古怪的樹
也急急的爆出芽來了

就這樣子的憤怒下去吧
不管施栖佛斯的大石頭
不管存在和不存在
就這樣子的憤怒下去

選自一九六四年二月二十八日
香港《中國學生周報》第六〇
六期

廢郵存底

懷疑了所有的屋背
它們是過而不留
仍將回到遙遠
一支寒冷的故事
甚麼時候
你將回轉一個冬天呢
依然從身後走來

萋萋的草
一大束寫給自己的
西伯利亞書簡
自厭與自傲的瓶
思想中的石南花

這是甚麼
候鳥問題的冬天
說着
他得到的是
天空深處孤寂依然
給你滿天的星
和說着星的
一百種理由
使你凝視

選自一九六六年四月一日香港
《中國學生周報》第七一五期

裸街

獨自在許多路上
貧乏的眼是一盞燈
沒有比這更暗澹的花卉了
一盞燈
你以為你是什麼
髮裏的破船
一種波浪
一些移過去的停泊
然而這裏沒有池沼
如果有我可以停下來
讓水流的寒冷留在體內
直至死亡
但是它們沒有
這樣我隨着我的意志飄泊
任它們引向
空中任何的一扇門
構思着透明在現在

或者一種仰首的藍
從痙攣中舒暢出來的雪
或者在他們的對話中醒來
仍然趕上看見
遠方一雙伸出來的臂
打開另一扇門
總有人冷淡地彈着琴
背向他音符的兄弟
一臉孔燈
每一盞有不同的光
電燈桿上麻雀歌唱
唱它們家族中的槍聲
哦　火藥氣息中
落下來
溫柔的雨

選自一九六七年二月二十四日香港《中國學生周報》第七一五期

寒山及其他

想起俞平伯寫：
「再沒有寒山
再沒有拾得
…………」
再沒有什麼呢
　再也沒有
由於鐘聲的塵拂
所拂起的時間的塵埃
沒有人會寫道：
「寒山有騍蟲……」
向無人的鳥道

版本據梁秉鈞《雷聲與蟬鳴》，香港：大拇指半月刊，一九七八年

散髮而笑

姑蘇城外
寺院的跫音呵
嗚響有如寂靜的
楓橋的音色呵

某個早晨
我看見你在樹下舂米
我看見你
破衣的僧人

曾經以你們的寒冷為詩
那個人今日忽然希望
把他的詩刻在
滅絕人跡的岩上了

汎滿城市

一個奇異的幻象
你的掃帚
出售在一條街道轉角
當我經過
白雲是屬于
麵包舖子

甚至球場對開處
一面塗污的牆
可是我當然不會説
他們題着的是你的笑聲了

昆蟲咬着咬着
跛腳詩人
與乎
幾萬載的青天
與乎
幾萬載的蝨子
一齊跳進

轉動的腦葉
忘卻了
打掃食堂

而對于洗不盡的耳朵
你又如何呢
對于泉水
未說出口的話——
泉水從泉水中抽回自己

我想着泉水
然後我看見：
「劇場徵求訂戶」
「每本零售十五元
全年四本五十元」
什麼是訂戶呢
對于泉水
什麼是全年四本五十元

（某個早晨
我看見你背負竹筒而去
我看見你
破衣的僧人）

再說一次：
我看見你
在沒有蜻蜓的路上
舉起來的手
面對黃昏雜沓的風景
我的朋友說
你以為你是那不繫之舟麼

選自一九六七年八月二日香港《星島日報・大學文藝》，署名「梁秉鈞」

雨之屋

有什麼比燈光
更狹隘對於
窗外的沖刷
我的手在未知上
我的手
將永遠如此
民歌的段落
起伏在一張
海浪的椅子
說什麼也得
繼續下去了
在那窗外看見
船部份的燈光
在部份的海港中
有什麼比這更
適宜於雨呢
想起鞋子

走在漬水的街道
雨的髮茨
空無一人
傾斜着的
臂伸展成為雲
哦怎樣想起
怎樣經過這一切阻撓
來到達你
無言的中心
如何抬頭隨你的視綫
看見那些陰森黑暗
雨還是雨的意欲
並沒有天明

選自一九六七年八月十五日
香港《星島日報·大專文藝》

突發性演出

零時廿分他走過公路臥在那裏
曠野裏一頭梟的鳴叫
又在中斷的地方重新開始
四頭牛扮演四頭牛
吃草的牠們在劇中
有一些作為
吃草的牠們的角色
總之
零時廿分他走過公路臥在那裏
等待
等待着……
許多個虛點
許久
許多個許久
可是
演出計劃裏的某些部份
應該開始的還未開始
出現的還未出現
似乎有點什麼出錯了
而這是很難堪的
獨自笨瓜的臥在那裏
而這就叫做突發性
而這就叫做演出
甚至沒有捲心菜
沒有麻包袋
沒有塗滿甜瓜的女子
而這是很難堪的
一切都他們說的不同
甚至沒有羽毛沒有木屑
沒有洋薊沒有號角
一定的
是有點什麼弄錯了
他臥在那裏這樣想着
真的
甚至最後
落下來的

也不是他們說的那些意大利粉
而是雨

選自一九六八年四月十七日香港《星島日報・大學文藝》
版本據梁秉鈞《雷聲與蟬鳴》，香港：《大拇指半月刊》，一九七八年

夏侯無忌

北美洲詩稿：紐約

囚禁自由於瞎眼的法蘭西女像
照明系統的進步使火炬漸暗
象徵財富的符號蜂擁
向廣告牌和電視幕聚合

血管裏奔流着電動的地道車
脉搏在七百萬個時間表下顫抖
巨大的鋼齒嚼碎了去年的汽車
却咬不開羅馬時代遺留的觀念

南方來的菲洲人在交衢竚望
菲洲來的菲洲人的顧盼
廻響於後街與污水溝
是機關槍、西西里和波多黎各的詛咒

冷藏或礶裝的蓓蒂克洛克烹飪
在鋁鉑的包紮下長存
拉斯維加斯假日的戀情
憑電子計算機的衝動而不朽

選自一九六四年一月香港《文藝》第六期一月號

海

我不知道你竟究多深，
是一百萬尺，抑或一百萬尋？
我只知道你是無比的壯濶，
從天之涯到地之角。

你盪漾過文明破曉的搖籃，

你洗去過文明年代的足跡；
曾有一個人萬里來到你面前，
落淚——因為他不能征服。

你沙沙的潮唱催眠着時間，
你把無邊的幽暗染成深藍，
你滋養，包藏，你是萬物的乳母，
但一切也曾毀滅於你偶有偶然的震怒。

我不知道你究竟多深，
是一百萬尺，抑或一百萬尋？
啊，不停息的翻騰，不停息的升落，
我悲憫的心懷，你永恆的寂寞。

選自一九六六年七月一日香港
《當代文藝》七月號

園中組曲

（一）門

且莫問他們是要進來還是出去
他們總要經過這道門
進來了的人不免要回到外面的天地
門外的却又想進去盤桓

你走進來時或許覺得是個開端
但回到門前是否便找到了終點？
寬敞的門為幾個人而打開？
狹窄的門又有誰來揀選？

（二）草地

誰也不看你，你低低地躺着
身上沒有彩瓣的繽紛
偶或有兒童來遊戲，打滾
但他們沒有留下脚印

花謝了，遊人轉眼去看楓葉
他們尋找的從來不是你的顏色
而你只靜靜地躺着，等楓葉飄落
等鮮艷的他們也感染你的寂寞

（三）池魚
管理人探測水的溫度
他關心你們是否快樂
似乎便排遣了一個五重奏的感傷
也解答了另一個形而上的爭執

但我心中却有個不同的景象——
是逆着大洋中洶湧的强流
接受沖上岸灘被大熊吞食的或然率
突然躍起，衝上湍急山溪的力量

（四）籠之一
雄獅，把毛茸茸的巨頭
懶洋洋地枕在母獅肥胖的身上

這是五月，求偶的季節
一切都顯得那麼滿足而平靜

管理人的牛肉取代了狩獵的本能
更無需平發出震懾百獸的吼叫
討厭的兒童們儘管投擲石子吧
這兒可沒有莽林裏的毒蠅和蚊子

（五）籠之二
餵飼的時間到了
巨鷹，像登極加冕的王
披着羽袍，威嚴地踱着步
走進遊人讚嘆的目光

風，在高天推送着雲朵
籠外，陽光下的景色煦麗
你的雙翼多久沒有寬濶地開張了？
你還有在雲端俯瞰大地的記憶麼？

（六）欄杆

即使你沒有辦法跨過
也不要這樣地推撼我
也許你不明白，我並不存在——
存在的只是你心中的疆界

（七）銅像

你的鬢髮和制服給風雨打得更斑白
佩劍和馬刺都銹損了
人們也不去記憶碑石上的功勳
只有歲月的痕跡留存

然而還有個疲憊的過客
偶而走進那巨影下徜徉
仰望飛逝的浮雲，在匠人塑造的神情中
看見你，和你當年抱負的願望

（八）噴泉

我沒有灌溉這理智般冷靜的草塲
也不要濕潤那些迎風招展的花樹
我只是在這裏奇異地粧點他們
不由自主地落下又噴出

然而我還有一個更詭異的夢——
我要飛上無轍跡的天空
乘陽光的金翼沖霄而起
跨上天邊那道燦爛的長虹

選自一九六六年十月號香港
《明報月刊》第十期

丁平

自己之歌

——寄已失名字的人

一

蒼涼的呼救之聲
甚於晚禱的鐘聲蕩漾在日沉時分
江流呵　你是一柄閃爍的匕首
鋒刃耕作我肉體的土壤
你收穫血釀的
五穀　讓溫柔在我的門庭外亡故

幽悒地一種音響奔逸自我的體內
我臉上已失歡欣的舞踊
江流呵　尚未飽餐你風姿的美妙
我已觸及我自己
冷冷身軀　便在你懷中溶化

二

終將飄起一縷縷青煙
肉體焦灼的氣息穿過雲層流向你
而你高高在上
你是一隱默的使者從不以真貌示人

收割季　我囊空如洗
你從稻林中走出
豐收的歡情擂動鼓鈸走進我
長眠之鄉
我廢食已久　我唯以一片白色的
迷茫　果腹

三

哭着　淚的帷幕深閉我
一切美的形象
我是失落面顏的弱者
終年負荷着心中折裂之聲響

江流呵
此刻縱使你再次從稻林中
走出　我已不為豐收的歡情所動
你的燈不必再為我點燃
我只想獨居
在浩瀚與浩瀚之間我僅為栽植
死亡

五十二年十一月於香港

選自一九六四年二月香港《文藝》第七期二月號

求籤

二月遺下的緋色未冷
而春却隨杏姿歸去

日子從殿堂匆忙走過
而你尚浸透在
繽紛以後的零落

圓頂之下　久睡之心眼仍閉
嚼着愛與愛的銹
醉擁一山冷夢
鐘皷已揖別斜陽了
而你猶未醒

香未上一炷
油未添半盞
和尚的袈裟掀動千疊鄉思
鄉思正濃
而鄉思與鄉思的鄉思焚於一瞬

谷中寂寂　如此深沉

浣青上人的十指方合（註）
而你已從蒲團的圈圈中隱失
下跪下跪下跪
你唯以語言以外的語言射擊自己

後記：三月的第一個周末，「文藝」在港作者二十餘眾，旅遊沙田「西林寺」。在寺中，碧原、張雪軍、李曼、艾莎、陳馳騁皆禮佛求籤問事，我並未上香添油，只默然祈神明示，惟眾神默默，雖得一籤而不能解。是記之。一九六四年三月第一周末薄暮於西林寺中。

選自一九六四年四月香港《文藝》第九期四月號

（註）浣青上人乃西林寺方丈

辭寺

記憶
在七色與七色的七色飛揚中
（與山同立）
（與海同夢）

你是一瞪目的盲者
無視於艷陽與辰星
獨偵知巴士與渡輪正爭嚼流光的腐體

梵語網網蜘蛛
蜘蛛要把你的靈窗鎖住　鎖住
那種永無了結的
寂寞與寂寞的寂寞號哭

一絲殘餘的哀傷復活於新的創痛
而你
將陸沉於默想之淵

（明日將有些什麼發生？）
（昨日曾有些什麼留下？）

哦　捨棄磬鼓的承諾吧
去托海鷗編織水面的圈圈
記下你迷失於西林諸佛閃爍的臉頰

一九六四年三月於九龍郊區西林寺

選自丁平《萍之歌：丁平詩集》，香港：香港中國文學學會，二〇〇九年

翱翱

晨星

醒來！屋簷的貓
這是掘馬鈴薯在沙漠的鐘點了
讓我們用那壺被世人唾棄的白開水
共煑一盤冬夜的雪裏紅花。

老鷹巢的豆芽兒冒頭了
夥伴們都說碧雲天是茨冠
要拾荒在星月俱無的亂葬崗
再攜那根五月四日的纓槍
挑一擔失落了羣的星子
　　向北穩定向北

如船長駛向醉鬼灣去的羅盤
用那佈滿流浪地圖的手掌
劃亮黑夜裏　海上的星　海上的月

就這樣爬起身來好了
夜總是冷冰冰的
但冷冰冰的總是夜啊

選自一九六四年三月二十七日香港《中國學生周報》第六一〇期

柏　美

聖路易的憂鬱

聖路易　且去憤怒
且去敲響你的鼓吧
在春天的噪音裏
在小酒吧裏
通過女人的笑聲
把低音結他送給音符
這是你所不能想像的

牆上　醉酒的眼色
飄星期六給昏暗的燈
他們怎樣飲盡死過的白乾酒
怎樣去關懷一個溜掉的泡沫
怎樣把思想給廊柱　耳語以及
繡鞋

在星期六在鉛灰的憂鬱裏
這是你所不能想像的　聖路易
（在午後沒有人會去說及奧林匹斯
甚至一盞小小的神燈也吧）
至於那琴師低陷的眼
令人不快的酒鼻子
一丁點兒壞爵士音樂
吹一管小喇叭
吹一管色士風的音樂台上
星期六的疲倦來自跳動的皮鞋
聖路易　且去戀太陽的日子吧
明天還有很多很多的浪子
哦聖路易你和你的憂鬱

選自一九六四年十一月六日
香港《中國學生周報》第六四
二期

不被編結時的悲哀

只好向聖朱蓮借把長矛把大茴香釘
在記憶裏
那年春天一個大茴香的春天
羅布海把淹死的鷗送上岸
就像把風騷貓送給晚上　把
卷積雲送給畫布一樣　只好
不為什麼悲哀
就是這樣建造起來的　不為什麼
你的荒原我心中的沼澤
我的悲哀就是失掉的那麼深

不為什麼　就算　大茴香的那年
水蜜桃原就比月亮可愛
這對我有多麼不同
甚至巴黎　甚至馬倫伯
甚至加洛克　甚至
德布西　都夠不上是失掉的　只好
把自己　藏在鼎的陰影裏
就算是一個古老的甑也吧
當作是　一個半丁兒中國的晚上
或者　只好向聖朱蓮借把長矛
或者只好　只好

選自一九六四年十一月六日
香港《中國學生周報》第六四
二期

早晨

彈琴的人來了
在早晨的風裏
踏漣漪而來
擦他的鼻給堇色的風景
在早晨的風裏　樹椏

伸向雲　那些雲
與及所有輕得像棉花糖
長髮辮的安娜長髮辮的瑪嘉烈
唱她們的母親在早晨的角落裏
奧菲士的影子雲的影子
在水溝裏
彈琴的人來了　他的歌短得古怪
長髮辮的説　短得古怪
他來了　在堇色的風景裏
踏歌而來　給他一個小金幣吧
長髮辮的説　在早晨的角落裏
母親的麵包捲承着整個昨夜
而且香腸也太壞在早晨的風裏
早晨向天空潑出
整個的潑出好美麗　好美麗
咖啡店裏　綠眼的姑娘以頭巾
搖落一個關於讚美的故事
以及一個關於起床的呵欠
在早晨的的天空裏　綠眼的姑娘説
他來了　彈琴的
在堇色的早晨裏
在風的早晨裏
在棉花糖的早晨裏

選自一九六四年十一月六日
香港《中國學生周報》第六四二期

風姿的日子

他們終歸要和神一樣
和風車蘭一樣　彈簧刀和
一種手勢　一個深沉的眼色

甚至數足跡的巡警
在大街　跳着粉紅的舞
給早晨一點徬徨
這終歸與方點無關
他們的外衣是很古典的紫
很古典的紅　和神一樣的
很古典的白　以及長頭髮與
短頭髮
但這終歸與流淚無關

那些女人在房間裏走來走去
說些這說些那說些米蓋蘭基羅

一個女孩子
以吐綬鷄之姿拿着手提箱
沒有人知道她為什麼穿得那麼鄉下
沒有人知道她像一隻吐綬鷄
一顆瑪瑙　而且
愛聽熱病以及熱病的

只是那個男子那個駛跑車
的選民　那些想酒的人
總愛給她一些發黃的不快意
就這樣去可憐她吧
在意大利的一間古老大屋裏
不要去想那耳光　不要想
那荒涼的沙灘
誰跪在風中　把音響
死去一個下午
這是傳說
拿手提箱的女孩　在路軌與
路軌間吃盡她的愛　還有那些歌與
可歌的

選自一九六四年十一月六日
香港《中國學生周報》第六四
二期

江詩呂

苦力

一壓之後
肌肉勢須窀起
而一壓之後仍是一壓
所以肌肉窀過仍須窀起
然後哎喲喲呀哎喲喲
那是歌那不是歌
哎唷唷唉哎唷唷

汗水濕印印地寫着昨日
寫着今日寫着明日
像每一瓶酒
喝於昨日喝於今日喝於明日
總是汗和酒

於一壓之後
肌肉勢須墳起
然接哎喲喲啊哎喲喲
那是歌那不是歌
哎唷唷唉唷唷
哎唷唷唉唷唷

選自一九六五年十月一日香港《中國學生周報》第六八九期

新填地即興曲

一天星月照顏色
如此生涯是好詩

——節錄李素句

每當煤氣燈被點亮

被八個戴皇冠的銅面孔租出
遂有無數雙磨碎過生活的巨手
提着租來的光明
提着今夜的運道
各各搜索適以生存的寸土

而在擠迫的煤氣燈群有擠迫的企望
成千成萬墨色的頭顱滾滾
如夜浪　如覓食的魚羣
撲向每朵光
每串垂掛獸肉的餌

鑼敲鼓動　廣東大戲宣告開場
升天的巨幕　射地的燈彩
街頭藝人上演人生的悲歡離合
小生台風不減當年
慰妻哭妻兮胡不歸
青衣蓮步姍姍
猶把碎石泥土算做圖案纖巧的紅氈

這邊廂
忘穿燕尾服的魔術師
正以橫斜的微笑玩弄掌中的皇與后
那地帶
亂髮的漢子唱大江東去
看那流水悠悠看那大江東去不回頭
回頭便是
一曲可換多少和味欖

如是燈黃映墨
紙扇一把　清香三躬
劉半仙能測淩亂的未來
掌紋成路　相格成型
君且來　明日誰知天涯路
如是遂有搖搖擺擺的靈魂
問卜於顫慄

如同留不住的葉子
故衣攤上但見秋風

賣故衣的人說他已觸夜寒
看一片片押紙標紙
果然隨風亂飛
飛啊飛
紅衣緊褲的青年
長髮紛飛的少女
相偎着一夜狂歡
在賣唱片的檔攤前
每一首歌喊出綑紮的束縛
然後笑着
埋葬它們的是閃光的肉焰

此外　此外瞽者唱着
彈不諧音的琵琶
乞一聲冷落的叮噹
叮噹　叮噹
賣器皿的婦人敲响虛偽的瓷
賣不出的繁華
兜不住的誘惑

另外的誘惑在最暗的角落摸索着
討價還價　承認否認
羞恥不是這個樣子
沒有明天的人還要活着今夜
今夜呻吟　今夜婉轉
今夜蕭條着
賣活命神仙丹的江湖漢呆着
呆着就是悲哀嗎
呆着就是懷疑嗎
夜已不可救藥了

租燈的婦人逐盞逐盞收回出租的光明
暗後就是熄滅
攤開的仍要摺回
賣出的仍要買入
那些故事總是戴着皇冠
那些面孔總在幣值上面
那些面孔總在幣值下面

那些面孔總在星光下面
那些面孔總在黑暗裏面
那些面孔總是不死
那些面孔互相詢問
明天不會下雨吧

選自一九六七年二月二十四日
香港《中國學生周報》第七六
二期

羈魂

藍色獸

–To whom it may not concern

序

設使我曾在此城把思維割殺如馴羊
　我便永不會成為一頭獸
（一頭很藍很婪的獸）

一

那人總讓笑容蓋過了他自己
　愧我非如是。只因
我是一團凝集在血漿中的膿液
實在得使人吃不消，且有惡痛
而我總愛用唇去咬住風
　幻想自己是一攤夏日的汗香
去咒罵太陽　咒罵跳蚤
　咒罵所有假作跛行的跣足

二

你來　以眉鎮住眾眼的恐懼
是手便抽出我囚室的光線
倘使我是易經裏的龍
我將有變色之癖
掌中的河川急放為大地兒女
眸色成火　焚去那經虛無壓擠出的疲憊
思想遂給定名為多餘——
你可曾說走索者便是我無名的名字？

三

死亡給串成為一束美麗的詩篇
　贈予我於一個並不算夜眠的晨
委實早年我就毀滅過——
以雪崩的姿態去毀滅過太陽的結晶
浮誇是裸乳的瘋婦　常強迫路人

　啜吸腥澀的汁液　且
自命為誘人與初誘者的矛盾
之後　便晾晒虹下　一若破裳

四

祭台上　他宣讀十字架的荒唐
智慧便如餓貓在情感的屋脊上嘩叫
鬍子藍得溺去了憤怒？
自從我們把傳統的烟蒂疏忽地擲掉後
誰會料到它可以燎燒待拓的荒原？
童貞被破損得成風後殘雲
可憐藍色同遭肢解　若免於教桌上
然我仍企圖要仿作出一個王小燕的唇姿

五

理想躲在自垂的幔幕內　冀待
　强弩末携來的孔與光
他們愛把麻木及瘋狂交替的推向我
我就把夢挑往髮上把它染藍
且以企鵝之姿向冰雪追索聰明
舌頭給時針勾住隨之瞎跑
皮膚被灼得失去了感應——
我是獸　吼在沒有影子的森林

六

衝動自靈魂的破窗撲進後又逸出
遂昇起一面如我面的白旗
喉音化血　時湧時退地迫出了熱的意義
意義乃一換名的騙子　瞞去了一季的望
　還以寡婦的亡兒自居來盜我的憐
愛情是一株爬牆花　連電線也要纏住
昨日是一叢未剪的荒草或芳草
而我則是瞌睡未醒的老園丁

七

時代掛在歷史的烟囱下，如長襪
　枯候老人童心的贈惠
恨我不甘把軀殼扮作琳瑯的聖誕樹

屢欲以陋姿映印在白白的賀咭上
遙寄與駱駝客與牧羊人
洪秀全以耶穌為兄　我則以
　撒旦為友　更乞取一闋「平安夜」的變調
撒在第七個快將來臨的　旦

八
虛無的存在　存在的虛無
慾念乃過盛的毛髮　不剃不快
重音符響後　我把鍍金的杖遞向你
　顯示了吊燈下的尊嚴已棄如乾浪之燭
錯誤以犬嗅的姿勢把我糾纏
猶甚於黑鉛字在白書紙上的誘惑
遂交叉雙足去構思一顆七夕星之愁態
　構思它或為轉成靛藍

九
在迴響中把骨骼堆成任何意識
葉萎降於孽後　那乾枯了的潮濕
　髮黑得不能容納亦能容所有儲存其中
我的未來乃一早經安排的唱片
一切的抑仰雖未知然必無從逃避
而命運那調皮的小野貓常在
　可愛時匿躲　可厭時跟隨
一如我之劣根我之淚

十
宇宙是斷螳臂的車刻下了萬道血痕
在神的塵座下　我以蓮花為憂
　以菩提為慮
猶如我在醉後害怕清醒一般
遂培養了雪的情緒和霧的感性
尤以我眸色在讓無聊或無知雄踞之後
只因我是一頭很秀很瘦的獸
　亦是個　很藍很婪的男

選自一九六六年二月香港《藍馬季》第三期

劫

盤膝縱目
信千風也闖不遍
如此坦蕩胸懷
一簾竿影
滿街蠅營
昨夜剩來花屑
唇角竟植出一樹紅棉
推枕還見
衾前飄落青髮絲絲
觚不觚
中國不中國
水窮處　誰擬北望？

鴻漸不待風雲
戎衣驚短
是誰俯首狼吞
億萬黃河血

亢龍非龍
休提三尺劍——
圖騰正奉螣蛇

——六七、六

選自羈魂《藍色獸》，台北：
環宇出版社，一九七〇年

沏

小二那個店
熬一泡普洱呃
擺龍門也擺不下
如此劉伶如此呃陶令
莫賦閒情——
不准吐痰呃隨地

臭皮那個囊
臭皮那個囊
便挑挑撻撻你挑着
一壺天地撻來
風落天涯呃
天涯踐踏你兩鬢的斑駁
熬一泡好濃好濃的普洱呃
他媽那個的
他媽那個的
咱們原是同一面貌
　同一食桌呃過客
博士是茶
生活是一盅兩件
管他這會賬算多了呃
勞什那個子
勞什那個子

宰了麒麟烹了呃鳳凰沒有
還有　這一席滿漢狼藉過麼
開嚟有找，那邊有位
熬一泡好熱的普洱呃
你們把八仙的逍遙都困在冷氣內
黃鶴那個樓
黃鶴那個樓
咱們千年的翰墨那裏去
潯陽壁上標出午夜市的特價
留名的本非飲者更非賢聖
便如此將古典典掉　以早報
以六安　以五加皮　以
小二那個店

——六九、七

選自羈魂《藍色獸》，台北：
環宇出版社，一九七〇年

尚木

冬色

那城燈光無端的瑯璫
多麼波希米亞的臉
他們竟然伸手去乞取
昨夜，夢有攻城的聲音

倒數你回來的日子
雙脅夾着哀倦、未裂的笑靨
你說從情慾中畢業回來
穿過圓柱陰暗的梯級
黃燈白髮的苦楚、一季濃寒意
一條掛在簷前穿破了的斜褲

幽室淩亂，多少蕭條飄忽
滿是未啟的書信，未付的賬

孤獨在那兒蟄伏
如期之顯現，他走向暗處
于塵封處寫了一個死字。

選自一九六六年五月六日香港
《中國學生周報》第七二〇期

力匡

理想

男人不用諂媚來換飯吃，
該上學的小孩不拿馬票兜售，
年輕女人不在路燈下賣笑，
生病的老婦不睡在街頭。

木屋區是過去的名詞，
沒有矮簷前生長孑孓的水溝，
學店老板的生意垮了，
像夾着尾巴的倒霉的狗。

不許收音機播放爵士音樂，
都沉寂了，那使靈魂卑下的節奏，
書籍只敍人性的崇高與智慧，
黃色的文儈再也沒有。

你為什麼露出污穢的牙齒冷笑，
還問：「光是這樣你已足夠？」
我告訴你：「骯髒的事物都不會存在，
你也得由這大地趕走！」

選自一九六六年六月一日香港
《當代文藝》六月號

十年

一

我偶爾想起已作古的老人，
在我沉思時恍若重覩，
丁先生的村居以短竹為籬，
陳伯老的客廳掛一幀黃山畫圖。

香港這許多新樓還未興建，
街上看不見成行的停車表柱，
舊日的天星碼頭漆成深綠，
鈴響時過海的人仍脚步舒徐。

彷彿一眨眼即爛盡斧柯，
俯視九龍灣的宋王台埋在海隅，
褪色的照片留下了往昔景物，
同登高的舊知散居何處？

我曾在小修院諦聽晨鐘，
松林裏尋古寺「杯渡」，
我目送我深愛的人乘槎浮海，
年去復年來音書漸疏。

十年來我透過眼淚識取人生，
以無價的歲月交換點滴財富，
十年前我在香港寫拙劣的詩，
十年後我在星洲的詩拙劣如故。

二

我仍記得已拆毀的港寓小屋，
屋後有杜鵑和茶花粧點，
三月裏杜鵑如朝霞璀璨，
我却愛白茶與你的圓臉。

我的感情常如春潮漲溢，
你的微笑稍矜持仍復自然，
我送給你的新書毛邊未切，
你題在照片上的詞語纏綿。

如許的往事編成串環，
每一環隨一份痛苦的改變，
最後的是最痛苦的一環，
碾碎了所有輕率的諾言。

長久沐浴於赤道薰風，
我鏡裏有黧黑成熟的顏面，
熱帶的佳果繁多豐美，

土著的小販方叫賣榴槤。

三

馬來人把春天叫做花的季節，
果季相當於我們的秋天，
賸下來的是炎季、寒季，
其實全年中氣溫沒有改變。

看不見禿葉的梧桐，
異種的楊柳停止飄棉，
盆栽的胡姬以甎炭代土，
一串花耐整月的鮮艷。

歐籍人在復活節互贈彩蛋，
朝聖後的回教徒加「哈芝」名銜，
屠妖節有印度神像遊行，
唐人循固有的習俗拜年。

從複雜中試覓取單純，
自變幻裏看悠久不遷，
迄今我始習慣於如此生活，
一下午說三種民族的八樣方言。

四

我原本喜歡不息的行腳，
學漁樵作岩宿雲眠，
到如今遊興漸減，
行跡久不逾十里半圓。

概念中菩提原無枝葉，
明鏡也不用七寶鑲嵌，
棄絕眾人前辯才機智，
或可覩天女拈花嫣然。

已失落的何曾失落，
既分手後了無恩怨，
留記憶中你的青春我的純真，
願今後你與我再不相見。

十年始靜却動盪心湖，
映南島的白雲藍天，
在窗前植一株寬葉小樹，
待十年後蔭半角屋簷。

一九六六、五、二、新加坡。

選自一九六六年六月號香港
《明報月刊》第六期

羅少文

你來

當露珠沿落而成為淚滴
你來　排雲的扉步風的徑
自你的伶仃自你懷疑的眼神
自辰星掩夜的夜裏
自鏡花中

而我便偷偷去拭揩拭揩那厚厚的塵封
在你瞳仁在你深深的眼眸色　覓見了
一朵方開未謝飄搖的菲菲　而星搖落
於行將解凍的冰原　在蜃樓上
有你我的荒墳

你眸是春霖　而我
覓你於虛無的眉際

因你我都是被虛無了的　流浪
於大漠與荒原　裸足
在沒有春秋的酷日

選自一九六六年七月一日香港
《中國學生周報》第七二八期

羊城

竹影

——謹以此詩追悼摯友國雄

日落時
你的竹影長長倒下
似欲蔭住
一街的喧鬧如注

卵的殼如斯脆弱
（主啊，不要叫它破裂
　黑暗中有我的真如！）
然而卵在你哀求聲中終於破裂
孤獨終於顫撲而出
濡濕的雙翅
乃掙扎着拍擊
雨的淒冷　夜的寂寥
零時。恍兮惚兮的零時
孤燈下　你讀夜
讀窗外閃爍的眼神
如你如異鄉人般空茫

白兔陷在淖泥裏
（死骯髒的泥淖！）
孤獨的樹撐起孤獨的秋天
永遠不要在星期日
玫瑰露　喝着時唱着
未知的星宿
隕落在二十七歲的光年

那手　終於在季節的樹上摘下了冬天？
煢煢的紅燭　映雪窗外
倦了的貓　投寂寞入眠

選自一九六六年十一月十一日
《中國學生周報》第七四七期

悵逝

——兼悼童常

秋後，不該再到海濱
推銷漲滿的寂寞了
儘是驚呼的巉岩
倉惶的潮汐
真怕臨流
悵對早歲許下的風華！

真怕滔滔的逝水東奏離歌
歲月徒以一岸的蘆白迎我送我
把昨天的落泊
海紋般繡上額眉

何不隨醰然的風景
趕一程黃昏
同赴昂平的晚宴？
那依稀還似昔年的
叮噹淒其的十二月（註）
此間猶見鳳凰峻立
而故人霧散
也罷也罷　便不聽銅漏
細數朝夕與荒涼

花禾深深
有常住的靈鷲
吸吮香氳
梵音楚楚
皆因一場浩劫
才有蓮花千開的芳馨
要是皓月當空　晨星疏冷
明朝勢再攀臨絕頂

（註）三年前，曾與童常、馬覺、其學同遊大嶼山，共渡聖誕節。

枕清風冷塊
臥看百變的曙色
笑對羣山寂寂
問流雲瀉霧啊
嘘嘘惶惶些甚麼？
曦光化處
彈指已是浮白！

選自一九六八年三月二十二日香港《中國學生周報》第八一八期

黃德偉

炭黑的島

且沽一個多霧的夜
以一醴發酵的酒
和整個盲目的山

而羣山已落髮
禿頂飾上麻瘋了的石碑
有說存在自輪迴生自輪迴死
有說假髮不夠現代

一棵老松倒於車禍的午後
蝴蝶覓墳於被毀容的岩石間
此刻我手被環鎖於存在
機器的鼾聲囚你我於長頸鹿的腹中
今夜瘀血的雲流落他方

我與樹在煤烟和風沙的灌溉裏長大
（殮房內我常與魔鬼比賽爬竿子
上帝說烟囱是天堂的入口。）

在我向孤獨懺悔那個下午
浮士德以一疊籌碼擊斃白鴿的我
於聖神的名押上我蓊鬱的靈魂
我身體乃風化於三合土的悶哼中

而三合土的木乃伊羣裁下一角癱瘓的天
裏進這個炭黑的島。我回來時
將在它莊嚴的自焚以後

五十五年九月於香港

選自黃德偉《火鳳凰的預言》，台北：星座詩社，一九六七年

舒巷城

標本和長頸鹿

一

昨天，在長頸鹿的花園裏
有盛滿鮮血的酒杯。

那些穿插於花間
獻媚的孔雀型蝴蝶
和喝醉了的硫磺色蝴蝶
今天，在歷史的陳列室中
成了醜惡的標本。

二

「我們有信心，
我們有信心……」

而逃跑時
長頸鹿跑得最快。

一九六七年八月

選自舒巷城《回聲集》，香港：
中流出版社，一九七〇年

城市

她患着嚴重的貧血症——
經濟是她的紅血球。

她是個貧血的城市：
她的最好最華麗的衣裳
和第一流的化粧

也掩蓋不住她的蒼白。

一九六七年九月

選自舒巷城《回聲集》，香港：
中流出版社，一九七〇年

街

酒吧吐出
一片片割肉的音樂
（這兒從前沒有酒吧）

他經過一家
和舞院並肩而立的學校時
雨落下來了

這條街——
他父親和母親結婚的地方
他的童年在這兒埋葬

許多年以後，今天
他走在他出生的街上
却沒有簷可以避雨

而這時在街角的那邊
一家吸血的當舖
向他張開手臂

一九六八年四月

選自舒巷城《回聲集》，香港：
中流出版社，一九七〇年

書枱

我沒見過
屈膝的書枱，
雖然我見過
屈膝的讀書人。

一九六八年九月

選自舒巷城《回聲集》，香港：
中流出版社，一九七〇年

賽馬日

上午，捧着一疊疊的馬經
這是最興奮的時刻——
他已經捉住了希望

而下午，一隻隻捉不住的馬蹄
踏碎了
他一個禮拜的好夢

然後黃昏
他離開快活谷（註）
過一個最不快活的晚上

賽馬日，常常是這樣的：
騎師們騎着馬——
而馬羣騎在他的背上

一九六九年一月

選自舒巷城《回聲集》，香港：
中流出版社，一九七〇年

（註）快活谷（是香港的賽馬場所在地），一名「跑馬地」。

路雅

生之禁錮（節錄）

四

林植着煙囱的工廠放着結銹的煙花
污濁了李白的月亮　運輸帶便
推出光年數字的製成品
正如擠着嬰兒出世的產婦
當飢餓的唾涎疊放在麵包送到嘴裏
捧着一份午餐的孩子都明白
父親正托着地球　托着再生的宇宙
每個港口與及貧民區與及表演肚皮舞的舞娘
都存在着憂慮　生活消費便是個嚴重問題
每條小巷都不能關住打翻垃圾箱的瘦貓

選自一九六七年一月六日香港《中國學生周報》第七五五期，全詩見路雅《生之禁錮》，香港：瑋業出版社，二〇〇五年

李天命

石澳的線條：序曲

無論是乘車，或者徒步
你都可以去到石澳
只要你走那條路

那條路的名字，你可以叫它做「彎彎轉轉」
穿過高低的空間，穿過大地的樹髮
終於攢進了石澳
像一位少女攢進她愛人的懷抱

石澳的面積等於你的視域
石澳的海沙會雪白你的眸想
遊客携來的西方，居民遺傳的中國，在這裏
相對輕輕地，彈奏着和弦

這兒的女孩子很多（但不見得嘈吵）
嘈吵的是浪濤（但很悦人）（尤其當它割開
　凝結的靜，在夜晚）

這裏有一間天主堂，近着一間天后廟
有一間酒店，近着一間茶居
（他們是此地生了根的兩雙情侶，來自遠
　道，卻不願回去）

又有誰願回去呢？
來時我們都想帶走很多
去時卻希望什麼都不要變，在那裏

選自一九六七年三月十日香港《中國學生周報》第七六四期，署名李縱橫

沈龍龍

物我

望着
兩株老大的鳳凰木
一夜颱風又凍壞了頸
欠伸着風濕枝柯的
就是腎虧的年老
有病和愁苦的
老大鳳凰木
不再幻想金蘋果的老大
欠伸着
望
樹下
翹着尾巴的
毛蟑螂兒
微微喘息

一夜颱風
日報有了故事
收起洋傘
整整眼鏡
望着
兩株老大的鳳凰木
一夜颱風過去了
腎虧又年老的我
望着欠伸着風濕肢體的我
凍壞了頸
不再幻想金蘋果
拿着日報
微微喘息

日報故事
被風濕了
洋傘與眼鏡的廣告
那麼風濕
報下的老大

有病和愁苦
翹着腳迎接年老的
我
像一個毛蟑螂兒
一夜颱風過去
又凍壞了頸

選自一九六七年四月七日香港
《中國學生周報》第七六八期

鄭辛雄

銀色？黑色！

珍惜每一滴血

荷里活炮製的風砂塵土
在香港的銀幕漫捲飛揚
荷里活培植出的山毛櫸、仙人掌
直刺向每一個觀眾的每一條神經上

銀幕上的馬背英雄
舉槍，勾掣——
乓，乓乓，乓乓乓
那滿臉橙皮紋的暴賊應聲中彈

血的銅壺滴漏
安裝在他的胸膛
一滴滴，一滴滴，一滴滴

灑落在西部的瓦爍荒場

荷里活炮製的風砂塵土
在香港的銀幕漫捲飛揚
荷里活培植的山毛櫸、仙人掌
直刺向每一個觀眾的每一條神經上

銀幕上的馬背英雄
舉槍，勾掣——
乓，乓乓，乓乓乓
銀幕下萬千觀眾應聲中彈

血的銅壺滴漏
安裝在他們的胸膛
一滴滴，一滴滴，一滴滴
流向西方銀色牛鬼蛇神的肚腸

請珍惜——
我們身上的每一滴鮮血

請看清——
西方英雄向誰人放的暗槍

占士邦

占士·邦的公事〔包〕
藏滿了各種殺人暗器
占士·邦的灰大衣
連鈕扣也潛伏着殺機

占士·邦的自來水筆
是萬能的無聲手槍
占士·邦的腕上手錶
是攝影機，又是電報機

占士·邦的上齒和下齒
鑲嵌着各種各樣秘密文件
占士·邦的手指和脚趾
裝上了（　）毒的尖刺

所有可供利用的物品
銀色暗械專家也在動腦筋
所有可供利用的人體器官
銀色販毒專家也在打其主意

何不索性拍個密電到天國
誠心求懇我主上帝呀！
以後製造新的占士·邦
必須按照特種圖紙設計——

占士·邦的每一個呼吸
都要噴放毒瓦斯
占士·邦的每一滴黑血
都是殺人的液汁

占士·邦的每一根骨頭
都可以打響死亡的牛皮鼓
占士·邦的每一根鬍子
都可以征服肉性二感的美女

占士·邦的腸胃
吞沒下世界的土地
占士·邦的一顆熱心呀！
就是隨時爆炸的核子！

選自一九六七年四月二十六日
香港《文匯報·文藝》

茫明

雨中・皇后廣場

路心有憤怒地旋舞着的季節
紅色的楊柳拂着（註三）
蠱惑地　沒有節奏
嗜殺的雨灑下
殺死指揮亭　殺死銅像
殺死某些灰濛濛的想望
哎哎　又見那無肩的行人轉出
自街角
而街角一面倉惶
哎哎　夜垂簾
而街角一面倉惶

（註三）楊柳而紅色，是水池內紅色燈光所致，並非「夕陽斜照桃花塢」也。

廣場無聲　風行腳
我默默地讀着
讀着地上排列整齊的句語
被壓搾過的
被夜之轆轤
我莊嚴地讀着
在那些高而世故的路燈與路燈之間
一如很久以前
有人莊嚴地讀着
那曾經滿過的月亮
哎哎　且敲响兩枚貶了值的硬幣
在這空無一人的候車亭
在貧血的長街
而今宵夢迴中夜
仍將懷念懸崖
懸崖下的流水
流水上的名字
哎哎　跳躍而來的少女

不要搖頭
不要搖起一肩濕漉漉的落寞

六七年十二月

選自一九六八年二月二日香港
《中國學生周報》第八一一期

霧中的茶叢

分水嶺間　有騰升着的白色的夢
這是破曉時分　飄雨時分
冒着酷寒
來這峯頂看霧
看霧裏險峻的狗牙羣峯
看多塔的昂平
雲帶厚重如一道橋
橋的彼方　有你和我夢裏的河川
有我們一些不能企及的想望
我們嘆息什麼？
我們為什麼不能是一座山　一塊石——
它們從從不思鄉
從不訴說它們的寂寞

這是無可補償的時代
這是瀰漫着切膚之痛的時代
能欣然自足的
只有那流湧着的霧
那霧中悠然開放的茶叢……

選自一九六九年十月十日香港
《中國學生周報》第八九九期

今夜在浪茄

四小時連走　三十磅行囊
風裏有冥頑不靈的一隊
追着松濤　然後趕過
那盡是鎖上門窗的村落
田隴間有冬末的微寒撲面
而我們終於來到
當官門水道自背後的崗巒隱去
我們遂終於來到

長灘如雪
白馬羣的蹄下　有酩酊醉死的一羣
我們都嘩笑着
以山的坐姿　海的胸懷
粗俗的故事已不再粗俗
話語已不再有什麼意義
某些宗教式的永恆已可觸及
一切均如此真實

在這剎那間　在此刻
我們確可觸及——
那刺人的蔓草自灘上
冷硬的火成岩自崖岸
啞默自海蝕穴
聳動自潮升
猝然的降臨自夜

我們已再揮不出深受感動的兩臂
夜確已凝固着
今夜是刻骨銘心的一夜
哎哎　雲馳星飛的今夜
　濤聲轟耳的今夜
今夜在浪茄
我們在今夜

選自一九六九年十月十日香港
《中國學生周報》第八九九期

羅幽夢

焚箋

——給C，吾愛

黯淡的斗室更形黯淡
寂寞的心燈燃不起
一絲甚至瀕滅的希望
而詩稿隨風化蝶
碎去愛情碎去日子

那是一串人為的珍珠
汝閃光於我孩樣的幻想
曾棄三千弱水獨取一瓢
——且山呼萬歲
之後，竟有刺喉的感覺
也許，我該乞求饒恕

一種不能逃避的責任
奈箭矢紛紛射來
敏感的靈魂淌血
我遂向錯誤投降

也許，我該感激
汝以愛熨平多皺的歲月
以溫柔哺育　我
乃挾持夢想長大
一若擁着太陽

而夢安在　往事成灰
當驚覺於彈指
當我們不能導演
喜劇或悲劇的結局
人生便如被斷的漁網

漏去昨日今日明日
捕回空白的生存

猶之盤古初開的混沌
我欲世界重歸原始
我重返原來

若有輪迴　再生
就是一種超越痛苦的死亡
因汝攜來生命，帶走生命
悄然隱於濃霧
我　沒入黑牆

選自一九六八年三月八日香港
《中國學生周報》第八一六期

譚家明

哭泣！夜之城市

（沒有誰以懺悔之心承接盲瞳中悲憫的甘露）

孤高的日找不到相許之居失望地捨伊而去
我的城市，你委實是疲倦了
把醜惡的臉埋進夢幻的床笫
沉醉着枕褥暖暖底邪香
任低垂的百葉簾拒絕晨光仁慈的撫愛

城市！太陽不再眷戀伊糜爛的肉體
就讓它昏迷在黑暗的床笫
使能掩蓋一些羞恥，使不被看見
夜夜魔絃顫動，短暫的狂樂
血淋淋花朵在慾望嘶喊的床上
在痛苦中猛然綻開

病態的城市！伊仍搏動微弱之心臟
追逐霓虹燈底神秘
仍未滿足，仍渴望明夜之快樂
無辜的街衢遂不被寵幸，永不被許進入樓房
我嗅着墓穴泥土的氣息
當黑鷹自死神掌中躍起
當撲擊而下，啄去我雙瞳的光輝
巨翅就網伊入蔓延的虛無

也就沒有誰以懺悔之心承接真理中悲憫的
甘露。

選自一九六八年三月八日香港
《中國學生周報》第八一六期

鄭牧川

湄公河畔底呻吟

在陽光曬不進的湄公河兩岸濃密叢林，
在陰暗潮濕而又淒涼的越南原野，
撒旦狡黠地揮起鮮艷旗麾；
遠方傳來微弱而又痛苦底呻吟，
近處有遺落的襟章軍徽。

瘦弱的當兵孩子喘賸一口餘氣，
冒着砲火匍匐而回；
不見慈母弱弟稚妹踪影，
面對家園已被炸毀！

洽合驚惶、焦灼、痛苦和憤怒在面上，
渾忘傷口創痛禁不住眼睛含淚；
揮一下拳頭咬一咬牙，
該是對敵人憤恚？
還是怨自身倒霉？

涉過泥濘水窪，
拖疲乏身體返歸營隊；
羣鳥在密林不安地聒噪，
觸發愁腸頓感心碎。

突然濃密叢林中有刺刀閃亮，
一顆鎗彈擦過肩膀疾飛；
站不牢撲臥在蒺藜上，
風吹去軍帽，吹散亂髮；
尖銳的哀歌來自近水的蘆葦……

於是在風裏，在陽光曬不進
湄公河兩岸濃密叢林，
在陰暗潮濕而又淒涼

充斥火葯氣息的越南原野，
撒旦狡黠地揮起鮮艷旗麾！

選自一九六八年四月一日《文壇》四月號第二七七期

覃權

遠去

在孤寂而迷濛的羣峯
之間之外
幽幽地飄浮着
沉默的雲
我坐上一朵
徐徐路去

七月六日

選自覃權《遠去》，香港：自資出版，一九七三年。該詩創作於一九六八年

盲女孩

雖然妳看不見
空中那條彩色的橋
草原上的牧童和羊群
以及在妳身旁啄食的鳥
可是妳那雙睡着的眼睛
所夢到的
定會比這些都更
更美吧

七月九日

選自覃權《遠去》，香港：自資出版，一九七三年。該詩創作於一九六八年

劉修謙

焚題

在蜃樓　在彩雲千疊之上
我以心跳
嗅盡了夢的芬芳
結局和所有的悲劇一樣
而昨日已冤沉千古了

說是夜　還須釀就一杯虛寞
低酌某一種足跡
一般踏在陌路上的歷史
但在幾番風雨後
何處尚有鼓盆而歌的一瞬
猶之你是一滴水　我是一聲
背叛了的口哨
要去否定海的嘆息　雲的寂寞

而結局伴着夜
昨日已冤沉千古了
一朵無邪的笑

選自一九六八年八月二十日
香港《盤古》第十六期

李國威

碎片

貝多芬的嘆息在門外
怎樣也敲不進聾啞子的命運裏
從開始所有夏天便是如許炎熱
一絲涼風的垂盼　短暫而毫無根據
小咖啡館的昨日
閱讀一本血的圖書　生命
旋轉在蒼白的侍役的臭鞋下　徬徨
的生命就從茶杯遞過來
讓你嚐嚐　秋天還在風涼地渡假
今日　一口烟的光　射向你
一排排面孔後的面孔　當你步過街道
音樂裏夜長落下
牆上掛着你的殘缺　灰椅子

是琴師的手　牢抓少女的
迴旋於古典和現代的魂魄
生活也許還有點理由和希望
「我願居住海上，聽四季潮聲」——
房子便從她唇上移動　陽光的
海灘伸展在你一刻的思維裏——
幸福關門後　又硬着心腸　學習忘記
音樂裏夜長落下

古屋與長廊靜默　小軒窗
的童年如今是永恆的吶喊　每一次
假借棋盤復活　而你在黝黑的牆角間
看見父親的遺字　顫慄憂傷
「我經已完結了，你仍舊活着。」——
世界原是一場混亂　每天
用戰爭與離難握着你喉部　每天
把你釘在地上　讓汽車輾過你
過去　現在和將來是一攤鮮血
道路便是這樣建築起來的　他們說

整夜你無語下棋
欠夢的枕頭怎能騙你入睡
也許一輩子祇是等待
等待永不降臨的颶風

選自一九六九年二月十四日
香港《中國學生周報》第八六五期

冬

那些屋子樹葉走路的夜晚
淡淡的月光溶出冬天
沉默中　與往昔握手
溫柔像一盞街燈　輕輕亮在心上

就是你的名字　繞過夜車
撲向二十四小時的咖啡店
坐下　喚了一杯茶　以為你還在對座
便想微笑　便想説話

冬天仍在窗外
灰濛濛的火車站　停駐著
雲的過去和現在

城市睡熟後
我將步回陽光顫動的廂卡去
那當是別個季節
那當是大地變現你音容的時候

選自一九六九年四月十五日
香港《盤古》第二十三期

船

永遠是船嗎？
不能避免想及明日。
今天海在我們西面
想不起昨夜
海是寥落的東方

永遠是船嗎？
母親：
我們的諾言棲息在海水的撞擊裏

我頸上的花環你親手穿織
如今我用海水把它埋葬
他們説
這般送給你的東西
便是詩

是故不能避免想及明日
海在我們的那方？

是船了
便當迎接船的命運
冷玻璃的船牆下
把心中那隻鳥
看成西山的煙雲

母親：我們的諾言
棲息在海水的撞擊裏
我用花環向你告別

猶應惦念我——
空船上的白衣旅人。

選自一九六九年十一月二十日
香港《盤古》第二十八期

古蒼梧

話後

話後
風入鈴聲琅琅
窗外落輝潺潺
淌向記憶裏的荷花荷葉
淌向月侵十里的荷塘

你唇邊的煙我杯中的茶
兩般的滋味　一般的惆悵

選自一九六九年三月十四日
香港《中國學生周報》第八六九期

秋日

洋紫荊又開花了
天這麼藍
陽光這麼燦爛
我們的影子在那面白牆緩緩移過

我說
「今年天氣特別暖
十月還是春天。」

只是無端落下的幾片葉
秋　便悄悄落下
　落在心上

選自一九六九年三月十四日
香港《中國學生周報》第八六九期

三重憶

破木船　簑笠婦
渡我過小津
細雨如雪　風過漁塘
水面千圓轉

長堤上　樹樹絲絲垂碧
自行車過　有的答蹄聲
來自遠方
路泥濘　踏泥如踏雪

如今憶起　又是三年事
漠漠水鳥船邊起
船搖搖
搖向黃昏月上時

選自一九六九年三月十四日
香港《中國學生周報》第八六九期

節日

繁華後
滿堂的掌聲
滿樹滿園的五彩燈籠
漸漸隱退
如潮水

天氣驟寒於風雨
我們卻仍然這麼安穩
在屋裏打着撲克
這麼安穩地
讀着五四遺老所寫的五四遺事
在燈下

風中　雨中
吶喊澎湃過來
又澎湃過去
如今呵這一切

卻只是換取別一國金幣的
白紙黑字

選自一九六九年三月十四日
香港《中國學生周報》第八六
九期

鍾玲

我的燦爛在一九一九

看不見
是五月的陽光
只知有一個叫太陽的圓
被掉棄於暗角
又冷又寂寞地
忍受來臨的五十

他缺眼
　缺口
缺臉
沒有路碑
也沒有指南針
許是給人塗了一把

身上堆滿七彩
沒有自己
却有許多被迫帶上的臉譜
斷了右臂
又失卻了舌頭
啞啞的
不能移動

孩子們給他白眼
不認識這土頭土腦的傢伙
他們要學業
　要理想
　要愛
要一切
就是不要這陳舊的旗幟
愛西方的風

他一聲不響
赤裸地

隨着摘下的太陽
寫着：
我也曾年青
我的燦爛在一九一九
血是流夠了
奔波得夠了
好過了
也錯過了
而親愛的的孩子
你們豈可以白色笑我

選自一九六九年五月二十五日
香港《盤古》第二十四期

我看見他

我看見他

從房間
跑了出來
我看見他的長髮
依舊是
輕輕的靠着
他右邊的眉毛
我看見他白色的襯衫
和米黃色的長褲
我看見他站立在
我們面前
我看見他的臉
正向着你
微笑
我看見他走了
我看見他的眼睛
也不曾
看見過我
我看見你
好像想

跟我說話
我就把我的頭移開
同時我也知道
在什麼地方的一條河裏
正弄翻了一艘
破船

選自一九六九年十一月二十日
香港《盤古》第二十八期

淮遠

斷翅的鴿子

這是烽火的年代
死亡磔磔潤笑
於腐朽的風中
於燒盡了生意的臉上
而你
恰如一朵壓在斷垣下的花
徒然地呼救

這是烽火的年代
有人的臉面使鏡子
瞪目，驚呼
啊，可憐的鴿子
你是否
為這可怕的景象
深深顫慄了

這是烽火的年代
而你在悲哀地唱
沮喪地唱
絕望地唱
　主啊，我再也不會
　　飛翔
主啊，我再也不會

但這是烽火的年代
沒有人聽到
你的歌，你的歌
你的嘆息
你的哭泣
你的呻吟
沒有人聽到

啊，不幸的鴿子

我清楚
你的白雲似的翅膀
是被一把
缺眼的
缺眼的
缺眼的刺刀砍斷

選自一九六九年八月二十九日香港《中國學生周報》第八九三期

邱剛健

早上

邱剛健先生早上起來刷牙
他拿出牙刷
他擠上牙膏
他刷牙

他轉開水龍頭
水都是紅的

在越南
一個美國兵給越共砍掉頭
新聞照片：泥巴地上一個美國兵的頭

標題：血到那裏去了

選自一九六九年十二月十九日香港《中國學生周報》第九〇九期

韓 牧

英雄樹

哨台一臉白色的恐怖，
露兩隻不眨的方形的眼睛——
遠處列列鐵屋的圓頂叢中，
正重溫着去春三月的夢；
高牆外，鐵網上有愛血的刺釘。

麻雀搖盪着牠們的鞦韆，
爭着吃蜜的是蜂樣的蒼蠅，
狼犬興到，對準了撒一泡尿，
車輪之後有血肉呻吟，
皮靴的脆响損裂了播下的新生。

一流污水，混了殘酒烟灰，
與及軍服上的脂粉和血腥——
日夜吸取這無盡的養分，
可曾幻想到牢中的志或松下的碑？
聽頭上一陣轟隆的機聲。

鐵也阻不住熱情的陽光，
東風又帶來了春裝，
感謝東風，報以擁抱的激動，
向陽光奉還着一朵朵嫩火，
燃燒起無數個失落的希望。

手，千百隻億萬隻在黑暗處，
撫慰着淚濕的故鄉的泥土，
慢慢伸張，慢慢伸張，
潛過了高牆，又潛過了鐵網，
和兄弟們的手，緊緊握上。

一九六八年春，香港長沙灣道上。

選自韓牧《鉛印的詩稿》，香港：縱橫出版社，一九六九年

公園中有感

我們的疲乏休憩在長椅，
帶着一暈暈綠色的醉意；
這裏是一片片綠色的夜霧，
綠綠的綠綠的迷離，
再放大瞳孔也看不清楚你，
我又怎能看清楚自己？
這叢叢的夾竹桃，這叢叢的柳，
這石欄，這一圈鐵絲網，
又怎能隔絕環繞着我們的
流動的光線，流動的喧聲：
看這枝葉縫中閃爍的光影，
這是汽車，這是路燈，這是行人，
還有血跡未乾的街心；
聽一聽這寒風吹不散的
隱隱約約的凄啞的賣唱；
踏一踏這地毯般的草地，
腳板傳來隧道底的呻吟，
匍匐着慢得要停的心响。
如此的冬夜，如此灰白的天，
灰白掩蓋了所有的明星，
卻暴露了太陽的踪影。
靜坐在這波濤圍困的綠島，
我們，又怎能夠平靜？

一九六八年，香港宋王台公園中。

選自韓牧《鉛印的詩稿》，香港：縱橫出版社，一九六九年

林仁超

太陽神的騰躍

摘星，抱月，
是多少年代的懸想！
懸想，醞釀，
激發出無匹的力量！

阿波羅應召而來，
以噴射的烈燄代替了雙腿，
二十五萬哩喲！——一躍
跨上了月亮！

一九六九年的夏夜，
靜海的跫音，
震開了史冊的新葉，
殷待聖筆的聲響。

漫天的星斗喲！
從此可像
　舞池裏的香蓮朵？
　山澗中的踏腳石？
　武道上的梅花樁？

聖潔的彩筆喲！
我默禱是
　上帝嶄新的傑作；
善人環繞着歌舞，
魔影永避於烏有之鄉！

超越萬有引力，
步調均衡，
心光明淨，
構成了瑰麗的期望！

懸想，醞釀，

激發出無匹的力量！
均衡，明淨——
億萬年的星月和太陽！

一九六九、七月

註：（一）人類第一次登陸月球是在一九六九年七月香港時間廿一日黎明前。
（二）登月的太空船名為阿波羅（APOLLO），那是希臘神話中太陽神的名字。
（三）「靜海」是人類第一次跨上月球的地區，那實際是陸地，不是海。

選自林仁超《登月集》香港：新雷詩壇，一九七〇年

徐訏

無光的音符

在印刷機與鉛字間，
在珂羅版與顏色間，
泛濫着宣傳的文字與繪圖；
在鋼琴與提琴間，
在短笛與長籥間，
跳躍着麻醉的與煽動的音符。

人們在冷酷的槍尖下勞作，
在灼熱的咒語中跳舞，
那五色的廣告，七彩的標語，
把人分成了進步、時髦與落伍。

在星球間出現了人造衛星，
在人造衛星間凍藏着戰雲。
醞釀着冷戰熱戰的口號，
看誰能毀滅更多的人羣。

在長刀與短劍間，
在大鍋與小鍋間，
我聞到了野禽與家畜，
——油炸的與水煮的，
使我想起了誰都已忘去的事情：
在原始的森林裡，
人與獸血戰了千萬年，
才開始了人類的文明。

這世界你會不再認識，
不久，太空裡浮蕩的
將都是無光的偽星；
街市上奔走忙碌的
將都是沒有靈魂的人民；
滿街都是無神的教堂，
標語口號都當作了聖經。

從此神與人間再沒有信與愛，
人與人間也再無任何溫暖與感情。

一九六一、一、一二。

選自徐訏《原野的呼聲》，台北：黎明文化事業股份有限公司，一九七七年

你的夢

寄在遙遠的過去，
寄在渺茫的未來，
——在漆黑的夜裡生長，
你的夢如今該已經成熟，
像樹上的果子
在秋天無葉的枝上
搖搖欲墜，
搖搖欲墜，
無聲地落在
潮濕的泥土上，
化為氣，
化為煙，
化為泥，
化為我期待中的
芬芳纏綿與綺膩。

而我在——
在天與地間，
在神與獸間，
在肉與靈間，
在愛與恨間，
在寂寞與熱鬧間，
在如許的矛盾間，
我在浮動飄流，升降，
在歎息，在哭泣，在呻吟。

那灰色的煙藴，
乳白色的笑，
透明的啜泣，
人間充滿了喜怒的嗚咽，
人間是燦爛，
人間是暗淡，
人間是地球在太空中
蒸發的一層煙藴。
而我在——
在你熟透了的夢中
浮動，飄蕩，升降，
化在灰色的煙藴中
嘆息，哭泣與呻吟。

一九六七、一、二。

選自徐訏《原野的呼聲》，台北：黎明文化事業股份有限公司，一九七七年

擁擠着的群像

破了的酒瓶，銹了的洋釘，
敝舊的塑膠玩具，霉爛的
拖鞋，紙烟殼，洋火盒，
橘子皮，破布與爛鐵罐，
在腥臭的海灘上，被風吹打着
像一羣疲倦了的賭徒，
一局已終，大家計算了勝負；
也像一羣專家與外交家，
開會討論如何消滅原子武器。

麻木的清晨，溫柔的黃昏
冷落的夜，大家擠着擠着
痛苦地擠着，呼着口號，
揚着小旗，沒有人想到
這黑暗還該有多少世紀。

門閉關着，重重的閉關着

誰說過人生本是賭博，
愛情是一注，事業是一注，
信仰是一注。大家擠着擠着，
抬頭觀望看不見的神祇。

街擴大了，樓增高了，
人間是一層加一層的建築，
東一堆垃圾，西一堆垃圾，
青年人像尚未開彩的彩票，
老來掛着無限的希翼，
老年人如已棄的舊報紙，
一些謊言與一段偽造的歷史。

天是灰的，山是青的，海是藍的，
海潮沖洗着海灘，同海灘上的：
破了的酒瓶，銹了的洋釘，
敝舊的塑膠玩具，霉爛的
拖鞋，紙烟殼，洋火盒，
橘子皮，破布與爛鐵罐，
像是獨裁者所需要的羣眾，
整日整夜，沙沙地，沙沙地在叫：
「偉大的舵手，我愛你，我愛你。」

一九六七、一〇、二九。

選自徐訏《原野的呼聲》，台北：黎明文化事業股份有限公司，一九七七年

古典的夢想

祇偶然的輕佻投入音樂，
在戰慄的節奏中
像蚊蚋投入蜘蛛網，我投入了
淺藍色的羅網。

我呼吸急促參差，
面色如鉛，唇如銀，
長髮如水草的暗綠，
步過橋頭，看水底
三角形的月亮，這就是進化，
我們已經到太空時代的邊緣。

使我心跳，臉熱，那屬于夜，
屬于春天，屬於海棠開花的
小園中，我忘記我們年齡所記錄的
圓潤的笑，圓潤的慰藉。
鼓足勇氣，否定一切傳統與傳統的
教條外衣，我尋求與被尋求的
詩與哲理，靈魂與頭腦的摩擦
所產生的藍烟與火星，
在泰山，在峨嵋，在華山，
我看過多少人採藥尋夢，
步進廟宇，向無法了解的神祇皈依。
我也皈依，皈依那星的力青春的光。
盤旋在電視與電影的流行的節拍
流行的題材，你所歌頌的，我要揚棄。
我要把無從改變的血液與芬芳的溪泉
交流，讓我的生命昇化為崇山峻嶺，
血管不過是水流的小徑。
一切所感所想，正是反映
投來的星月，轉瞬消逝，無踪無影。

我僵伏在大地，同煤鐵與鑽石一起，
等氫氣彈或者是偉大的音樂
把我掀起，我從新經歷一次生，
一次存在，一次痛苦，一次愛情，
那時我們當已是跨過了太空時代
在公平與安定的生活中和平共存，
那麼我要祈禱，祈禱那所有已亡的

都起死回生，讓懷疑的從頭發問。

一九六七、一〇、二九。

選自徐訏《原野的呼聲》，台北：黎明文化事業股份有限公司，一九七七年

畫家的誕生
——題綠雲畫展

一個畫家的誕生，
正如一顆星辰的出現，
它積聚多年的熱與光，
要在宇宙的動盪中，
吐露它滿心的蘊藏。

一個畫家的誕生，
正如一朵花的成長，
它接受雨露與陽光，
在泥土的培養中，
表現它生命的醞釀。

一個畫家的運用
色澤與線條，抒寫他
靈魂的歡樂與悲傷，
正如風雨雷電，
啟示大自然的激盪。

但當社會在苦難中發展，
人間忍受着——
生老病死的滄桑，

偉大的畫家應是時代的脈搏，
他寫的是人類的信仰與希望。

一九六八、八。一。

選自徐訏《原野的呼聲》，台北：黎明文化事業股份有限公司，一九七七年。年原名〈題周綠雲畫〉，刊一九六八年九月二十三日香港《星島晚報·星晚文化周刊》。

題元道畫會畫展

忙碌的世界，
熙攘的人羣，
在名利的追逐中，
總有人在痴傻地，
追求善，追求美。

他們像幽谷裏的花草，
各吐胸中的芬芳；
也像天空的星星，
各閃耀自己的光輝。

他們往往形成沙漠中
綠洲，原野裏樹林，
使歷史在辛勞重負中，
有調劑，鼓勵與安慰。

現在這裏的十二個朋友，
也正是在自己的園地中，
用自己的線條與色澤，
抒寫胸懷中的感念，
夢與心靈的智慧。

那麼，請你不要問：

他們是用的什麼筆，
什麼紙與什麼墨，
也不要計較他們畫的
是翎毛花木還是山水。

他們想奉獻你們的，
是紊亂中的秩序，
矛盾中的諧和，苦惱中的
笑與歡樂中的淚。

因為他們所追求的，
是黑暗世界的一絲光明，
仇恨社會裏的一份愛，
與醜惡時代中的一點美。

一九六八、一〇、二五。

選自徐訏《原野的呼聲》，台北：黎明文化事業股份有限公司，一九七七年

太空行

時間的時間，
空間的空間，
人逃出了幾十萬年的樊籠，
在星雲中咬自己糧食，
呼吸自己帶去的養氣。

看幾千年來
宗教與詩所創造的
神話消逝，
傳說消逝，
人重新對自己欺騙，
重新建立美的體系。
讓科學塗改宗教，
所賦予的人的意義。

引誘我們的是宇宙
無止境的神秘，

進化的終極，
生死的謎。
人類呼籲着迷失的愛，
寂寞中神的暗笑
讓人面對更大的問題。

旋轉的星球，
旋轉的太空火箭，
旋轉的太空船
以及旋轉的美，
在生活中
自己建立自己的神奇。

一九六九、七、二五。

選自徐訏《原野的呼聲》，台北：黎明文化事業股份有限公司，一九七七年

作者簡介

葉維廉（一九三七—）

廣東中山人。一九四八年來港，求學期間與王無邪、崑南創辦《詩朵》，後畢業於台灣大學外文系、台灣師範大學英語研究所。一九六三年出版詩集《賦格》。一九六七年獲普林斯頓大學哲學博士。任加州大學聖地亞哥校區比較文學教授。一九六九年出版詩集《愁渡》。一九七〇年返台灣大學擔任客座教授。一九七一年出版詩集《醒之邊緣》。一九八〇年出任香港中文大學英文系首席客座教授，協助建立比較文學研究所。二〇〇二年起由安徽教育出版社出版九卷本《葉維廉文集》。二〇〇五年，加州大學授予卓越教授榮譽。二〇一〇年榮休。

櫻　子（一九一八—一九九九）

原名陳炳元，抗戰期間開始寫詩，曾在福建發表並編詩刊。一九五〇年來港，五〇年代起在《文藝新潮》、《海瀾》、《文壇》、《中國學生周報》、《伴侶》、《文藝伴侶》、《大學生活》、《海光文藝》等刊物發表詩作。一九六三年與友人創辦中元畫會，推動現代藝術。七〇年代後期重新在《羅盤》、《詩風》、《素葉文學》等刊物發表詩作。一九七八年出版詩集《樹》。

崑　南（一九三五—）

原名岑崑南，筆名狄斯艾、葉冬、卜念貞、一羚、班鹿、沙內沙。廣東恩平人，一九三五年生於香港，畢業於香港華仁書院。曾創辦《詩朵》、《新思潮》、《好望角》、《香港青年周報》、《新週刊》、《詩潮》及《小說風》多份刊物。一九五五年出版長詩《吻，創世紀的冠冕》，二〇〇六年出版詩集《詩大調》。

馬　覺（一九四三——二〇一八）

原名曹明明，筆名馬覺、馬角、素人，畢業於香港中文大學。作品見於《中國學生周報》、《文壇》、《好望角》、《盤古》、《羅盤》、《詩風》、《秋螢》、《蕉風》、《創世紀》等刊物。一九六七年出版詩集《馬覺詩選》（二〇一五年新版名為《義裏渾沌暗雷開》）。詩作曾收入《七十年代詩選》等。

蔡炎培（一九三五——）

筆名杜紅，另有筆名萝美、P. S.、林筑、二瘋、易象、蔡星堤、蔡雨眠、余看魚等。一九三五年生於廣州，一九三八年來港，一九五四年畢業於培正中學，一九六五年畢業於台灣中興大學農學院。一九六六年進《明報》編輯部，一九七八年由明窗出版社出版詩集《小詩三卷》，其後出版了《變種的紅豆》、《藍田日暖》、《中國時間》等多部詩集，一九九四年離休。

盧　因（一九三五——）

原名盧昭靈，一九三五年八月七日生於香港，香港英華書院畢業。筆名有盧因、洛保羅、馬婁、張學玄、朱喜樓、何森、陳寧實、唐山客和林紹貞等。一九五二年起於《華僑日報》、《香港時報》、《新生晚報》、《星島日報》、《星島晚報》、《大公報》、《文匯報》、《人人文學》、

《六十年代》、《新青年》、《文藝新潮》、《新思潮》、《好望角》、《中國學生周報》等報刊發表作品。一九五八年底與崑南、王無邪和葉維廉等人合辦現代文學美術協會，先後出版純文學雜誌《新思潮》及《好望角》。一九六一年任台灣《筆匯》月刊香港代理人。一九六六年起參與編輯《南國電影》；其間亦曾任《四海周報》編輯，一九六六年至一九六七年間以筆名馬婁發表三本「四毫子小說」。一九七三年移民加拿大，著有文集《溫哥華寫眞》和《一指禪》等。

西　西（一九三八——）

原名張彥，廣東中山人，一九三八年生於上海，一九五〇年定居香港。香港葛量洪教育學院畢業，曾任教職，為香港《素葉文學》同人。一九八三年，她的〈像我這樣的一個女子〉榮獲台灣《聯合報》小說獎推薦獎，正式開始了與台灣的文學緣。著作極豐，包括詩集、散文、長短篇小說等近三十種，形式及內容不斷創新，影響深遠。二〇〇五年獲馬來西亞《星洲日報》「花蹤世界華文文學獎」，二〇一一年為香港書展「年度文學作家」。二〇一九年獲紐曼華語文學獎（詩歌獎）。著有詩集《石磬》、《西西詩集　一九五九—一九九九》。

馬　朗（一九三三？——）

原名馬博良，原籍廣東中山，生長於華僑家庭。另有筆名龍騰、趙覽星、孟朗、孟白蘭、卜量、聞倫、愛秀、聞龍、穆昂。四十年代末，在上海聖約翰大學畢業。十多歲擔任《自由論壇報》編輯和《文潮月刊》主編，出版詩集和小說集《第一理想樹》。五〇年代初來港。一九五六年創辦《文藝新潮》雜誌，倡導現代主義思潮。六〇年代到美國，入喬治城大學深造，開始其外交官生涯。一九七六年出版詩集《美洲三十絃》。一九八二年由素葉出版社出版詩集《焚琴的浪子》。現已退休，並撰寫飲食評論不輟。

劉以鬯（一九一八—二〇一八）

原名劉同繹，一九一八年十二月七日生於上海，二〇一八年六月八日在香港去世。祖籍浙江鎮海。一九四一年上海聖約翰大學畢業。一九五七年定居香港。曾任《香港時報．淺水灣》、《快報．快活林》、《快報．快趣》、《星島晚報．大會堂》和《香港文學》雜誌編輯。一九三六年開始發表作品，主要作品包括小說集《酒徒》、《對倒》、《寺內》、《天堂與地獄》、《打錯了》、《多雲有雨》；散文和雜文合集《不是詩的詩》、《他的夢和他的夢》；文學評論集《端木蕻良論》、《看樹看林》、《暢談香港文學》等。

劉國全（？）

縱橫詩社成員，曾任《縱橫季刊》主編，作品見於《藍星詩頁》、《文星》等。著有詩集《午寐的河》。

木　石（一九三九？—）

一九五〇年代末就讀於南華中學，與蔡浩泉、桑白同為五〇年代末的文社「流星社」成員，詩作見於《星島日報．學生園地》、《中國學生周報．詩之頁》、《海瀾》、《文壇》、《文藝新潮》、《香港時報．淺水灣》等。

貝娜苔（一九二五—二〇〇一）

原名楊際光，另有筆名麥陽、羅謬、明明，一九二五年（一說一九二六）生於中國江蘇無錫，畢業於上海聖約翰大學。五十年代初任《香港時報》編輯、香港《幽默》半月刊主編，作品發表於《文藝新地》、《海瀾》、《文藝新潮》等。一九五九年移居吉隆坡，早期在《虎報》任副總編輯，後來在馬來亞廣播電台任高職，以及在《新明日報》主持編務。一九六八年由香港華英出版社出版詩集《雨天集》。一九七四年移居美國，兩年後在紐約州波吉西以修補皮鞋為生。一九九七年退休定居華盛頓州埃佛萊。

戴　天（一九三五——）

原名戴成義，廣東大埔人，生於中國，曾在中國大陸、香港、毛里求斯、台灣、美國接受教育，一九六七年參加美國愛荷華大學國際寫作計劃。台灣《現代文學》的創辦人之一、《盤古》創辦人、《八方》編輯顧問、今日世界出版社總編輯、《信報》總編輯、香港文學藝術協會會長。詩作見於《創世紀》、《現代文學》、《好望角》、《盤古》、《中國學生周報》、《明報月刊》等。著有詩集《岣嶁山論辯》、《石頭的研究》、《戴天詩選》、《骨的呻吟》。

王無邪（一九三六——）

原名王松基，另有筆名伍希雅，生於廣東省太平鎮，戰後來港定居。一九五五年與友人創辦《詩朵》，一九五八年參與創立現代文學美術協會，出版《新思潮》雙月刊。五十年代末隨呂壽琨習水墨畫。一九六〇年主持第一屆香港國際繪畫沙龍，一九六一至六五年赴美留學，攻讀藝術課程，返港後任職於香港中文大學、香港博物美術館、香港理工學院。現為香港藝術館、一畫會、視覺藝術協會名譽顧問。二〇一七年獲香港藝術發展獎頒發終身成就獎。

童　常（一九三九——一九六六）

原名趙國雄，阡陌文社成員，作品見於《中國學生周報》及阡陌文集《綠夢》。

夏　果（一九一五——一九八五）

原名源克平，另有筆名龍韻。抗日戰爭後定居香港，一九五七年任《文藝世紀》主編。作品輯錄於一九六一年出版的六人合集《新雨集》等。

盧文敏（一九三九——）

原名盧澤漢，祖籍廣東新會，另有筆名孟浪，老偈，白水晶等。一九三九年六月二十九日生於香港，台灣師範大學國文系畢業。一九五五年開始在各大報刊投稿發表。曾在香港教中學二十多年，也曾創辦《文藝沙龍》及主編《學生生活報》。業餘更從事報刊長篇小説及雜文寫作，一九七七年後離職，從事專業寫作及出版工作。著有詩集《燃燒的荊棘》（一九六一）及小説多本。

柳木下（一九一四——一九九八）

原名劉孟，又名劉慕霞，另有筆名劉暮霞、婁木、馬御風。廣東興寧人。一九三二年入上海復旦大學，一九三六年赴日求學。一九四八年來港任中學英文教師，並參加香港「中國新詩歌工作者協會」，作品見於《華僑日報》、《星島日報》、《文匯報》、《文藝世紀》及《文藝伴侶》等。一九五七由香港上海書局出版詩集《海天集》。晚年以賣書維生。

何　達（一九一五——一九九四）

原名何孝達，生於北京，四十年代入西南聯大讀書，為「朗誦詩運動」的重要詩人，一九四九年出版詩集《我們開會》，同年來港，一九六七年主編《伴侶》詩頁，一九六九年出版詩集《洛美十友詩集》。一九七六年參加愛荷華大學國際寫作計劃，同年出版詩集《何達詩選》。他在《文藝世紀》、《文匯報》、《新晚報》等發表了大量詩作。

温乃堅（一九四二——二〇一七）

七十年代曾是焚風詩社成員。詩作散見於《文壇》、《青年樂園》及《中國學生周報》等。二〇〇一年出版《溫乃堅詩選》。

温健騮（一九四四——一九七六）

廣東高鶴人，一九六四年畢業於台灣政治大學外交系，在《文星》、《中國學生周報》、《盤古》等發表詩作，一九六八年赴美參加美國愛荷華大學國際寫作計劃，一九七〇年憑《苦綠集》獲美國愛荷華大學文學碩士學位。一九七四年回港後，任職香港今日世界出版社、時代生活出版社編輯，最終在香港大學中文系任教。一九七五年與雕刻家文樓等創辦香港《文學與美術》雙月刊，一九七六年因癌症逝世，享年三十二歲。作品收於《溫健騮卷》。

金炳興（一九三七——）

一九三七年七月十一日出生，肄業於台灣大學。六十年代中曾主編《中國學生周報》電影版，並撰寫影評、新詩及電影專論。一九七一年任中文大學校外課程部電影講師。一九七三年與部分學生及友好創辦火鳥電影會。一九七六年後入無綫電視台、佳藝電視台任劇本編審，並合編電影劇本。一九八三年，自編自導電影《我為你狂》。二〇〇〇年出版影評集《丈八燈臺看電影》。

方蘆荻（一九四〇——二〇一〇）

原名方榮焯，廣東開平人，在香港受教育及成長，曾就讀於珠海書院和台灣政治大學，曾任教師、記者及編輯。曾加入月華詩社及座標現代文學社，作品收於集體文集《靜靜的流水》、《棠棣》、《向日葵》、《軌跡》、《綠夢》等。一九六四年與丁平辦《華僑文藝》和《文藝》。

也　斯（一九四九——二〇一三）

原名梁秉鈞，香港詩人、小說家、散文家、學者、攝影師。六〇年代初開始創作，第一本詩集《雷聲與蟬鳴》於一九七八年出版。一九七八年赴美國加州大學聖地牙哥分校，研究中國新詩與西方現代主義的關係，獲比較文學博士學位。返港後任教於香港大學英文系及比較文學系，後擔任嶺南大學中文系比較文學講座教授，兼任人文及社會科學研究所所長，及人文學科研究中心主任。著有多本詩集，小說集、散文集、文學理論集及文化研究論集。作品有英文、法文、德文、葡文、瑞典文、日文、韓文等多種譯本。他曾獲「藝盟」香港作家年獎、中文文學雙年獎、香港榮譽勳章、香港藝術發展局年度文學藝術家獎以及香港書獎，二〇一二年獲選為香港年度作家。二〇一二年獲瑞士蘇黎世大學文學院頒授名譽博士學位。二〇一三年一月五日逝世。

夏侯無忌（一九三〇—二〇一八）

原名孫述憲，另有筆名齊桓、宣子、維摩、趙盾。生於廣州，一九五〇年來港定居，曾任人人出版社總編輯，主編《人人文學》，作品多發表於《人人文學》、《海瀾》、《文藝新潮》、《大學生活》、《中國學生周報》、《當代文藝》等，一九五四年由人人出版社出版詩集《夜曲》。六〇年代開始任職《紐約時報》及美聯社駐港記者。八〇年代主要寫書評及專欄。二〇〇〇年出版《談文説藝》。

丁　平（一九二二—一九九九）

本名甯靖，筆名艾莎、沙莎。生於廣東，曾任教於香港官立中文夜學院、華僑工商學院、香港清華學院、廣大學院及香港大學專業進修學院。著有長詩《在珠江的西岸線上》、散文《灕江曲》、六幕劇本《中華民族萬歲》、《文學新論》、《中國文學史》、《散文、小説寫作研究》、《現代小説寫作研究》、《中國現代文學作家論》及《萍之歌——丁平詩集》等。

翱　翱（一九四三—）

原名張振翱，另有筆名張錯，早年畢業於九龍華仁書院中學，後轉往台灣國立政治大學西語系攻讀學士，於美國楊百翰大學英文系完成碩士課程，並在美國西雅圖華盛頓大學取得比較文學博士學位。曾於美國愛荷華大學完成其後博士研究並擔任國際寫作計劃作家，後獲聘為美國加州大學聖地牙哥分校客座教授，並被邀任為國立政治大學西語系客座教授及國立中山大學外文研究所客座教授。曾任美國南加州大學東亞語文學系系主任及比較文學系正教授。著作有散文集《第三季》（一九六四）、詩集《過渡》（一九六五）、《死亡的觸角》（一九六六）、

《鳥叫》（一九七〇）等多種。

柏　美（？）

本名蔡克儉，作品見於《中國學生周報》、《文秀》。

江詩呂（？）

生平不詳，作品見於《中國學生周報》、《當代文藝》。

羈　魂（一九四六——）

原名胡國賢。六、七十年代活躍於香港文社與詩社運動，曾創辦《藍馬季》、《詩風》、《詩雙月刊》、《詩網絡》。歷任青年文學獎、中文文學雙年獎評判。編著有詩集《藍色獸》、《三面》、《折戟》、《趁風未起時》、《山仍匍匐》、《我恐怕黎明前便睡去》、《回力鏢》；文集《寫馬經的詩人》、《七葉樹》、《胡言集》；詩文集《戮象》、《這一個晌午》；詩評論集《每周一詩》、《足跡·剪影·回聲》；詩選《香港近五十年新詩創作選》等。

尚　木（一九四四——二〇〇五）

原名陳禮棠，另有筆名陳窮、伊曲，詩作發表於《好望角》與《中國學生周報》。

力匡（一九二七——一九九一）

力匡原名鄭健柏，另有筆名百木、文植，一九二七年生於廣州，一九五〇年來港，任職中學教師及圖書館主任，曾主編《人人文學》及《海瀾》。作品見於《星島晚報》、《中國學生周報》及《大學生活》等。一九五二年出版詩集《燕語》，一九五五年出版詩集《高原的牧鈴》。力匡在一九五八年離港赴新加坡從事教育工作。一九八五年重新在香港的《香港文學》和《星島晚報》發表創作，一九九一年在新加坡逝世。

羅少文（一九四九——二〇一五）

筆名宇南。一九四九年出生，廣東惠陽人。香港大學土木工程系畢業，英國土木工程學會院士，特許工程師。曾為台灣主流詩社同仁。部分詩作收入《新銳的聲音》、《八十年代詩選》、《台港百家詩選》、《香港當代詩選》和《港人．詩．人》等選集。早年詩作散見於《中國學生周報》、《當代文藝》、《文藝伴侶》等。一九七一年獲《時代青年》月刊徵詩冠軍。著作有《絕響》（一九七二）及《獨行的太陽》（一九七九）等。

羊城（一九四一——）

原名楊熾均，字慕白，另有筆名天粟、棖輝等，生於廣東南海縣羅村。一九五四年到香港，就讀於培正中學，和馬覺、西西、子燕（馮國樑）、童常、野望（譚其學）等談文論藝，並創辦阡陌文社，出版《阡陌月刊》，早年詩作見於《文壇》、《中國學生周報》。後赴台升學，創辦縱橫詩社，出版《縱橫詩刊》、「縱橫詩叢」。一九六四年出版詩集《玲瓏的佇望》。曾任教於香港中文大學教育學院。

黃德偉（一九四六—）

筆名靖笙，生於香港，一九六七年畢業於國立台灣大學外文系，一九七六年取得美國西雅圖華盛頓大學比較文學博士。曾與友人創辦星座詩社，曾任香港大學比較文學系教授兼系主任、香港中文大學現代語言及文化學系兼任教授。著有詩集《火鳳凰的預言》及 *Baroque Studies in English 1963-1974: A Survey and Bibliography* 等。

舒巷城（一九二一—一九九九）

原名王深泉，筆名王烙、方維、秦可、方河、于燕泥、王思暢、尤加多、石流金、向於回、邱江海、秦西寧、秦城洛、陸思魚、舒文朗，廣東惠陽人，生於香港。一九四一年香港淪陷，一九四二年往廣西桂林，後抵昆明，任美軍譯員，一九四八年重返香港，先後在商行、建築公司、教育機構等任職，業餘從事小説、散文、詩歌寫作。著有詩集《我的抒情詩》、《回聲集》、《都市詩鈔》等等，一九七七年應美國愛荷華大學國際作家寫作計劃赴美，參加文學活動。

路　雅（一九四七—）

本名龐繼民，另有筆名雁影、君實、炎炎、綠詩等。六十年代曾參加「芷蘭文社」及「藍馬現代文學社」，並任《藍馬季》及《文社線》編委，亦曾於《星島日報》及《明報晚報》撰寫專欄。詩作散見於《文社線》、《藍馬季》、《中報周刊》、《中國學生周報》、《星島日報》、《詩風》及《詩雙月刊》等。著有詩集《生之禁錮》等。

李天命（一九四五——）

另有筆名李縱橫，美國芝加哥大學哲學博士，曾任香港中文大學哲學系講師。詩作刊於《中國學生周報》、《博益月刊》。著有詩集《寒武紀》等。

沈龍龍（？）

生平不詳，作品見於《中國學生周報》及《文藝伴侶》等。

鄭辛雄（一九三〇——二〇一一）

原名鄭雄，另有筆名范劍、海辛，廣東中山人，一九四六年來港定居，寫作初期以詩歌為主，見於《文匯報》、《大公報》等，後改寫生活故事、小說、童話及少年兒童小說。曾任鳳凰公司電影宣傳，後專職寫作。自五〇年代起出版有長、中、短篇小說集多種及選集《海辛卷》等。

茫　明（一九四二——）

生平不詳，作品見於《中國學生周報》、《大拇指》。

羅幽夢（？）

原名羅鏘鳴，另有筆名周慕瑜。填詞人、樂評人，一九八三年八月移民加拿大。作品見於《文壇》、《中國學生周報》、《當代文藝》、《新作品》、《秋螢》和《羅盤》等。

譚家明（一九四八—）

香港電視及電影導演，香港電影新浪潮導演之一，影評及詩作發表於《中國學生周報》，曾任職香港無綫電視，拍攝、《CID》和《七女性》等，執導電影有《名劍》、《愛殺》、《烈火青春》、《雪兒》、《最後勝利》、《雪在燒》、《殺手．蝴蝶．夢》、《父子》，曾獲香港電影金像獎最佳導演和最佳編劇獎。

鄭牧川（？）

生平不詳，作品見於《文壇》、《中國學生周報》、《當代文藝》、《新作品》等。

覃　權（一九四四—一九七八）

覃權，字捷初，湖南人。一九六九年浸會學院社會系畢業，曾在英國讀書兩年。回港後，在邵氏公司當演員，在電影《初哥初女初夜情》中串演一名要角。一九七八年一月二十三日晚，被發現倒斃影城宿舍浴缸內，疑因中煤氣毒太深而去世，享年三十四歲。曾在一九七三年自費出版一本詩集《遠去》，收錄一九六七年至一九七三年作品，一九八〇年覃權兄長出版《覃權詩集》。

劉修謙（？）

生平不詳，作品見於《盤古》、《文壇》、《純文學》、《當代文藝》、《中國學生周報》、《新作品》等。

李國威（一九四八—一九九三）

一九四八年香港出生，原籍廣東台山。早於中學時代已參與《公教報》學生文壇的編務工作，發表作品，包括散文、小説、影評等。公教學生文壇其後出書《江潮集》和《江潮二集》，都有選載李國威的作品。七十年代於《明報晚報》工作，曾擔任《中國學生周報》編輯，先後在《明報》、《快報》、《南北極》寫稿，其後任TVB新聞部編輯、TVB集團旗下的博益出版社。一九八七年策劃《博益月刊》創刊，擔任總編輯一職。李國威生前出版《只有今生》、《猶在今生》。這兩本書主要收集他九十年代初期在《星晚周刊》的專欄文章。青文書屋後來整理他的遺作，一九九六年出版了《李國威文集》，一九九八年出版的《十人詩選》中收錄了李國威三十三首詩作。

古蒼梧（一九四五—）

原名古兆申，祖籍廣東茂名，在香港長大、讀書、工作，香港中文大學文學士、碩士，香港大學哲學博士。一九七〇年曾參加美國愛荷華寫作計劃，一九八一年獲法國政府獎學金在巴黎索邦大學修讀法國現代文學及哲學課程；先後與友人創辦《盤古》、《文學與美術》、《八方》文藝叢刊，曾任台灣《漢聲雜誌》主編、《明報月刊》總編輯、香港中華文化促進中心節目部學術總監。著有詩集《銅蓮》、《古蒼梧詩選》、評論集、散文集和小説多部，譯有瑪格麗·杜哈絲《大西洋人》、《中國北方來的情人》、保羅·安格爾的《美國孩子》、《舞的意象》。

鍾玲玲（一九四八—）

浙江嘉興人，一九四八年生於湖南衡陽，香港接受教育。長期任職雜誌編輯，業餘創作散文及小說，結集作品包括詩歌散文集《我的燦爛》、散文集《我不燦爛》、《解咒的人》、小說《愛人》、《玫瑰念珠》，並與友人合作辦文學報刊。一九九〇年憑《解咒的人》獲香港中文文學雙年獎。一九九七年出版《玫瑰念珠》，二〇一三年出版《生而為人》。

淮　遠（一九五二—）

本名關懷遠，生於香港，中學三年級開始寫詩，翌年加入創建實驗學院詩作坊。一九七〇年培正中學畢業，一九七六年畢業於樹仁學院新聞系，曾任職編輯及新聞系兼職講師。著有詩集《跳虱》及散文集數種。

邱剛健（一九四〇—二〇一三）

福建鼓浪嶼出生，一九四九年隨家人移居台灣。於台灣藝術專科學校影劇編導科畢業後留學檀香山深造。一九六五年與莊靈發起《劇場》季刊，與港台編輯共同譯介西方現當代影劇作品與理論，導演舞台劇《等待果陀》，並拍攝大膽前衛的實驗短片《疏離》，形成台灣實驗電影的初潮並波及香港。一九六六年邱加入香港邵氏電影公司任編輯，以戴安平、邱戴安平、秋水長安為筆名與張徹、楚原、譚家明、許鞍華、關錦鵬等導演合作，其編劇作品曾三度奪得香港電影金像獎最佳編劇。九十年代初移居紐約，晚年定居北京，著有詩集《亡妻，Z，和雜念》、《再淫蕩出發的時候》。

韓　牧（一九三八—）

一九三八年生於澳門。澳門大學文學碩士。一九五七年夏移居香港。著有詩集《鉛印的詩稿》、

《急水門》、《分流角》、《回魂夜》、《伶仃洋》。曾獲一九八五年度香港大拇指詩獎。曾任澳門新詩月會創辦及主持人，澳門筆會學術理事，後移民加拿大。

林仁超（一九一四——一九九三）

廣東惠陽人，一九四九年來港，一九五一至一九五三年任《漢山雜誌》主編，一九五五年創立新雷詩壇，任《新雷詩壇》主編。一九五九年任孔聖堂中學校長。一九七〇年由新雷詩壇出版詩集《登月集》。晚年擔任香港中國筆會會長。

徐　訏（一九〇八——一九八〇）

生於浙江省慈谿。北京大學哲學系畢業，一九三四年擔任《人間世》編輯，一九三六年赴法國留學。一九五〇年赴香港定居，一九五三年創辦創墾出版社，一九五七年任珠海書院講師。在港期間創作了《彼岸》、《江湖行》、《時與光》、《悲慘的世紀》等長篇小說。一九七〇年擔任香港浸會學院中文系主任。一九七七年出版生前最後一本詩集《原野的呼聲》。

《香港文學大系一九五〇—一九六九》編輯委員會鳴謝
以下人士及單位，資助本計劃之研究及編纂經費：

李律仁先生

·

香港藝術發展局

香港藝術發展局
Hong Kong Arts Development Council 資助

香港藝術發展局全力支持藝術表達自由，
本計劃內容並不反映本局意見。

·

香港教育大學 中國文學文化研究中心

香港教育大學
The Education University of Hong Kong

中國文學文化研究中心